野いちご文庫

おはよう、きみが好きです。

涙鳴

STARTS
スターツ出版株式会社

Chapter 1

＊ ふたりのプロローグ ＊

Chapter 2

＊ きみがくれたラブストーリー ＊

Chapter 3

＊吹き荒れる嵐＊

Chapter 4

＊ふたりの描くエンディング＊

Characters

Rui Kanzaki

神崎《かんざき》 泪《るい》

"反復性過眠症"に悩む高校2年生。過去の経験から傷を抱えている。意外と素直な性格で、天真爛漫。

田崎《たざき》 環奈《かんな》

泪と同じクラスのぶりっ子。はっきりした性格で八雲のことが大好き。

三枝《さえぐさ》 夕美《ゆうみ》

クラス委員長でしっかり者。何かと泪をフォローしてくれる。

Yakumo Nanba

難波《なんば》 八雲《やくも》

泪と同じクラスのチャラ系イケメン。人気者で優しい。泪のことが気になる…？

友達

中野《なかの》 和輝《かずき》

泪の隣の席。無邪気で元気なワンコ系男子。

紫藤《しどう》 雪人《ゆきと》

八雲の友達で同じクラス。清楚系イケメンだが毒舌。

Chapter 1
＊ふたりのプロローグ＊

まさかのアクシデント

「ふあっ……あ……またやってしまった……」

四月下旬。

桜もすっかり散った今日この頃。

温かい春の空気に誘《さそ》われて、睡魔《すいま》に負けた私は、茜色《あかね》に染まる保健室で目覚めた。

そしてすぐに、とてつもない後悔《こうかい》の念にかられた。

壁に掛《か》かっている時計を見れば、針は午後四時を示している。

最後に時計を見たのが昼の十二時くらいだったから、ざっと四時間ほど爆睡《ばくすい》してしまったらしい。

「本当に、やんなっちゃう……ふぁーあ……」

ベッドに横になったままあくびをすると、涙《なみだ》で滲《にじ》んだ視界はぼんやりと天井《てんじょう》を映した。

頭がまだボーッとするけど、早く帰らなきゃ。

いや、先に先生に謝るべき？

「だめだー、寝起きで頭が全然回らない……」

試しに頬をつねってみても、眠いものは眠い。

私、神崎泪《かんざきるい》はこの春、高校二年生になった。

私はよく、この保健室で眠ってしまう。それは普通の居眠《いねむ》りとかではなく、もっと病的なもの。

私は〝反復性過眠症《はんぷくせいかみんしょう》〟という原因不明のめずらしい病気を持っている。

小学生の時からボーッとしていることが多く、友達からはよく「眠いの？」なんて聞かれたりしていた。たぶん、この頃から病気の兆候《ちょうこう》はあったのだと思う。

中学では授業中の居眠りが目立つようになって、三年生の冬にお母さんと病院に行った時、反復性過眠症と診断《しんだん》された。

この病気は、数ヶ月に一回のペースで、数日にわたり多い時は一日に十六時間も眠ってしまうような、強い眠気に襲《おそ》われる時期が十日ほど続く。この時期を傾眠期《けいみんき》といって、私の場合は二、三ヶ月に一回くらい来る。

リーマスという薬で予防はしているけど、完全じゃない。

ストレスや疲労《ひろう》が強い時は間隔《かんかく》が狭《せば》まって、数週間で傾眠期が来ることもあるからやっかいだ。

傾眠期を超《こ》えると、少しずつ元の睡眠リズムに戻るけど、三ヶ月後にはまたこの強い眠気の周期がやってくるから、嫌になる。

傾眠期の時は何をしても起きていられない。例えるなら、タイムワープみたいな感じで、起きたら二日後だった、なんてこともザラにある。

寝ている間は頭から水をかけられようが、強く揺《ゆ》さぶられようが、死体みたいに動かない……らしい。

不思議《ふしぎ》なことに、トイレや食事は自動的に起きてしているらしい。私は眠っているから記憶《きおく》にはないけれど、透《とおる》お兄ちゃんがそう言ってた。一種の夢遊病《むゆうびょう》みたいだ。

透お兄ちゃんは、私の四つ上で大学3年生。歳《とし》が離れているせいか、小さい時から私の面倒《めんどう》をよく見てくれていた。

今もおんぶに抱《だ》っこ状態《じょうたい》で、透お兄ちゃんにはつい甘えてしまう。

「よかった、今日は今日のままで」

体を起こすと、寝ていたせいでボサボサになった腰《こし》のあたりまであるストレートの黒髪《くろかみ》を、手櫛《てぐし》で整える。

ヘタしたら、数日間眠り続けてしまうこともあるこの病気。私は眠りにつくたび、次はいつ目覚められるんだろうって怖くなる。

明日、あさって、それとも一週間先なのか……。

私には、みんなにとって当たり前に来る明日なんてなかった。

「本当に、嫌になっちゃうな……」

つい一週間前に傾眠期だったからか、まだ眠気が尾《お》を引いている。

学校の授業中に一度でも眠ってしまえば、きっと起きられなくなるだろう。

入学当初から学校には説明してあって、私は保健室での特別自習が許《ゆる》されている。

「まぁ、起きてられないことには変わりないから、自習の意味ないんだけどね……」

これ、学校に来てる意味あるのかな……？

なるべくみんなと同じように生活したくて、自習くらいは居眠りせずにがんばるって決めてたけど、抗《あらが》えない眠気にときどき心が折れそうになる。

強い眠気の周期が終わっても、私は教室で授業を受けられない。

病気の私をみんなはどう思ってるんだろうって思うと……怖いんだ。

私の心の中には、消えない闇《やみ》がある。

中学生の時、私がまだ病気だってわからなかったあの頃。

朝起きられなくて学校は休みがち。みんなからは〝サボり魔《ま》〟なんてあだ名をつけられた、辛い時間。

突然やってくる強い睡魔は、授業中にも容赦《ようしゃ》なく襲ってきて、死んだように深く眠ってしまう日もあった。

そのたびに、私はみんなからの信頼《しんらい》を失って、気づけばひとりぼっち。

誰も、私を見ない。

誰も、私の名前を呼ばない。

誰の心にも、私はいない。

あの日々は、私の心から日の光を奪うように、暗くて冷たくて、さびしい永遠の夜を連れてきた。

だから、中学三年生の時、自分が病気だってわかった瞬間《しゅんかん》の安堵《あんど》感は、今でも忘れられない。私が悪いんじゃないって、病気のせいにできたから。

それでも、なるべくみんなと同じように生活しようと努力していた高校一年生の時。

こんな私でも、一年生の前期までは教室に登校できていた。

でも、強い眠気の周期が来た時には、学校を休みがちになり、クラスのみんなからは『神崎さんってよく休むよね』とヘンな目で見られるようになった。

悪気なんてない、ついこぼれた言葉だったのかもしれないけど、必死にがんばっていた私の心を折るには十分すぎる一言だった。

それ以来、自分がひどく弱い存在に思えて、私は教室に行けなくなってしまった。

私の努力なんて、他の人にとってはできて当たり前のこと。

その努力を認《みと》めてもらえることは永遠にないんだって思ったら怖《お》じ気《け》づいてしまい、

一年生の後期からは保健室にこもるようにして自習をしていた。

学校の先生以外は私の過眠症のことは知らない。

みんなには、体調が優れないから保健室登校していると説明してもらっている。

それでも、〝サボり魔〟だと思われているんじゃないかって怖かった。

保健室での自習はいつもひとりか、保健室の先生である保住《ほすみ》先生とふたりきり。

さびしいこともあるけれど、過眠症の私を入学させてくれたこの高校には、すごく感謝してる。

高校受験の時、まともに授業を受けられない私は、どんな高校に入ったらいいのか悩《なや》んだ。

ネットで検索《けんさく》すると、過眠症の人たちは通信制や定時制の高校に通っている人が多く、理由はどれも学校側に病気への理解がないせいだった。

私も診断されるまでは、過眠症という病気自体知らなかったから、中学校でみんなに軽蔑《けいべつ》されるたびに「他の人は起きてられてるんだから、私がだらしないんだ」と、自分を責《せ》めてきた。

自分ではどうしようもない眠気に、なんで私は普通の生活ができないんだろうって、泣いても、問いかけても、現実は変わらなくて……苦しかったな。

だから私も、定時制や通信制の高校に通った方がいいのかなって思ったりもした。

だけど、それ以上に私は普通になりたかった。

みんなと同じように全日制の高校に通って、友達と授業を受けたり、昼休みには恋の話に花を咲《さ》かせたり。そういう、当たり前のことがしたかったんだ。

みんなの当たり前は、私にとっては特別なこと。その現実が悲しくて、努力すれば私もみんなと同じになれるって証明したかったのかもしれない。

だから、この高校を受験した。足りない単位は、夏休みや放課後の追試《ついし》で出席扱いにしてもらえるよう学年主任《しゅにん》の先生に相談《そうだん》して、配慮《はいりょ》してもらっている。

でも私は結局、教室に行くことを拒《こば》んで、この高校ではいるのかいないのかわからない幽霊《ゆうれい》みたいな存在なってしまった。

本当は、友達も恋人も欲《ほ》しかったし、普通の学校生活も送りたかったけど、それはあくまで私が〝普通〟だったらの話だ。

この病気はどんなに努力しても、誰にも理解されない。そう気づいてからは、人を遠ざけて、なるべく関わらないように生きた方が楽だった。

最初から、この学校に存在してなかったみたいに、ひっそりと卒業するしかないんだって思ってる。

「保住先生は……いないみたいだし、帰りますって先生に報告してこないと」

タラタラと荷物《にもつ》をまとめて立ちあがると、スクールバッグを肩《かた》にかける。

スマホをスカートのポケットに突《つ》っ込み、保健室を出ようと扉《とびら》に手をかけた。

その時だった。

――バンッ！

「自動ドアか！」とツッコみたくなるほどの勢いで目の前の扉が開き、入ってきた誰《だれ》かと思いっきり衝突《しょうとつ》する。その拍子《ひょうし》に、スマホがポケットから落ちた。

あっ、私のスマホっ！

落ちて壊《こわ》れでもしたら、シャレにならない。

落ちていくスマホに手を伸《の》ばしながらも、体はうしろへ傾《かたむ》いて……。

「わっ……まずいっ、倒《たお》れるっ！」

「えっ……あ、おいっ、危《あぶ》ない！」

倒れかけた私の腕《うで》を、目の前の人がつかんだ。

なんとか転倒《てんとう》を避《さ》けられた私は、ホッと息をつく。

「たっ、助かった……っ」

「だ、大丈夫？」

「はい、本当にすみません……」

私はまだぼんやりとする頭で、地面に落ちたスマホを拾《ひろ》うために屈《かが》む。

すると、スマホがふたつ落ちていた。

あ、この人も落としたんだ。

私は近くにある方が自分のスマホだと思い、よく見ずにポケットにしまった。

とっさに自分よりもスマホを守ろうとしたことに苦笑いしつつ、助けてくれた恩人《おんじん》を見あげる。

最初に視界を占領《せんりょう》したのは、アッシュがかったブラウンの髪。

それから、スッとした鼻筋《はなすじ》にシャープな輪郭《りんかく》、キリッとした目もと。

すごく整った顔だなと、目を奪われた。

右耳にはシルバーのピアスがついていて、癖《くせ》だろうか。彼はピアスを指で触《さわ》りながら、おそらく十五センチ以上身長が低いであろう私を見下ろす。

あ、この人見たことある……たしか、同じクラスのチャラ男《お》くんだ。

名前はたしか……難波八雲《なんばやくも》くん。

助けてもらっといてなんだけど、女癖がよくないとかなんとか……。

あまり関わる機会がないからか、男の子は苦手だ。チャラ男はもっと苦手。

だって、私の中のチャラ男のイメージは、浮気に二股《ふたまた》なんて当たり前で、不誠実《ふせいじつ》だし、できれば近づきたくない。

高校二年生になってから教室には行ってないけれど、難波くんの噂《うわさ》は保健室にいる私の耳にも届いている。

チャラいけど、その遊び人な雰囲気《ふんいき》が女の子たちからは人気で、モテるらしい。

生徒に人気の保住先生と女の子たちが話しているのを聞いたことがある。

「おい、お前、大丈夫か？」

「え、あ、はい……」

私を心配してくれるのはありがたいけど、彼のうしろに控《ひか》えているガッツリメイクの派手《はで》な女の子の視線が刺《さ》さる、刺さる。

修羅場《しゅらば》の予感がして、早々《そうそう》に返事をして立ち去ろうとすると、案《あん》の定《じょう》……。

「ちょっと八雲、いつまでこんな子にかまってるつもり？　早く保健室入ろーよ！」

女の子が難波くんのうしろからギロリと、私をにらみつけてきた。

うわぁ……女の子を保健室に連れこもうとしてる……。

やっぱり、難波くんって噂通りチャラいんだ。

こういう人に関わると、ろくな目にあわない。

「ちょっと、いつまでそこにいるわけ？」

「え……」

「あたしたちの邪魔《じゃま》しないでほしいんだけど」

怒《いか》りの矛先《ほこさき》が私に向いて、ビクリと体が震《ふる》える。

邪魔するつもりなんて全然ないんだけどな……。むしろ、私のことはほっといてほしいのに。

時すでに遅《おそ》く、私は現在進行形で修羅場に巻《ま》きこまれていた。

「おい弥生《やよい》、そんなカリカリすんなって。可愛い顔が台無しだぞ？」

「キャーッ、八雲ってばわかってる！」

……何も言うまい。

これ以上、頭の中がお花畑なこのふたりと一緒にいたら、イライラして私までおかしくなりそうだ。

もう帰ってもいいかな。

忍《しの》び足で扉の隙間《すきま》をすり抜《ぬ》けようとすると、目ざとく気づいた女の子が私をキッと鋭《するど》い視線で捕《と》らえる。

もう、今度はなんだろう……。

何か気に障《さわ》ることしちゃったっけ？

「ほら、シッシッ、さっさとどっかに行ってよ」

わぁ……ム、ムカツクなぁ、もう。

なら、引きとめないでよね。ここは、私の城《しろ》だったのに！

でもまぁ……巻きこまれたら嫌だから、ここはお言葉に甘えて早く退散しよう。

「それじゃあ、失礼しました」

「お、おう、気をつけて〜」

気をつけてって……なんだか、いい人っぽかったな難波くん。

そんなことを考えながら、私はその場から逃げるように職員室へと向かった。


職員室で担任《たんにん》の先生にあいさつをすると、校舎《こうしゃ》を出た。

校門までやってくると、見慣れたシルバーの車が停《と》まっていた。

コンコンッと窓をたたけば、スッキリとした黒い短髪の清潔感《せいけつかん》ある男性が私を見る。

妹の私が言うのもなんだけど、なかなかの好青年なんだ、うちの兄は。

「開いてるから、乗んな」

「いつもありがとう、透お兄ちゃん」

「大学の帰りに寄れる距離《きょり》だし、気にするな」

車に乗りこむと、見慣れた人のよさそうな笑顔が返ってくる。

私はいつ眠りこけるか、わからない。現に今もまだ眠いし、ひどい時はまったく動けなくなるから、こうして透お兄ちゃんが毎日迎《むか》えにきてくれている。

「今日は眠気、大丈夫か？」

「ううん、今日も自習中に寝ちゃった。これじゃあ、学校行ってる意味ないよね」

「でもほら、単位があるからな」

たしかに……。単位ばっかりはどうにもならないしね。

とりあえず、行きさえすれば出席扱いにしてもらえるのは、ありがたい。

「でも、毎日がつまらないなぁ……なんて」

私の高校生活は、思い描いていた物とはかけ離れている。

友達と一緒に授業のグチを言ったり、普通に恋愛したりしたかったな。

……なんて、いつ眠っちゃうかもわからないこんな私を、好きになってくれる人がいるとは思えないけど。

きっと、夢のままで終わっちゃうんだろうな。

今しかない青春に、なんの思い出も残らないまま。

大人になった時、振り返る物がないって、虚《むな》しいよ。

「あんまり思いつめるなよ。過眠症は自然に治る可能性が高いんだから」

そう、〝反復性過眠症〟は大人になるにつれて、生活に支障《ししょう》がないレベルまで自然に治る可能性が高いらしい。

だけど、あくまで可能性の話だし、確実じゃない。

期待して、そうじゃなかった時の絶望を想像しただけで、体が震える。

それなら、何も期待しない方がずっと心が楽だ。

「まったく希望がないわけじゃないんだから」

「そうだけど……それだと遅いっていうか……」

大人になってから治ったって意味ないよ。

私にとって大事なのは〃未来〃よりも〃今〃なのに。

そんな先の話をされても、今を生きている私には想像もできない。

それに、中には大人になっても過眠症が治らない人もいる。

もしこのまま治らなかったら……この先私はどうやって生きていけばいいの？

深い眠りから目覚めるたびに、私はムダにした時間、日にちの数だけ怖くなる。

病気もマイナーだし、これからも「怠《なま》け者」「サボり魔」「体力がない」とだめ人間のレッテルを貼《は》られて、誰にも理解されずにひとりで生きていくのかな。

「はぁ……」

この先、私の人生に希望なんてあるの？

不安にかられた私は、気をまぎらわすために窓の外の景色をぼんやりと眺《なが》めた。

先が真っ暗な、自分の未来を憂《うれ》いながら。

家に帰ってご飯とお風呂を済《す》ませると、ポスンッとベッドにうつぶせに転がった。

時刻は午後八時。

そういえば、保健室でひと悶着《もんちゃく》あってからスマホ見てないな。

別に見たところで、私に連絡してくる友達なんていないんだけどね。
入学当初は、クラスの女の子たちと連絡先を交換《こうかん》して、メールしたりもしていた。
だけど、教室に行かなくなってからは、いっさい連絡を取っていない。
だから意味がないって思いながらも、つい見ちゃうのは……。
少しでも誰かと、繋《つな》がっていたいからかもしれない。
そんなことを考えながら、壁にかけた制服のポケットに手を入れて、スマホを探す。
「んー、と……あった！ って、あれ？」
なにこの、見覚えのない黒色のスマホ。
私のは、可愛いピンク色のスマホなんですけど。
えっと、ちょっと待ってよ……なんか冷汗《ひやあせ》が出てきた。
私の手もとに知らないスマホがある理由なんて、ひとつしか思いつかない。
「やだ、まさか、まさか……」
まさか、まさか、まさか……！
あのチャラ男くんとぶつかった時に、取り違《ちが》えた⁉
ってことは、難波くんが私のスマホを持ってるってこと？
「う、嘘でしょ……！」
なにこの、絶望的な状況《じょうきょう》。

また、あのチャラ男くんに会わなきゃいけないの？

別に難波くんが嫌いなわけじゃない、チャラ男が嫌いなんだ。

だって、また面倒事《めんどうごと》に巻きこまれそうなんだもん。

そして一番の問題は、教室に行かなくちゃいけないってことだ。

ずっと保健室で自習していたから、みんな私のことなんて知らないだろう。

そんな私が突然現れたら、「誰、この人」ってなるじゃん。

「それだけは、絶対嫌だよぉ～っ」

情けない声を出して、うなだれる。

どうしたものかと難波くんのスマホを見つめていると、突然手のひらでブーッと震えた。

「げっ、なにっ⁉」

悪いとは思いながらも、画面をのぞきこむ。

「080、29……え？」

着信画面に表示された番号には、見覚えがあった。

これ、私の番号じゃん！

えっ、なにこれ、自分から電話がかかってきてる？

「ってことは、難波くん⁉」

私はあわてて、通話ボタンをピッと押した。

「も、もしもし……」

『あ、もしかして、神崎泪さん？』

電話ごしに、くぐもった低い声が聞こえた。

「もしかしなくても、私です……」

あぁもう、どうしてよりにもよって、難波くんとぶつかっちゃったんだろう。

百歩譲《ゆず》って、他の人ならまだマシだったのに。

『なぁお前、俺のスマホ間違えて持ってったろ』

「すみません」

私、かなりボーッとしてたし、あわてちゃってたから。

いや、彼女さんの目が怖くて、あわてざるをえなかったといいますか……。

まさか、あの時拾ったのが難波くんのスマホだったなんて、全然気づかなかったよ。

『勘弁《かんべん》してくれよ、マジで……』

「なっ……でもあれ、難波くんも悪いと思うけど」

『なんでだよ』

そんなの、自分の胸に手を当てて考えてほしい。

「保健室で彼女とイチャコラしようとしてるからです！」

そこに鉢合《はちあ》わせたせいで、きみの彼女に邪魔すんなと言わんばかりに、にらまれたんだからねっ。それはもう、えぐるような勢いで。

そもそも保健室は休む場所なんだから、いかがわしいことするのに使うのはやめてほしい。今度来たら、保健室の鍵《かぎ》かけてやるから！

『イチャコラって……ぶはっ！』

「……はい？」

ケンカ腰《ごし》でスマホを持つ手から、力が抜けそうになった。

あれ？　今、聞き間違いじゃなければ、難波くん笑わなかった？

いや、噴《ふ》きださなかった？

首を傾《かし》げていると、やっぱり電話ごしに笑い声が聞こえる。

『ぶっくく……言い方おもしれーなっ、それ、古すぎだろお前！　ハハッ』

「え、嘘《うそ》……ショック」

それって、私がオバサンみたいってこと？

今、イチャコラって使わないの？

たまに……ごくたまーに、透お兄ちゃんにも「その言葉、古いぞ」って言われる時がある。

あれはたしか、いつも送り迎えしてくれる透お兄ちゃんのことを『アッシーみたいだね』って言った時だったかな。

アッシーは、女の人が移動手段にしている男の人のことを言うんだけどね。

きっと、お母さんがハマってる昔のドラマの再放送が原因だ。ドラマはバブル時代のお話で、一緒に見ていたせいか、昭和の言葉に詳《くわ》しくなってる自分がいた。

絶対、あのドラマのせいだぁ……気をつけよう。

「と、とにかく……スマホどうしよう？」

『ひぃーっ、腹痛い、ぶっくく……あぁ、その話してたの忘れてたわ』

「うぅ……」

もう、傷口をこれ以上えぐらないでほしい。

ガーンと落ちこんでいる私をよそに、難波くんはなぜか楽しそうだ。

それにしても、こんにゃろ、笑いすぎでしょーが。

第一、こうなったのも難波くんのせい……って、この話エンドレスになるな。

『お前……ぶふっ！』

「もう、笑わないでよっ、話が進まない！」

『わ、悪い……くっくっく、はぁ……死ぬ。ふぅ……お前って何組？』

死にそうになるって……どんだけツボ浅《あさ》いの。今も笑いをこらえようと必死だし。

「もうっ、難波くんと同じA組だよ」

『……え、嘘だろ』

難波くんはなぜか、深刻《しんこく》そうに言った。

「え、なんで？」

私、ヘンなこと言ったっけ。

『真面目《まじめ》に答えろよ』

「いや、大真面目に答えてるよ」

同じクラスだったことに驚いてるのかな？

私は教室で授業を受けたことないから当然か……。

『俺、クラスの女子は全員、名前と顔バッチリ覚えてるはずなのに……』

「…………」

く、くだらない！

そんなことで深刻そうにしないでよねっ。

クラスの女子全員覚えてるって点はスルーするとして……。

私はずっと保健室で自習してたから、難波くんが知らないのも当然だ。

「まぁ、それはいろいろありまして……」

『は？　いろいろってなんだよ』

うわ、詮索《せんさく》されるの面倒だなぁ。病気のことは、先生以外には話してないんだよね。

話したところで、わかってもらえるとは思ってないし、わかってもらいたいと思う友達や恋人もいないから。

「えーと……じゃあ、難波くんの下駄箱《げたばこ》にスマホ入れとくから、難波くんも私の下駄箱に入れといてね」

『なんでだよ、直接会えばよくね？　俺、お前と話してみたい』

直接会う……話してみたい……？

なんだろう、私の中で警報《けいほう》が鳴る。

こういうモテ男とか、チャラ男とかいう輩《やから》に関わると……危険だ。

「うん、無理です」

『ちょっ、無理ってなんだよ、失礼なヤツだな！』

「ヤダ、私は難波くんに会いたくない。また彼女に誤解《ごかい》されるよ？」

保健室で会った目つきの怖い女の子を思い出す。

うっ……思い出すだけで体が震えあがりそうだよ。

生き霊《いりょう》とかに呪《のろ》われないかな、私……大丈夫かな？

『は？　彼女なんていないけど、俺』

「え？　じゃあ、あの女の子は……」

『あれは……トモダチダヨ』

なんだ今の間《ま》は……なんだ、その片言《かたこと》は！

絶対にただの友達じゃないよね、難波くん!?

「へ、ヘタか！」

嘘つくなら、もっと本気でついてよ。

難波くんって、実は正直者なのかな。

……いやいや、正直者が女の子遊びなんてしないよね。

『ヘタ言うな、友達だっつーの。男にはいろいろあんだよ、お子様にはわからないだろうけどな』

お子様って、私と難波くんは同い年じゃん。

「……電話、切らせていただきますわ」

『おいコラ、まだ話終わってないだろ、切るな！』

だって……難波くんがふざけたことばっかり言うから。

でも、なんだろう……学校の人とこんなに話したの初めてかも。

チャラ男だけどイケメンでモテる、みんなの人気者。

そんな難波くんと電話しているだなんて、なんかヘンな感じだ。話してみると、そこまで崇《あが》めるほどの人じゃないし、普通の男の子って感じ……って、それは失礼か。

でも、なんでかな……難波くんと話すのは楽しい。

「はいはい、切りませんから……。とりあえず、スマホは下駄箱に入れといてね！」

『わかったよ、んじゃ明日、スマホ下駄箱に入れとくかんな？　お前も絶対に忘れんなよ？　二日もスマホないとか死ぬ！』

そんな何度も言わなくたってパクリませんよ。難波くんファンの子たちならありえるかもしれないけど、私は難波くんにミジンコほども興味《きょうみ》ないから。

「死ぬとか、大げさだなぁ」

笑っては死に、スマホなければ死ぬって……どんだけ死ぬの⁉

『あのなぁ、女の子たちが俺の返信を待ってるんだっての』

「……サヨナラ、やっぱり電話切るわ」

『お、おいっ……待っ』

ブツンッと、私は電話を切った。

「………」

難波くんって……やっぱり、チャラ男だった！

「少しでも楽しいとか……思った私がバカだったーっ」

ベッドに横になって、叫びながら足をばたつかせる。

こうやって、言葉巧《たく》みに相手を楽しくさせて、女の子を落とすのが手口なんだ。

きっと、今までもたくさんの女の子を手玉に取ってきたんだろう。

……ゆ、許せん！

「女の敵だ、難波八雲！」

——コンコンッ。

「おい泪、なに暴れてるんだ？　もう夜遅いから、ちゃんと寝ろよ？」

騒《さわ》ぎを聞きつけた透お兄ちゃんが、ドアごしに声をかけてくる。

いけない、大きな声で叫びすぎた。

「な、なんでもないっ！　おやすみなさい、透お兄ちゃん！」

「おう、また明日な。おやすみ」

お兄ちゃんの優しさに癒《い》やされつつ、私は明かりを消して、そのままふて寝した。

明日は少しでも起きていられますように。

そう、いつものように神様にお願いをして。

保健室の眠り姫

翌日《よくじつ》、私は透お兄ちゃんに学校まで送ってもらうと、約束を果たすため、難波くんの下駄箱を探した。

ちなみに、私の下駄箱にはスマホが入っていなかった。難波くんはまだ来ていないのだと思う。

昨日はまともに目を合わせる時間もなかったから、少しだけ、顔を見たかったな。

「難波八雲……あ、あった！」

すぐに【難波八雲】のネームがついた下駄箱を発見できてホッとする。

そこまではよかったんだけど……。

難波くんの下駄箱に手をかけた瞬間、空気が張りつめたような気がして、私はそっと手をおろす。

この突き刺さるような視線には覚えがあった。

昨日、保健室でも感じた嫉妬《しっと》の視線だ。

「ちょっと、あの子誰？」

難波くんのファンの子だろうか。私は五、六人の女の子たちから放たれる、刺さるような視線の的《まと》になっていた。

「あれ、八雲くんの下駄箱じゃない？」

「また、ラブレターとかかな？」

うわぁ……忘れてた、難波くんモテるんだった。

下駄箱なんて開けたら最後、あの女の子たちに殺されるかも。

なら、このスマホはどうやって返せばいいの？

「ど、どうしよう……」

今すぐ回れ右して帰りたい。

絶望的な気持ちで立ちつくしていると……。

「あの、その下駄箱に何か用かな？」

背中から声をかけられた。

「え……？」

振り返ると、そこには女性のように綺麗《きれい》な顔立ちをした男の子がいた。

誠実そうな黒髪によく映《は》える白い肌《はだ》、口元にあるホクロがより美しさを際立《きわだ》たせている。

わぁ、色気ダダ漏《も》れ……。

華《はな》やかイケメンの難波くんとは、また違ったタイプの清楚《せいそ》系イケメンだ。

うちの学校って、顔整った人多いんだなぁ……。

保健室にこもっていたから、全然気づかなかったよ。

「青い顔して立ってたから、何か困ってるのかなって思ったんだけど、違った？」

「い、いぇ！　助けてほしかったです！」

それに、なんて物腰の優しいこと。

笑顔もキラキラしてて、王子様みたいだぁ。

絵本の中から飛びだしてきたみたいな、完璧《かんぺき》な王子様に見とれていると、男の子は
ニコリと笑って、小首を傾げる。

「俺は、神崎さんの助けになれそうかな？」

「あ、はいっ、それはもちろ……え、神崎さん？」

え、この人、私の名前知ってるの？

まさか、私のことを覚えてくれている人がいるだなんて思わなかった。

もしかして、一年生の時に同じクラスだったのかな？

「私のことを知ってるなんて驚愕《きょうがく》です。目玉飛びでそう。もしかして、一年生の時に
同じクラスだった？」

「ハハッ、おもしろいね、神崎さんって。いや、違うクラスだったけど、体育とか合

同授業で見かけたことあるし、同じ学年の人はだいたい覚えてるから」

「そうだったんだ……」

物覚えがいいんだな。

「俺は紫藤雪人《しどうゆきと》っていうんだ。一応、今、神崎さんと同じクラスだよ」

しかも、同じクラスだったとは……。

二年生になってからも教室には行ってないから、クラスの人の名前と顔がまったくわからない。

難波くんは有名だから知っていたけれど。

「ごめんなさい、クラスの人のこと、よく知らなくて……」

「神崎さん、体調が悪いって聞いてたけど……大丈夫？」

あ、そっか。私、体調が優れないから、保健室登校をしているってことになってるんだっけ。

間違ってはないけど、眠気がない時はピンピンしてるし、なんだか嘘をついているみたいで申《もう》しわけないな。

「あ、はい……でも、みんなとは授業を受けられないといいますか……」

「やっぱり、体調あんまりよくない？」

あぁ……この流れ、説明しなきゃいけなくなる？

面倒だから、紫藤くんに難波くんのスマホ渡《わた》して逃げちゃおうかな。

「あの、これを難波くんに渡してほしくて」

「これ、八雲のスマホ？」

「はい、昨日ちょっとした事故でスマホを取り違えまして。あの、難波くんに会ったら、私のスマホは下駄箱に入れといてって伝えてもらえますか？」

「うん、それはもちろんいいけど……神崎さんは八雲とどういう……」

「そ、それでは失礼します！」

言い逃《に》げして、その場から立ち去る。

問いつめられる前に逃げる、逃げたもん勝ちだ。

「神崎さん！」と紫藤くんの呼びとめる声が聞こえたけれど、私は立ちどまらずに保健室へと向かった。


「おはようございまーす」

「あら、おはよう神崎」

保健室に入ると、椅子《いす》に深々と腰かけて足を組んだ保住先生が、軽く手を上げて迎《むか》え入れてくれた。

「おはようです……保住先生」

「なーに朝から辛気《しんき》くさい顔してんのよ？」

先生はフレンドリーで、私の病気のことも知ってくれているからか、話しやすい。

いろいろ隠す必要もないし、頼《たよ》れるお姉さんみたいな感じだ。

「ちょっと、いろいろありまして……」

「オバサンくさいわねぇ」

「オバサン言わないで！」

今、その言葉には過敏《かびん》なんだからね！

難波くんに昨日、さんざん爆笑されたことを思い出す。

「まぁ、今日も元気に勉強がんばんな。そんで、疲れたらちょっとくらい休んでも大目に見てあげる」

「ありがとう、保住先生」

私の味方は、保住先生だけだよ。

こうして先生が話し相手になってくれる日は、さびしさが和《やわ》らぐからうれしい。

保住先生に感謝しながら、私は勉強道具を取りだして、課題に取りかかった。

昼休みになると、私は両手を上げて「んーっ」と伸びをする。

ひたすらに自習プリントを解き続けるのは、授業をボーッと受けるよりキツイ。

「あー、眠くなってきたなぁ……」

でも、ここで寝たら次はいつ起きられるやら……。

今は強い眠気が続く「傾眠期」を脱《だっ》したばかりで、これから規則正しい睡眠リズムに戻る「回復期」にある。

まだ眠気を引きずっているせいか、ぐっすりまでとはいかないけど、昨日のように四、五時間寝てしまうこともありえた。

「神崎、昼休みなんだ、ご飯食べて休みな」

「はぁーい、そうしま……ふぁっ」

だめだ、あくびが止まらない……。

でも、お腹《なか》も空《す》いたし……ご飯食べたらちょっとだけ寝ちゃおう。

「神崎、私は職員室行ってくるから。昼休み終わったら戻るよ」

「いってらっしゃい、保住先生」

「おう、んじゃあとでな」

なんとも男らしいセリフで保健室を出ていく保住先生を見送り、私はひとりでお弁当を食べることにした。

カパリとお弁当の蓋《ふた》を開ける音が、私しかいない保健室にさびしく響《ひび》く。

「あーあ、こんなはずじゃなかったのになぁ」

卵焼きを箸《はし》でつつきながら、グチをこぼす。

高校生活って、昼休みは友達とご飯を食べて、最近流行《はや》りの有名人とか、昨日見たテレビの話とか、そんな話題で楽しく過ごすものでしょう？

手に入らないとわかっていても、バカみたいに望んでしまう。

そんな幸せな空間に自分がいることを想像しては、儚《はかな》い夢だと落胆《らくたん》する。

何度繰《く》り返せば、あきらめられるんだろう。

「さびしい……なんて、いつまで言ってるんだか……」

慣れない……この静けさに。

この保健室の外はにぎやかで、人の声に溢《あふ》れてる。

なのに、私はどうして今……。

「ひとりなんだろう……っ」

急にさびしくなって、ジワリと目に涙が滲《にじ》んだ。

ひとりなんだから、我慢《がまん》せずにむせび泣けばいいのに……。

それができないのは、認めたくないからだ。

このまま、ずっとひとりなんだってことを。

「だめだ、だめだ。ひとりでいると、余計なことばっか考えちゃう。早くお弁当食べて寝ちゃおう！」

寝て、何もかも忘れちゃえばいい。

そうすれば、胸を締《し》めつけるこの痛みも、嫌でも意識する部屋の静けさも、感じずに済むだろうから。

私は、やけくそにご飯をかきこんでお弁当を平《たい》らげると、ベッドに横になった。

すぐ寝たら豚《ぶた》になるやら、牛になるやら……。

そんなこともおかまいなしに、私はまぶたを閉じて、眠る体勢に入る。

ここなら誰か来たとしてもカーテンがあるし、何も文句は言われないもんね。

そんな屁理屈《へりくつ》を並べて、私はさびしさから目をそらすように、ギュッと固く目を閉じた。


——カタンッ。

「なんだよ、寝てんのか……？」

……だ、れ……？

夢とうつつの間をさまよっているような、まどろみの中。

私の頭上で、聞き覚えのある声が聞こえた。

沈《しず》みかけた意識が、少しだけ浮上《ふじょう》してくる。

あれ、この声ってどこかで聞いたな……んー、どこだっけ。

わりと最近……めちゃくちゃ笑われた気がする。

えっと、誰にだっけ……あぁ、眠くて頭が働かないや……。

「ふーん、寝てると昨日のお転婆《てんば》ぶりが嘘みたいだな。あ、髪もすげぇ綺麗……」

スルリと、髪を梳《す》かれるのがわかる。

勝手に触《さわ》らないでよ、変態《へんたい》……。

そうだ、このチャラ男くんは……難波くんだ。

あぁ、文句を言いたいのに、眠くて目が開かないや。

「スマホ、下駄箱に入れる約束じゃなかったのかよ。雪人に渡すくらいなら、俺に直接渡せよな」

仕方ないじゃん、入れようとしたら女の子たちににらまれたんだもん……。

「なんで俺より先に、雪人に会うんだよ」

そこに八雲がいたら、大騒《おおさわ》ぎになってたよ。

「俺、お前に一番に会いたかったのにさ」

そんな甘い言葉、誰にでも言ってるくせに……。

クラスの女の子は全員把握《はあく》してるんでしょ。

「今度は、絶対起きてろよな、泪」

私の、名前……。

学校で下の名前で呼ばれるのなんて、たぶん初めてだ。

チャラ男に馴《な》れ馴れしく呼ばれるのなんて、嫌なはずなのに。

不思議《ふしぎ》だなぁ……すごく、うれしいんだ。

名前で呼ばれるって、存在を認めてもらえたみたいでホッとする。

居場所をもらえたみたいで、もっときみに近づきたいって思う。

今度は私も、難波くんのことを八雲って呼んでみたい。

それと、電話ごしじゃなくて、私の目が覚めている時に直接話をしてみたい。

ぼんやりする頭で、そんな夢物語のようなことを考えていた。


いつの間に眠りに落ちたのだろう。

「んんっ……」

意識が浮上してくると、私は重いまぶたをゆっくりと持ちあげた。

あぁ、茜《あかね》色の光がまぶしいなぁ……。

少し開いたカーテンの隙間から、西の空に沈んでいく夕焼けの頼りない赤さが見えて、もうじき黄昏《たそがれ》時なのだと切なくなる。

ははっ、泣きたい。

コツコツと乾いた音が耳に届き、私は壁にかかった時計を見上げる。

時刻は午後四時。

「また、やってしまった……」

きっかり四時間、眠りこけてしまった。

昼休みが終わる頃には、起きるつもりだったのに。

やるせない気持ちに支配されて、ベッドに横になったまま脱力する。

「私の学校生活って……なんなんだろう」

これも、もう何度目の問いだろう。

虚しさが、さびしさが、悲しさが、苦しさが一気に押しよせてきて、耐《た》えられない絶望に襲われる。

もっと、普通になりたい。

友達と他愛《たあい》もない話をしたり、恋をして彼氏と登下校したり、デートしたり。

球技大会も体育祭も、文化祭も……みんなと参加したかった。

みんなが普通に送っている高校生活を、私も送りたかった。

特別なことなんて何も望んでない。

なのに、それすら私には許されないのかな。

負のループにはまったみたいに悲しくなった私は、こっそりと泣く。

涙に視界が歪《ゆが》んだ時、ベッドの横にある机の上に、見覚えのあるピンク色のスマホが置いてあることに気づいた。

「どうして、これがここに……」

ベットに横になったまま手を伸ばし、スマホを取る。

その瞬間、眠りに落ちる前に聞こえた難波くんの言葉が蘇《よみがえ》ってくる。

『俺、お前に一番に会いたかったのにさ』

あの声も、言葉も全部覚えてる。

そうだ、難波くんがこのスマホを届けてくれたんだ。

愛着のあるスマホには、難波くんの温もりが残っている気がした。

眠りにつく前の出来事は、どこか夢を見ているような感じだったけれど、あれは全部夢じゃなかったんだ。

このスマホが私の手もとに戻ってきたことが、何よりの証拠な気がした。

「難波くん、会いにきてくれたんだ……っ」

胸が熱くなり、涙が溢れる。私はこらえきれずに泣いた。

初めて、私に会いにきてくれた人。

難波くんからしたら、ただスマホを返すためだけの行動だったかもしれない。

でもね、どんな理由でもよかったんだ。

誰かとこうして繋がれることが、誰かの記憶《きおく》の中に私がいることが、ただただうれしかった。

「ありがとう、ありがとう、難波くん……っ」

きみが会いたいと言ってくれたこと、きっとずっと忘れない。

そう言ってくれるきみに、私も今日一番に会いたかったと思うよ。

私を知ってくれている人がいる。

名前を呼んでくれる人がいるって、幸せなことなんだな。

誰もいない保健室。

さびしかったはずの夕日が、少しだけ温かく感じた放課後。

胸の中に生まれた幸せの芽《め》が凍《こご》えないよう、温めるように胸に手を当て微笑《ほほえ》んだ。

その日の夜、私はベッドに寝そべり、大好きな少女漫画、『初恋マカロン』の最新刊を読みながらひとりニヤニヤしていた。

「ヤバイ、旭《あさひ》くん、本当にイケメンすぎて辛い！」

旭くんっていうのは、この少女漫画のヒーローだ。

最初はチャラ男なのに、ヒロインの蓮華《れんげ》に恋してから一途《いちず》になっていって……。

「きゃーっ、悶《もだ》え死ぬ！」

私はバタバタと足をバタつかせて、そのまま大の字になった。

いいなぁ、こんな風に誰かに一途に思われてみたいなぁ。
一度でいいから、恋がしたい。
一度でいいから、彼氏が欲しい。
「デートしてみたい！」
オシャレなカフェとか、映画館とか！
まぁ、全部漫画の受け売りだけど。
桃色《ももいろ》の妄想《もうそう》が、頭の中でほわわーんと広がっていく。
よし、今日は『初恋マカロン』全巻、徹夜《てつや》で一気読みするしかないな。
ふたたび、漫画に視線を向けた時だった。
——プルルルッ。
めったに鳴らない私のスマホから着信音が鳴りだす。
もしかして、いたずら電話だったりして。
「えーと、誰だろう……ん？」
スマホの画面をのぞくと、見覚えのない番号からの着信だった。
家族の連絡先は登録《とうろく》してある。家族以外からの電話なんてめずらしい。
やだ、なにこれ怖いんだけどっ。
とりあえず出てみて、ヤバそうなら切ればいっか。

体を起こした私は、おそるおそる通話ボタンを押す。
「……はい、もしもし……？」
いったい誰が、私のスマホに電話をかけてきたんだろう。
警戒心《けいかいしん》むき出しで電話に出ると、『おう、俺だよ俺！』と、すぐに返事があった。
「…………」
……あれ、この声って……。
前に……いや、つい数時間前に聞いた、難波くんの声だ！
それにしても、なんで私の番号知ってるんだろう。
昨日、スマホ取り違えた時に番号控《ひか》えたのかな？
『おーい、聞いてんの？ 俺だけど』
俺、俺って……お年寄りが引っかかっちゃうあの有名な詐欺《さぎ》みたい。
まさか、同級生から仕掛けられるとは思わなかったよ。
「オレオレ詐欺は犯罪ですよ」
『お、その切り返しを待ってたんだよ、わかってるじゃん』
なにその、うまいツッコミできたね、みたいな言い方は。
難波くんは、芸人にでもなりたいの？
かく言う私も、難波くん相手だとつい、ペースに乗せられてしまう。

「っていうか、難波くん、なんで私の番号知ってるの？」

『あぁ、昨日お前にかけた時の履歴《りれき》からかけたんだよ。登録しとけよ？』

な、なんで私が難波くんの番号を登録する必要が……？

うーん……でも、クラスメイトの連絡先かぁ。

……なんて、魅力《みりょく》的なお誘《さそ》いだろう！

「うん、しておく……」

なんか、うれしいのにはずかしい。

心がムズムズして、声が小さくなってしまった。

『それから、俺のことは難波くんじゃなくて、〝八雲〟って呼ぶように。俺のこと名字で呼ぶヤツ、なかなかいないぞ』

「え、そうなの？」

「だって言いづらいだろ、難波って」

自分の名字が言いづらいって……自分で言う？

……私も、八雲って呼び捨てにしてもいいのかな。

八雲って呼びたいなって思ってたから、地味にうれしいけど。

「やっ……」

「八雲」と、呼ぼうとしたけど、最後まで言えなかった。

なんか、ずっと難波くんって呼んでたから、八雲って違和感《いわかん》がある。
『俺は、泪って呼ぶからな』
――トクンッ。
家族に呼ばれても平気なのに、八雲に呼ばれると心臓が騒いでしまう。
この、息がつまるような切なさ、胸の苦しさはなんなんだろう。
「な、泪は呼んでくんねーの？」
なに、そのお願いの仕方は。
ドキドキして、心臓の音が電話ごしに伝わってしまいそう。
いやでも、私だけ呼ばないのもなんか不公平だよね。腹を決めろ、私。
「わ、わかった……や、八雲」
わぁっ、ついに呼んじゃった。
『ぶっ、ぎこちねーの！』
一生懸命《いっしょうけんめい》呼んだのに、八雲に笑われる。
はずかしくて、顔にカッと熱が集まるのがわかった。
電話だし、本人もいないというのに、どこかに逃げたい衝動《しょうどう》にかられる。
もうやだ、なんでこんなにはずかしい気持ちになるのっ。
それもこれも、全部八雲のせいだ！

「な、慣れてないんだから仕方ないでしょ！　次笑ったら、この電話切ります！」

『おい、待て待て！　わかった、もう言わないから切んなって。お前、マジで切るだろ！』

「ふんっ」

とか言いながら……私からこの電話を切ることは、もうできないんだ。

だって私、八雲との電話が楽しいって思ってるから。

『機嫌《きげん》直してくださいよ、お嬢《じょう》さん』

「からかわないで！」

『だって泪、反応いいからさ、つい』

私をからかって笑ってるんだ。「お嬢さん」とか、口調からしてチャラ男だし。

八雲はこんな風に、女の子なら誰にでも気さくに話しかけるのかなぁ。

そう思ったら、ふいにキュッと胸を絞《しぼ》られたような痛みが襲ってくる。

……どうして、きみのことを考えるとこんなにも切なくなるの？

自分の心に問いかけてみても、理由はわからなかった。

『つか泪、俺、お前に会いにいったんだけど』

「あっ……」

八雲が会いにきてくれた時の感動を思い出して、胸がじんわりと熱くなる。

「スマホ届けてくれてありがとう！　その節《せつ》はお世話になりました」

『お前……爆睡だったけどな』

たしかに、頭半分寝てたけど。八雲の声は、ちゃんと私に届いてたよ。

「だって、あのお昼の時間帯ってすごい眠いんだもん」

お昼は私にとって魔の時間帯。

日中強い眠気に襲われるのが、この病気の特徴《とくちょう》だったりする。

あと少し遅ければ、私はきっと八雲が来てくれたことにさえ気づかなかっただろう。

〝俺、お前に一番に会いたかったのにさ〟

八雲がくれたあの言葉を聞けなかったかもしれないと思うと、とたんに自分の病気が怖くなった。

ひとりぼっちで、いつも孤独《こどく》感が消えなかった私の心に、ひだまりのような温もりをくれたあの瞬間が、なかったことになるのは悲しい。

『雪人に聞いたぞ。泪って体調悪くて保健室登校してたんだってな』

――ドクンッ。

胸がざわざわと騒ぎだす。

病気のことを聞かれたらどうしよう。

「え、あぁ……まぁ……」

雪人って……朝、下駄箱で声をかけてくれた紫藤くんのことだ。

そういえば、紫藤くんは私のこと知ってたんだよね。

『それにしても爆睡しすぎだろ！　保健室登校だからって、サボるなよ』

「さ、サボってるわけじゃ……」

眠気に抗《あらが》えなくて、眠っちゃうんだよ。

でも、そう言うとあとあと面倒かな。じゃあなんで爆睡してるんだよって、話になるだろうし。

いっそ、サボってることにしとこう。

「うんうん、サボるに決まってるじゃん！」

『自信満々に言うなよ……』

「あはは……」

『なんだ、その空笑いは。理由……他にあるのか？』

「…………」

本当の理由なんて、言えるわけない。

『怠け者』『サボり魔』『体力がない』。

心ない言葉と、軽蔑したような冷たい視線を思い出す。

八雲には、嫌われたくない。

八雲にだけは、私を普通の女の子として見てほしい。

そう思いはじめている自分がいる。

友達でいたいから、つく嘘もあるよね。

『え、なに……泪まさか、すげー重い病気とかじゃないよな』

「え？　いやいやっ、そういう深刻な病気とかじゃないから！」

勝手に深刻そうにしている八雲に、あわてて否定する。

私の病気なんて、ただ寝ちゃうだけの、なんてことない病気だ。

命が危ないとか、余命《よめい》が短いとか……そういうんじゃない。

いっそ、その方がみんなにも冷たい目で見られずに済んだのかな……。

「でも、体調悪いから保健室にいるんだろ？」

「……うん、まあ……」

正確に言うと、体調がよくても保健室にいるんだけどね。

そう言ったら八雲、毎日保健室に通ってきそうだ。

そうなると、過眠症のことも話さなきゃいけなくなるから、秘密にしておこう。

「大丈夫、電話でもほら、元気そうでしょ？」

『まぁ、たしかにな。あービビった。やめろよな、その間！』

「え……？」

『……心配すんじゃん』

「心配……八雲が、私の？」

『お前以外に、誰の心配すんだよ』

そんな、心底あきれた、みたいな声を出さなくても。

でも……そっか。八雲、心配してくれたんだ。

命に関わるような病気の方がよかっただなんて、少しでも思った私がバカだった。

死んでしまったら、もうこうして八雲とも話せないもんね。

「へへっ」

なんだ、いいヤツじゃん、八雲って。

ただのチャラ男くんかと思ってたのに、優しいとこもあるし。

『おーい、なに笑ってんの？』

「え、聞きたい？　今、八雲を〝チャラ男〟から〝優男〟に昇格《しょうかく》しようと……」

『悪口かよ！』

「え、褒《ほ》めたつもりなのに」

『は？　どこが⁉』

八雲と面と向かって話したのなんて、保健室でぶつかった時の一言、二言程度だ。

なのに、ずっと友達だったみたいに、会話が弾《はず》む。

ときどき訪れる沈黙《ちんもく》も、苦にはならなかった。

「ね、八雲っていつも家で何してるの？」

『なんだよ、突然。んー、ゲームだな』

ゲームかぁ、なんか男の子って感じ。

透お兄ちゃんも、よく戦闘《せんとう》ゲームやってたな。

「へぇー、なんのゲーム？」

『ひたすらゾンビ倒してくゲーム。頭撃《う》ち抜くと得点高くてさ、それ極《きわ》めんの』

「……なにそれ、楽しいの？」

どんなゲームかわからないけど、グロテスクな場面しか浮かばない。

『楽しいって。明日貸してやるよ』

「えっ……？」

ゲーム貸してくれるってことは、八雲にも会えるってこと？

今日は会えなかったから、今度こそ八雲に会ってみたいな。

だけど私、起きられるかわからないし……。

守れない約束は、したくない。

もし守れなかったら、八雲は裏切られた気持ちになるでしょう？

私も、守れなかった時には罪悪感で苦しくなる。

どちらも辛い思いをするから、嫌なんだ。

「でも……」

会いたい。どうしたらきみに会えるだろう。

傾眠期を抜けたばかりだから、まだ眠気を引きずっている。

八雲と待ち合わせても、今日みたいに昼間に眠ってしまい、会えない可能性が高い。

あ……そうだ。比較《ひかく》的、放課後なら起きていられることが多いかもしれない。

『なんだよ、都合《つごう》悪い？』

「そういうわけじゃないんだ。会うならいつかなって、考えてて……」

私が眠ってしまわずに、八雲に会える時間。

人気の少ない保健室で、放課後に待ち合わせするのはいい考えかもしれない。

『なぁ、教室には来られねーの？』

「それは……」

『さっきも聞いたけどさ、本当は体調よくないんじゃないか？　今日だって保健室でぐっすり寝てたし』

なんか私、疑われてる？

この様子だと、もし放課後も眠りこけてたら、さらに怪《あや》しまれて病気のことも追《つい》及《きゅう》されかねない。

それに、八雲のことが好きな女の子たちに、どう思われるかもわからないし。

やっぱり、会うのはやめておいた方がよさそうだな。

また、下駄箱に入れておいてもらおう。

「だ、大丈夫だって！　えーと、朝、下駄箱に入れてお……」

『また下駄箱かよ！』

不服《ふふく》だと言わんばかりに叫んだ八雲に、私はスマホを少しだけ耳から外す。

もう、耳元で叫ばないでほしい。

だって、女の子の嫉妬ほど、危険なものはない。

私が八雲の下駄箱に手をかけた時の女の子たちの鋭い視線……。思い出すだけで、ブルッと体が震える。

本当に、当人は無自覚というか……なんか、腹が立ってきた。

「下駄箱に何か不満でもあるの!?」

『大ありだ！』

「むう……でも、無理なものは無理。私の命が懸《か》かってるからっ」

『はぁ？　意味わかんねぇ』

「とーにーかーく！　下駄箱に入れといてよね」

あっ、そうだ。借りるだけっていうのもあれだから、私もこの『初恋マカロン』のセットを貸してあげよう。

「明日、私のとっておきも、八雲に貸してあげるね！」

『へぇ、とっておきって何？』

「それは見てからのお楽しみ！」

『なになに、俺に手作りクッキーでも作ってくれるとか？』

「寝言は寝てからにして！　それじゃあ、また明日！」

『はっ？　おい、ちょっと……』

ブチッと、昨日とほとんど同じ流れで通話を切った。

だって、また詮索されそうだったし。

「今のところ五巻まで出てるから、まとめて下駄箱に突っこんどこう」

ベッドからおりて、さっそく本棚の『初恋マカロン』計五冊を手に取ると、紙袋《かみぶくろ》に詰《つ》めこんだ。

これくらいなら、下駄箱に入るよね。

「あ、そうだ、ただ貸すだけっていうのもつまらないから……」

私は漫画の中で注目してほしいところに、付箋《ふせん》をペタッと貼りつけた。

「この、泣いている時にうしろから抱きしめられるのは、胸キュンの鉄板だよねぇ〜」

それから、チャラいヒーローが一途になる瞬間なんて、最高だ。
私、自分でもわかるくらい、はしゃいでる。
八雲、楽しんでくれるといいなぁ。
八雲が少女漫画を読んでるところを想像すると、ちょっとおもしろいけどね。
でも、明日はきっと、いつもより楽しくなる気がする。
そんな期待を胸に、ベッドで眠りについた。

頭を悩《なや》ませるもの

……アイツは、何を考えてるんだ。

翌日、登校してきた俺は教室の中央列、ど真ん中にある自分の席へドカッと座る。

乱暴に席に着いたせいか、目の前に座る親友が、驚いたようにこちらを振り返った。

「おはよう八雲……って、これどうしたの？」

「知らねーよ！」

つーか、俺が聞きてーよ。

女だったら、付き合ってもいいレベルの女顔。憎《にく》らしいほど顔の整った親友の雪人が、俺の机の上にある紙袋の中身をのぞいて、苦笑いを浮かべる。

「知らないって……俺の目には少女漫画に見えるんだけど。八雲、こういう趣味《しゅみ》あったんだ？」

「あるわけないだろ……やめてくれよ、マジで」

俺、一応イケてる、モテ男で通ってるんだからさ。

なのに……この紙袋を見ては、クスクス笑って去っていくクラスの連中……。

「八雲、マジウケるんだけどぉーっ！　これ、少女漫画じゃんっ、ぷぷぷっ」

げっ……面倒なのに見つかった。

雪人同様、紙袋をのぞきこんだのは、クラスのぶりっ子、田崎環奈《たざきかんな》。

パッツン前髪にクルクル巻かれた茶色のロングヘアーがめちゃくちゃ似合っている、レベル高めの女子だ。

ただ、空気を読めないことが多々ある。

「おい環奈、わざわざそんな大声で笑わなくてもいいだろ」

「えー、だっておもしろいんだもんっ」

終わった……と、俺は額《ひたい》に手を当ててうなだれた。

明日にはクラスどころか、学年中に広まってるな……これは。

環奈はものすごく、口が軽いから。

「八雲が少女漫画好きだったなんて、可愛い～っ」

もう、やめてくれ。

公開処刑《しょけい》のように〝少女漫画〟を連呼《れんこ》され、死にたくなった。

環奈は口も軽いし、ぶりっ子だけど、かなりモテるんだよな。

「でも俺は、泪みたいな素朴《そぼく》な感じが……」

って、俺、何言ってんだ？

ほとんど無意識に声に出していた。

なんで今、泪が出てくるんだよ。人の下駄箱に、少女漫画突っこむようなヤツだぞ。

「いや……ないない……」

「八雲、さっきからなぁにひとりでしゃべってんのぉ？　話すなら環奈と話そうよ」

「あー……環奈となら大歓迎《かんげい》なんだけど、あとでな」

これ以上、少女漫画のことをみんなに知られるわけにはいかない。

声のでかい環奈を、まずは遠ざけねーと。

不服そうな環奈を適当にあしらって、俺は前の席に座る親友に視線を戻した。

「なぁ、雪人は泪と話したんだろ？」

「うん？　あぁ、可愛い子だったね。でも、意外だったな。神崎さん、どちらかというと清楚な感じの子なのに、派手好きな八雲の知り合いだったなんてさ」

たしかに、泪は俺の周りにはいないタイプの女の子だ。

保健室で寝ている泪は、素朴だけど清楚で可愛かったような気がする。

一瞬だったけど、保健室でぶつかった時にも顔を見たっけ。

弥生がいた手前、ガン見するわけにもいかず、チラッと見えた程度だったけど。

そう思うと、俺たちって、面と向かって話したことなかったんだな。

電話でしか話してねーのに、俺、もうずっと一緒にいたみたいに心を許してる。

泪は話してると天真爛漫《てんしんらんまん》！って感じで、なんかすげー可愛いなって思う瞬間がある。

いちいち俺の会話に毒吐《どくは》いてくるところとか、癖になるんだよな。

他の、俺に媚《こ》びてくる女の子とは違って新鮮で、素直な反応がとにかく可愛いんだ。

「ちょっと、聞いてる？」

ボーッとする俺を、雪人が怪訝《けげん》そうな顔で見ていた。

「え、あぁっ、聞いてる、聞いてる。いや、泪とは知り合いとかじゃない」

そう答えたものの、知り合いじゃないなら、俺と泪の関係ってなんだ？

よくわからないけど、俺は泪のことが気になってる。

泪の好きな物はなんだろうとか、今何してるんだろうとか、声が聞きたいとか。

気づけば、俺と泪を繋ぐ唯一《ゆいいつ》の存在であるスマホを握りしめてる。

この気持ちは……なんだ？

今まで感じたことのない気持ちばかりが溢れてくる。

俺は、自分の胸の中に生まれた不思議な感情に、名前を付けられずにいた。

「じゃあどういう繋がり？　彼女、二年になってからクラスに来たことないのに」

「あー、そうなのか？　俺、泪のこと知ったのスマホ取り違えた時だから、よく知らねーんだよなぁ」

机に肘《ひじ》をついて、泪から借りた……いや、押しつけられた少女漫画を見つめる。

泪のヤツ、ちゃんと下駄箱からゲーム回収したかな……。

つか、なんで教室来ねーんだよ。

俺より先に雪人に会うとか、なんかムカつく。

「あのさ、そもそもどうしてスマホ取り違えることになったの？」

あれ？　スマホ取り違えた時のこと、雪人に話してなかったんだっけ。

あの日のことを思い返しながら、俺は雪人に説明することにした。

「保健室に弥生連れこんだ時に、泪とぶつかったんだよ。そん時にふたりしてスマホ落として、お互いに気づかず相手のスマホ持ち帰ったから、そうなった」

「相変わらず女癖悪いな……ほどほどにしないと、痛い目見るよ」

「うっせ、余計なお世話だっての！」

そういう雪人は、モテるのにガード固いよなぁ。俺は来るもの拒まずだけど、雪人はどんなに女の子が寄ってきても、『俺の恋人は本だから』の一点張り。

綺麗な顔をしている雪人は、女の子たちから王子様扱いされ、絶大な人気がある。だけど誰にもなびかない雪人に、彼女になれないのなら、いっそみんなで見守ろうの会ができたほどだ。

「そんなことより、泪ってなんで教室来ねーんだろ」

「この学年に上がった最初のホームルームで、神崎さんは体調が悪くて保健室登校なんだって先生は言ってたけど？」

「それは知ってるって。俺は、どう体調が悪いのかを知りたいんだよ」

「気になるならさ、本人に聞きなよ」

「聞いても、元気だから大丈夫、の一点張りなんだよ」

声は元気そうだけど、あきらかに様子のおかしい泪。

それが気になって、しょうがない。

「やっぱり……泪、ヤバイ病気とかなんじゃ……。昨日、保健室行ったらアイツ寝てさ。けど、そのわりには電話で話すとめちゃくちゃ元気だし……」

本当に、なんなんだよアイツは！

泪のことを考えだすと、なんで直接会ってくんねーんだろうとか、胸がモヤモヤしていろいろ考えちまうんだよな。

「あのさ、もしかして八雲……神崎さんが好きなの？」

「……は？」

俺が、泪を好き？　そんなわけねーし！

だって俺、泪とまともに会って話したことないんだぞ？

雪人、急に何を言いだすんだか。

「だって、話聞いてると八雲、恋する乙女《おとめ》みたいだし」

「はぁ？　乙女はやめろって！　それは雪人のことだろ」

あ、やべっ……。雪人には絶対に言ってはいけないワードを口走ってしまった。

そう思った時にはすでに遅く、黒い笑みを浮かべて俺を見つめてくる雪人。

背中にダラダラと冷や汗をかいた俺は、恐ろしくて縮こまる。

「八雲」

「はい……」

「俺は男だから、乙女とか、女顔とか、美人とか、二度と言わないように。でないと、明日から机の中いっぱいに少女漫画詰めこむから」

俺の親友は、満面の笑みで毒を吐く。

「……すみませんでした」

雪人、女顔のことすげー気にしてるんだよな……。

女顔とか、乙女とか、「可愛い」もギリアウトな感じで。言ったら最後、この男は白王子から黒王子へと変化する。

「とにかく、話を戻すけど」

「お、おう……」

「八雲は、神崎さんのことが気になってるように見える」

……泪が気になってるのは事実だ。

ただ、どういう意味で気になるのかがはっきりしないんだよな。

ただの興味本位《きょうみほんい》な気もするし、もっと……本能的に惹《ひ》かれているような気もする。

「でも、まともに顔見て話したことないんだけど、俺」

だから、不思議だった。どうしてこんなにも、泪のことが気になるのか。

俺の心の中を、泪の存在が占領《せんりょう》していくように、アイツのことしか考えられなくなっていく自分が少し、怖かった。

不安になるのはやっぱり、この感情がなんなのか、わからないからなんだろうな。

人間はみんな、得体《えたい》の知れない物を恐れるから。

「でも、電話とかしてるんでしょ？」

「まぁ……」

「人を好きになる瞬間なんて、人それぞれでしょ。一目ぼれとか、その人の空気感が好きとか、話してみて波長が合うとかね」

雪人、完全に俺が泪を好きみたいに言ってるけど……。

いや、雪人からそう見えるってことは、その路線もあるってことか？

……つまり、俺は泪に〝恋〟をしているということになる。

「いやいや、俺はもっとイケイケな感じの女の子がタイプ……のはずだし」

「好きになった子がタイプになるんだよ、本気の恋ならね」

そう言って雪人は読書を始めてしまう。

本気の恋なら……か。

それなりに恋愛経験はあるし、彼女だっていたこともある。

でも、今まで俺のしてきた恋愛は、言葉は悪いけど、お互いの利害《りがい》の一致《いっち》でしかなかった。

ルックス、評判《ひょうばん》が第一で、アクセサリーみたいな感覚で女の子と付き合ってた。

相手も当然、俺に求めるものは同じだったし、恋ってそういうもんだと思ってた。

でも、錯覚《さっかく》していたのかもしれない。

雪人が言うように、タイプとか関係なしに本能的にその子に惹かれることを恋と言うのなら、今までの恋愛はすべて偽物《にせもの》だと思った。

泪に感じるのは、俺の知る恋愛感情とは違う。

ただ、会いたい、声が聴きたいと焦《こ》がれてる。

これが本当の恋……なのか？

俺が泪のことを……ねぇ。

「いやいや、まさかな」

何回目かもわからない「いや」「まさか」を繰り返した俺は案の定、授業にはまったく集中できなかった。

いつも真面目に聞いてるわけじゃないが、今日はとくに気もそぞろだった。

その日の夜、俺は自分の部屋で泪から借りた『初恋マカロン』とかいう少女漫画を読んでいた。

ベッドに仰向《あおむ》けになって、漫画のページをパラパラとめくる。

悔《くや》しいけどこの漫画、なかなかにおもしろい。

チャラくてモテるのに、めずらしく女の子にフラれて落ちこんでいたヒーローが、主人公の女の子が作ったマカロンを食べて、心打たれるところから恋が始まる。

……なんで、なんかなぁ。

まっすぐで明るく見えるのに、何か重大な秘密を抱《かか》えてるっぽい主人公のことが気になってしょうがない。そんなヒーローの気持ちに共感できる。

漫画のヒロインが、どことなく泪に似ているからなのか？

「……お？」

すると、アイツの文字で【旭くんの一途になった瞬間に胸キュン！】と書かれた付箋を見つける。

「へぇ、アイツこんな字書くんだ」

丸字で、綺麗すぎない可愛い文字。

人差し指で、その文字をなぞってみる。

明るくて無邪気《むじゃき》なアイツにはピッタリだな……なんて。

泪のこと、よく知ってるわけじゃないくせに、俺は何考えてんだ？

「つか……泪ってこういう恋に憧《あこが》れてんのか？」

チャラ男が、一途に変わる瞬間。

俺とこのヒーローは、どこか似ている。

今まで、追われることはあっても、誰かを必死に追う恋なんてしたことない。

【泣いてる時に、うしろからギュッと抱きしめられるのは、女の子の理想の境地！】

「ぷっ、境地って……アイツ、たまに言葉オカシイのな。うしろからねぇ……ふぅーん、意外と乙女じゃん」

俺に対しては、結構毒舌《どくぜつ》な泪の乙女な部分。

――トクンッ。

それを知った瞬間、心臓が静かに音を立てて跳《は》ねる。

「うわっ、なんだよこれ……」

なんか、胸が切ない。

いや、苦しい……？

俺は服の上から胸を押さえる。すぐに治まるかと思った胸のドキドキは、どんどん強くなっていく一方だ。
「泪のこと考えると……なんか、ヘンになる」
切ないのに、苦しいのに、うれしいってなんだよ！
とまどいながら、ワイシャツの胸元をギュッと握り、その苦しさに耐えた。
こんな感覚、今まで知らなかった。
ふいに、雪人が言った言葉を思い出す。
『あのさ、もしかして八雲……神崎さんが好きなの？』
俺が、泪を好きとか……きっかけがわからない。
でも、俺は今、たしかに泪に惹かれてる。
それが恋だと認めたくないのは……。
追われる恋より、追う恋の方が未知数で……怖いんだ。
「泪は、俺のことをどう思ってんのかなぁ……」
俺の見てくれとか、他人に自慢できるか否《いな》かで判断されるのは……嫌だな。
でも、泪はそんな理由で彼氏を作るような女の子じゃない気がする。
そんなところが、少なくとも俺は気に入ってる。
って、また泪のことなんも知らないくせに知ったかぶってる。
俺だけが泪のすべてを知っている、そんな存在になれればいいのに。

「アイツ、今何してっかな……」

泪のことを考えてたら、無意識にスマホを握りしめていることに気づいた。

まただ……。

泪に出会ってから、ヘンな癖ができた。

今、泪の声が聞きたいなんて言ったら……泪は、俺のことをどう思うんだろうな。

……なんか、想像できるわ。

絶対、『電話、切らせていただきますわ』って言われる。

「ぶっ、アイツ、この俺をこんなに悩ませるとか、大物すぎ」

まだ電話で話したことがある、くらいの浅い仲なのに、素の俺でいられる不思議な距離感《きょり》。

もっと、泪に近づきたい。

もっともっと、泪のことを知りたい。

俺の胸の奥底で、静かに開こうとしている想いの花。

その花の名前を、知りたいって思うよ。

「だから……」

俺は迷わずにスマホを操作《そうさ》して、発信ボタンを押した。

相手はもちろん、神崎泪、お前だから絶対に出ろよな。

どうしても会いたくて

八雲からゲームを借りた日の夜。

私は透お兄ちゃんからゲーム機を借りて、自分の部屋のテレビに繋げると、さっそくゲームをやってみた。

——バンッ、バンッ、バンッ！

『ギャッ、ギャーッ』

「ひぃぃっ、ゾンビが来る！　こっちに来るぅぅっ！」

気色悪い声出さないでよっ。

半泣き状態で、Aボタンを連打する。

探検しながら進むタイプで、映像もリアルなんだよね、このゲーム。

部屋にひとりだからか、なおさら怖い。私は叫びながらゾンビを撃ちまくっていた。

——プルルルッ。

「わぁ！」

突然、着信音が部屋に鳴り響き、ビクリと肩を震わせる。

ゾンビが迫《せま》ってる、こんな忙《いそが》しい時にいったい誰だろう。
何度も言うけど、友達のいない私に電話をかけてくれる人なんて、誰も……。
そう思った瞬間、頭によぎるアッシュブラウンの髪。
もしかして、あの人かもしれない。
そんな予感がして、心臓が早鐘《はやがね》を打ちはじめる。
すぐにゲームを中断して、スマホの画面を確認する。
そこには、つい昨日登録したばかりの【難波八雲】の名前。
あ……っ、やっぱり！
それを見た瞬間、迷《まよ》いなんて一切なく、ほとんど無意識に通話ボタンを押していた。
「も、もしもし！」
『よう……よかった、まだ起きてたんだな』
まだ起きてたんだなって……そんな？
壁にかけられた時計を見あげると、時計の針は夜の十一時を指していた。
「嘘ぉーっ！　もう十一時なの⁉」
『うおっ、急に叫ぶなよ！　なに、なんでそんな驚いてんの？』
あ……スマホ、耳に当てたまま叫んじゃった。
八雲の耳が心配になったけど、それどころじゃない。

だって、叫びたくなるほど時間がたっちゃってたんだもん。

夕飯を食べ終わったのが六時だから、そこから始めて、かれこれ五時間ほどゲームをしていたことになる。

そんな時だ、『キシャーッ』とゾンビの叫び声が聞こえ、あわててテレビ画面を確認すると、【GAME OVER】の赤い文字が出ていた。

「って、ぎゃーっ！」

『耳痛い！ だから、耳元で叫ぶなって言ってるだろっ。ったく、今度はどうした？』

また、やってしまった……。

でもね、このゲームで驚かない方が難しいよ。

「ご、ごめん……あのね、ゾンビがすぐそこまで来てまして」

『は？ ゾンビ……？』

「うん。それでね、目を離してる隙に食べられました」

ゴールまであと少しだったのにな、ショック。

また最初からだなんて心が折れそうだ。

『食べられてたって……あぁ！ 今日貸したゲームのことな。ぷっ、泪もハマったんだろ。あれさ、始めたら最後、オールでクリアしたくなんねー？』

あ、それはなんかわかるかも。

怖いんだけど、【GAME　OVER】になると、悔しいっていうか！

しかも、銃《じゅう》の命中率が前よりよくなってると、地味にうれしかったりするんだよね。

「そうなんだよーっ、寝不足になったら八雲のせいだかんね！」

『なんでそうなるんだよ、あきらかに自分のせいだろ！』

「そうだけど……。あ、そうだ、八雲こそ私の恋のバイブル、『初恋マカロン』読んでくれた？」

あれ、たった五巻なんだけど、じっくり読みこむと結構時間かかるんだよね。

『……それで思い出した。泪、お前、今すぐそこに正座しろ』

「へ、正座？　な、なんで？」

私、何も悪いことしてないのに。

さっき耳元で叫んだことを怒《おこ》ってるのなら謝るけど、話の流れからすると、それとは関係なさそうだ。

『そんなん、よーく自分の胸に手を当てて考えろ！』

「えー？」

何か反省しなきゃいけないこと、あったっけ？

言われた通り、胸に手を当てて考えてみる。

うーん、大好きな少女漫画を貸してあげた私ってば優しくない？

「むしろ、八雲は私に感謝するべき！」

『あのなぁ、お前が俺の下駄箱に少女漫画突っこんだせいで、クラスのヤツらにヘンな目で見られたんだぞ。俺は謝罪を求める！』

「えぇ〜でも、おもしろかったでしょ？」

『……ま、まぁな、まだ四巻だけど意外とイケる……って、それが言いたいんじゃなくてだな』

「付箋も見た？　八雲に絶対に見てほしいところ、ピックアップしておいたの！」

ベスト胸キュンエピソードのところ！

八雲も絶対、ドキドキすると思うんだよね。今すぐ恋したくなること間違いなしっ。

『お、おう……つか、泪ってああいうのがイイんだ？』

「うんっ、あの五冊に私の憧れが詰まってるんだよ。私もあんな恋がしたいなぁーって。あんな風に一途に想われるとか、幸せだよね」

『ふーん、そういうもんかね。俺、男だからわかんねーけど、勉強になったわ』

「勉強って……ぶふっ、真面目か！」

『真面目言うな！　参考だよ、あくまで参考！』

ますます、難波八雲っていう人がわからなくなる。

チャラ男で適当男っていう噂のイメージは、八雲と話すごとに変わっていく。

ただ楽しんでほしいだけだったのに、少女漫画で恋愛の勉強しようとしてるとか、ヘンなところ真面目だよね。

そんな、新しい八雲を見つけるたび、もっともっと、きみを知りたいと思うよ。

『お前と話してると、ときどき、お笑いやってんのかと思うわ』

「なら、私がツッコミだね」

『どこからその自信が湧《わ》いてくるんだよ！　あきらかに泪がボケだろっ』

なんですって？

私のどこがボケてるっていうんだ。八雲ってば、本当に失礼だなぁ。

『でも……お望みとあらば、やりましょうか？　うしろからハグ』

なっ……急に何を言いだすの⁉

「はぁっ？　あれは泣いてる時限定で……」

『なら、泣けって』

ほらほらと、急《せ》かす八雲に私は叫ぶ。

「……電話、切らせていただきます！」

『ぶっ！』

すると、なぜか八雲が噴きだした。

こっちは、からかわれてムカムカしてるのに！　このチャラ男め。

「もー、笑いごとじゃないから！」

『いや、俺が素直になったら、泪は絶対そう言うんだろーなって思ってたから』

……素直に……なったら？

なにそれ……。まるで、うしろからハグする話が八雲の本音だったみたいな言い方。

そんなの、誰にでも言ってるくせに。

あいさつがわりに女の子を口説《くど》くのだって、朝飯前なくせに。

だから、言葉のまんま受け取ったら……だめだよ。

だめなのに、うれしいだなんて思ってしまう。

『その通りになって、なんかおかしくってさ。どんな女の子なんだろうって、俺ずっと泪のこと考えてたから』

「えっ……」

ずっと、私のことを考えてたって、なにそれ……。

八雲の唇《くちびる》からこぼれる一言一言に、息が苦しくなるほどの動悸《どうき》にみまわれる。

『俺、勝手に想像したりしてて。それで今日、授業に全然集中できなかったんだぞ』

「っ……」

授業中も私のこと……考えてくれてたの？

学校で私のことを知る人なんて、先生以外ではごくわずかだ。

誰も、私のことを知らない。

ひとりぼっちなのは、当たり前だったのに……。

誰かの心の中に、私という存在がいること。

ただそれだけのことが、うれしくてたまらなかった。

「も、もう……勝手な想像しないでよね。でも、参考までに聞かせてほしいな。八雲の中の、私のイメージ」

八雲に、どう思われているのかが気になる。

こんな気持ちになるのは、どうしてかな？

八雲の返事を待っている時間が、ひどく長く感じた。

緊張《きんちょう》で震える吐息《といき》が、電話ごしに伝わってしまわないだろうか。

不安になって、バクバクと心臓が騒ぎだす。

『ん？　そうだなぁ、気が強くて、たまに毒舌で……』

……気が強くて、毒舌？

『男の下駄箱に平気で少女漫画を突っこむ、世間知らず？』

「……ふーん、よくわかりました。八雲は、私を怒らせたいんだね」

『おい、最後まで聞けよ！』

「やだよ、結局、悪口コースじゃん！」

もっと、可愛いところもあるなぁ、とかさ！

そういうの期待してたのに。

私が八雲に毒舌になるのは、八雲のチャラさが原因なんだからね。

『俺の反応にいちいち食ってかかってくるところとか新鮮で、媚びたりしない、ありのままでぶつかってくれるところとか、気に入ってる』

「何言って……」

急に、八雲の声のトーンが低くなったような気がした。

なんで、そんな声で私を気に入ってるだなんて言うのっ。

やめてよ、また心臓が……ドキドキしてきちゃうよ。

『本当は直接会って顔見たいなぁとか、思ってるんだけど』

「は、はいっ？」

『俺、もっともっと泪のこと知りたい。そう言ったら、俺のこと嫌いになる？』

いつものからかった言い方じゃなくて、静かに優しく告《つ》げられる。

嫌でも八雲の真剣味《しんけんみ》が伝わってきて、加速する鼓動《こどう》で胸が苦しい。

直接会ってみたいとか、私のことをもっと知りたいとか。

まるで、告白みたいに聞こえるじゃん。

でもね、どれも、私が抱いていた気持ちと同じだった。

嫌いになるわけないじゃん、バカ……。

うれしいはずなのに私は、はずかしさをごまかそうと口を開く。

「か、からかわないでよ。こういうの……免疫《めんえき》ないんだから」

『……泪……ってさ、好きな人とかいねーの？』

ううっ、なんでそんなこと聞くの？　この話、もうここで終わりでいいじゃん。

こういうのって、男の子ともする会話なのかな。

だめだ、友達も好きな人もできたことないから、正しい距離感も話題もわかんない。

「い、いないっ……は、初恋は大事にしたくてっ」

この人いいなぁとか、心惹かれる男の子がいなかったわけじゃない。

でも、考えちゃうんだ。

私みたいに普通じゃない人間が、この人を好きになってもいいのかなって。

八雲に言ったことも本当。手の届かないモノだと思うから、夢がふくらんで、恋って素敵な感情がどんどん私の中で大事なモノになっていった。

「大事にしすぎて、恋に発展《はってん》する前に終わっちゃってた」

しどろもどろで答える。

間違ったことは言ってないし、聞かれたから答えただけだもん。

別に、それを八雲にどう思われたって……かまわないはず。

なのに、はずかしくてしょうがない、怖くてしょうがない。

八雲はこんな私、嫌いになる……？

「うぅ……なんで、こんな話になったんだっけっ」

顔から湯気が噴きだしているような気がして、パタパタと手で仰いだ。

『ふっ、泪って、可愛いヤツだな』

「か……かわっ」

可愛い……⁉

ドキンッと電流が走るみたいに、大きな衝撃《しょうげき》が心臓を襲う。

「は、はぁ⁉」

なっ、何言ってるの、八雲はっ。

私のこと、か、可愛いとか、お世辞《せじ》だってわかってる。

だけど、早鐘みたいに胸の鼓動が止まらない。

『クラスの女子なんてさ、とにかく誰でもいいから彼氏が欲しいヤツばっかじゃん。なのに、泪はこの漫画みたいに、たったひとりを想い続ける恋がしたいんだろ？』

「そ、そうだけど……悪い？」

夢見がちだって、笑われるかな。

でも、あくまでこれは私の理想で、八雲には関係ないもん。
そう思うのに、どうして八雲の答えが気になるんだろ。
八雲の答えに、私は何を期待してるんだろう。
八雲には私の理想の恋を、認めてほしいって思ってる。
『いーや、俺は好きだよ、そーいうの』
「っ……べ、別に、八雲に好かれてもなぁーっ」
はずかしさのあまり、つい可愛くないことを言ってしまう。
でも本当は、うれしくて小躍《こおど》りしそうだった。
そっか……そっか！
八雲は、私の恋の形を好きだと言ってくれた。
他の誰でもなく、八雲が受け入れてくれたことがうれしい。
『素直じゃねーの、照れてるくせに』
「うっ」
な、なんでわかったんだろう。普通にしてたつもりだったのにな。
『そんでもって、顔真っ赤にさせちゃったりしてるわけか』
「し、してないっ」
『へぇー、本当かなぁ？』

電話ごしに八雲がクスクス笑ってるのがわかる。

くそぉ……顔は見えないけど、ニヤニヤしてるに違いない！

八雲って、かなり意地悪だ。

「八雲の妄想ですーっ。わぁ～はずかしいっ！　よっ、自意識過剰《かじょう》男！」

『おい……誰が自意識過剰だ、誰が』

「ふーんだ、八雲が悪いんだからねっ。反省しなさい！」

『なんでだよ！』

「あ、そこで土下座してくれてもいいんだよ？」

『はぁ……俺、泪と話してると、つねに叫んでる気がする……』

それは、たしかにそうかもしれない……。私も気づくと叫んでる。

なんなんだ、このノリツッコミの嵐は……。

明日あたり、喉《のど》ガラガラになってそう。

「ははは、じゃあ、お笑いコンビでも組んじゃう？」

『マジかー、俺ツッコミされるかな、泪のボケに』

「だーかーら！　ツッコミは私だって言ってるのに！」

この会話もまた、ループしそう。

でも、八雲とは会話が尽《つ》きないし、話したいことばっかり溢れてきて止まらない。

『あー、なんか泪と話してると時間忘れんな』
「え……うわっ！」
時計を見れば、日付が変わって午前一時を回っていた。
もしかして、二時間近く電話してた？
『お、おい……だから、耳元で叫ぶなって言っただろ……痛い、耳が痛いっ！』
「あ、ご、ごめん……時間にビックリしちゃって」
『いや、それは俺も驚いた、でも……』
まだ、話し足りない。
もっともっと、八雲の話が聞きたいのに。
もっともっと、私のことも知ってほしいのに。
もう寝なきゃいけない時間だなんて……。
『もっと、泪と話したかったな』
「えっ……八雲も？」
八雲も、そう思ってくれてたの？
なんだか、胸がキュッと締めつけられるように切ない。
たまらなく、八雲に会いたい。
『え……つーことは、泪も俺と同じ気持ちってことか？　マジで気が合うな、俺ら』

「認めたくないけど、マジ、マジだ！」

『おいコラ、そこはうれしい！　でいいだろーが』

いや、本当はうれしいよ。だけど、そんなことはずかしくて言えるわけないじゃん。

だからね、強がっちゃうのは許してほしい。

こんな気持ちになるの、初めてなんだから。

「あの……」

会いたい、私……八雲と会って話したい。

八雲は、どんな風に笑うのかな。

私と話している時、どんな顔をしているのかな。

会いたい理由なんて、あげたらキリがなかった。

衝動に突き動かされるように、私は意を決して伝える。

「あの……明日、会えないかな？」

『あのさ、明日会えねーかな？』

声が重なった。

しかも、伝えたいことまでリンクしていて、「ぷっ」とふたりで噴きだしてしまう。

『ハハッ、俺らすげーな！』

「本当だねっ、双子並みのシンクロ率！」

私とは違って八雲はモテモテで、みんなの憧れの人。

自分とは対極にいるような人なのに、不思議なくらい波長が合って、ありのままの私でいられる。

本当に……不思議な人だ。

『なぁ泪、体調いいなら教室に来いよ』

「あっ……それは……」

……怖い。

もし、授業の途中《とちゅう》で眠ってしまったら、私は揺さぶられても起きられない。

そうしたら、中学の時みたいに、みんなに「怠け者」とか、「根性なし」とか言われるかもしれない……。

でも、八雲にだけはそう思われたくない。

離れていってほしくないから、私は秘密にするんだ。

『やっぱり、無理そうか？』

「…………」

病気のことも言わない、教室にも行かない。

今のまま、こうやって電話で話しているだけで十分幸せ。そう思ってたのに……。

なんでかな、自分が傷つかないために作った秘密が、今は少しだけ重い。

秘密にしている方が、私は傷ついているみたいだった。

残念そうな八雲の声を聞いたら、今すぐにきみの元へと走っていきたくなる。

きみに会えないと胸が痛い。

きみに会いたいという気持ちが、傷つきたくないという気持ちより勝《まさ》るんだ。

八雲と話すようになってから、明けない夜のような私の心に光が差した気がした。

あの場所で、きみだけが私を見てくれた、名前を呼んでくれた。

その心に、私の存在を残してくれた。

あきらめていた、誰かの心に触《ふ》れること。

私、八雲にだけは、傷ついてもいいから近づきたいと思ってる。

この気持ちは、全部きみがくれたんだよ。

「教室は……ちょっと。だ、だけど、朝……朝、保健室に来てくれないかな？」

私の、精いっぱいの〝会いたい〟という意思表示だった。

起きられるなんて保証はないけれど、できるだけ早くきみに会いたい。

保健室なら人目も気にならないし、八雲と思いっきり話せると思う。

私、八雲に会うためにがんばるから、だから八雲も応《こた》えて……お願いっ。

『保健室でなら、俺に会ってくれんの？』

「うんっ、約束する！　教室には行けないけど、だめ……かな？」

『何言ってんだよ、いいに決まってんだろ』

不安に駆《か》られたのは一瞬。

きみの言葉が、私の震える心をしずめてくれる。

『つか、絶対に約束だかんな！』

「うん……うんっ、約束！」

初めて、学校の人と約束をした。

何がなんでも、守らなきゃ。

八雲、きみに会うために、必ず目覚めるから。

『明日楽しみにしてっから、じゃあ、また明日な』

「うん、私も楽しみにしてる、おやすみなさい！」

『ん、おやすみ、泪』

八雲に会えるワクワクを胸に、今日は初めて、ちゃんと『おやすみ』をして電話を切れた。

「また明日……だって」

明日も会える人がいる。私に会うのを楽しみに待ってくれてる人がいる。

それだけのことが、私をこんなにも幸せにするんだ。

「よし、絶対起きるぞ！」

明日は絶対に、八雲に会うんだ。

スマホのアラーム音を最大にして、一分おきにスヌーズをかける。

念のため、お兄ちゃんにも頼《たの》んでおこうかな……って、もう寝てるか。

「仕方ない、奥の手だ」

スマホのアラームとは別に、目覚まし時計を二つ追加でセットして、ベッドに横になると、布団《ふとん》を胸元まで引きあげる。

明日は、朝日で目覚められますように。

きみとたくさん、話をできますように。

保健室で、八雲とまたコントをして、笑って……。

そんな夢を抱きながら、私は幸せな気持ちで眠りについた。

Chapter 2

* きみがくれたラブストーリー *

約束は何度でも

私は夢を見ていた。

朝、念願の八雲に会えた夢。

『おはよう』『やっと会えたね』『声が聞きたかった』。

伝えたいことを、しっかり瞳《ひとみ》を見て、きみに話せた夢を。


「んっ……」

「る……いっ、泪!」

名前を呼ばれた気がして、深い沼底にあった意識が、ゆっくりと浮上する。

だんだんとまぶたを通過してくる光を感じた。

眠いけど、起きなきゃ……。大事なきみとの約束があるから。

私は、会いたい一心で眠気に抗い、目を開ける。

「あ、目が覚めたか!」

私の顔をのぞきこむ透お兄ちゃんと目が合う。

「ん……あ、れ……透お兄ちゃん……？」

「おはよう、泪。あぁ、よかった……何日も眠るなんてザラなのにな、つい不安になって声かけた」

ホッとしたような透お兄ちゃんの顔が、窓から差しこむオレンジ色の光に照らされていて、ハッとする。

「お兄……ちゃん、今、何時っ⁉」

ぼんやりとする頭で、何が起こったのかを必死に考える。

夕方を知らせる茜色の日差し。

バクバクと心臓が嫌な音を立てて加速する。

「二十四日の夕方五時だけど……そんなに青い顔してどうかしたのか？」

二十四日……八雲と電話をした次の日だ。

こんなこと、前にもあっただろう？　そんな透お兄ちゃんの心の声が、不思議そうな表情から伝わってくる。

そう、今までなら、仕方ないと思えた。

でも、今日は……今日だけは、仕方ないなんて言葉で済ませられない日だった。

大事な、日だったのに……っ。

「そんなっ……」

私は、約束を守れなかった。その事実を認めたくなかった。

悲しくて、声が震えて、涙が滲む。

「こんなことってないよ……」

八雲……。私と会うの、楽しみだって言ってくれたのに。

ごめん……ごめんなさい、八雲っ。

横になったまま腕で目もとを覆《おお》うと、ポロポロと我慢できずに泣きだしてしまう。

「透お兄ちゃん、どうして私は……みんなと違うんだろうっ」

「泪……」

「みんなが当たり前にできることが、私には難しいっ」

朝、時間通りに起きること。

学校に登校して、誰かに「おはよう」と言うこと。

大切な人との約束を、守ること。

ただそれだけのことが、どうして私にはできないんだろう。

「何か……あったのか？」

透お兄ちゃんは私のベッドに腰かけると、あやすように頭をなでてくれる。

その優しさにまた泣きそうになりながら、私はうなずく。

「うんっ……どうしても会いたい人がいたんだけど、会えなかったっ」

待ち合わせは朝だったのに、今はもう夕方。

八雲、きっと保健室で待ってたよね……。

約束も守れない私のことなんて、嫌いになっちゃったかな……。

「私、何も悪いことしてないっ、なのにどうしてっ」

どうして、ただ会いたい人と会うことすらできないんだろう。

贅沢《ぜいたく》なんて言ってない。

私はただ、普通の生活を望んでるだけなのに！

「泪、それは辛かったな……」

「ふっ、うぅ……っ」

泣きじゃくる私の頭を、透お兄ちゃんは静かになで続けてくれた。

なのに、胸の痛みは少しも和らがない。

八雲に会いたかった。

泣きたくなるほど、きみに会いたかったんだ。

後悔《こうかい》だけが、ひたすらに胸を締めつける。

「でも、俺はそんな泪を受け入れてくれる人が、きっといるはずだと思うよ」

「ううっ……そんなの信じられないっ」

中学でも高校でも、みんな私のことを蔑《さげす》むような目で見ていた。

この先どこへ行っても、怠け者だって、サボり魔だって言われるんじゃないか。

中学の時にかけられた言葉が忘れられなくて、不安になる。

人を信じるなんて……無理だよ。

「今日会いたかった人のことは、信じられないか？」

「え……？」

目を覆っていた腕を少しずらして、透お兄ちゃんを見あげる。

今日、会いたかった人。

八雲なら……私のすべてを知っても、そばにいてくれる？

「わから……ない」

わからない、八雲が約束を破った私を、どう思っているのかなんて。

知るのが怖い。私は拒絶されることを恐れているから。

「泪、信じることは怖いことだな。でも、そんな人現れないって思いこんでいたら、泪はいつまでも殻《から》の中だ」

「殻……？」

「できない、そんなわけない、信じられない。そんな風に、どんどん周りを見ないように、殻の中に閉じこもる」

透お兄ちゃんの言葉は、今私の中に渦《うず》巻く感情そのものだった。

「信じたい人がいるなら、信じてみる価値はあると思うぞ」

信じてみたい。だけどそれは、透お兄ちゃんが言う通り、怖いこと。

信じて突き放されることが、どれほど悲しいことなのかを痛いほど知っているから。

「でも、それで突き放されたら？　私はきっと立ちなおれない……っ。最初から望まなければ、傷つくこともないのに、それでも信じることは必要なの？」

「……傷ついた方がいいんだ」

「え……？」

傷ついた方がいいって、どういうこと？

どうして、そんなひどいことを言うの？

透お兄ちゃんから放たれた言葉が、いばらの棘《とげ》のように私の心臓に刺さり、きつく締めつけてくる。

透お兄ちゃんだけは、今のままでいいよって、甘やかしてくれると思ってたのに。

「傷ついても、自分から心を開かなきゃ、相手には理解してもらえない。相手も泪に心を開かない」

「でも、怖い……」

「理解されるのを待ってるだけじゃだめだ。そんな察しのいいヤツ、そうそういないからな。だから人は、傷ついても相手に歩みよるんだよ、きっと。その勇気を、泪もいつか、持てるといいな?」

……心を開く勇気。

私はいつも、やる前からあきらめてる。

あきらめることに、慣れすぎてしまったのかもしれない。

だけど、透お兄ちゃんが言った通り、私が八雲に自分のことを話したら、八雲も心を開いてくれるのかな。

八雲の心を知りたい。私の心を知ってほしい。

そう思える相手なら、あきらめてばかりの私も変わることができるのかな。

「泪が、会ってみたいって思えた人なら……信じてみてもいいんじゃないか?」

人を遠ざけてきた私が、また会いたいと思えた人。

まるで、目の前に透明《とうめい》なフィルターがあるみたいに、一枚隔てた場所から、楽しそうに笑っている他人の姿を眺《なが》めるのが私の日常だった。

そんな私の日常に、難波八雲という人間は現れて、フィルターなんて最初からなかったみたいに、私の心の中に入ってくる。

そんな八雲に、私も……心を開きたいと思えた。

「……でも、まだ……」

私にはまだ、辛い過去を乗りこえる勇気がない。

信じて傷つくことが怖い。

その怖さを私は、嫌というほど知ってるから。

でもいつか、その勇気を持ちたいとは思うよ。

「そうだな……まだ早かったか。急かすようなこと言って、ごめんな」

「ううん、ありがとう、透お兄ちゃん」

今は、家族以外の誰かを心から信じるのは……難しい。

中学の時、いつもひとりぼっちでいた私を気遣《きづか》って、声をかけてくれた人もいた。

みんなが私を遠目に見ている中、声をかけてきてくれたのはうれしかった。

この人なら、信じてみてもいいのかもしれない。

たしかにそう思ったこともあったけど……。信じたいと思う人がいても、いつもそれ以上にはならない。

裏切られて傷つく自分の姿が、頭に浮かんでしまうからだ。

でも、八雲のことだけは……あきらめたくない。

私、おそれ多いけど、八雲の友達になりたいから。

「そういえば泪、スマホずっと鳴ってたぞ」

「え……」

透お兄ちゃんに言われてスマホを見つめる。

私に電話をかけてきてくれる人なんて、ひとりしか思いうかばない。

「汨の、会いたかった人かもな」

フッと笑って、透お兄ちゃんはスマホを私の手に握らせた。

きみしかいないと、そう確信して、スマホをギュッと握りしめる。

「八雲……」

「汨、がんばれ」

ポンッと私の頭に手をのせると、透お兄ちゃんは部屋を出ていった。

「ありがとう、透お兄ちゃん」

少しだけ、勇気をもらえた気がする。

スマホを確認すると、着信履歴には【難波八雲】の名前がたくさんあった。

「じゅ、十件？」

かかってきた時間を見ると、授業が始まる直前、昼休み、放課後にも電話をかけてきてくれてたのがわかる。

嘘、八雲……こんなにたくさん、電話かけてくれたんだ。

「うぅっ……もう、泣いてる場合じゃないのにっ」

涙腺《るいせん》が壊れちゃったみたいに、涙が止まらない。

「……きっと、たくさん心配かけちゃった」

私、八雲に謝らなきゃ。

傷ついてもいい、それでも八雲に歩みよることだけはやめたくない。

体を起こして、私は着信履歴に残る【難波八雲】の名前の上に指をかざす。

「……大丈夫、きっと……出てくれる。

八雲なら、きっと大丈夫っ」

約束破ったこと、許してくれなくてもいいから……。

嫌いにならないで、変わらずに私と話してほしい。

……なんて、矛盾《むじゅん》してるかな？

きみと向き合いたい。

だから、きみと話して、笑顔になっている自分を想像しよう。

そうしたら、体の奥底から勇気が湧いてくる気がするんだ。

――ポチッ。

意を決してボタンを押した瞬間に鳴る、発信音。

いつも八雲からかけてくれた電話。自分からかけたのはこれが初めてだった。

――プルルルッ。

発信音が鳴り続ける間って、すごく緊張する……。

八雲に早く出てほしいような、でも話すのが怖いような、複雑な気持ちだった。

そんな不安を断ち切るように、すぐに発信音が途切れる。
代わりに聞こえてきたのは……。
『泪か⁉』
八雲の焦《あせ》ったような声だった。
ちゃんと、謝らなきゃ。今日、約束守れなくてごめんねって。
「っ……八雲っ……」
伝えたいことはたくさんあるのに、私のバカ。
泣いてたら、しゃべれないじゃんっ。
なのに、止まらないんだ……涙が。
『泪、無事か？　連絡しても出ねーし、心配しただろ！』
「八雲……ごめん、本当にっ」
会うって……そんな簡単な約束さえ守れない。
本当に、本当にごめんね。
『泪……まさか、泣いてる？』
「……ははっ、やだなぁ、泣いてないって」
嘘だよ……本当は、泣いてるよ。
でも、そう言ったら八雲にまた心配かけちゃう。

それに、約束を破った私が、八雲の前で泣く資格なんかない。

あぁ……気持ちを全部きみにさらけ出せたら、どんなによかっただろう。

信じて裏切られることが怖いから、いつの間にか本心を隠すことが癖になっていた。

きみなら私を理解してくれると期待しながら、もしそうじゃなかったら、悲しいから話せないって最初から決めつける。

また、殻に閉じこもろうとしてる。

透お兄ちゃん、やっぱり心を開くなんて、私にはまだ無理だよ。

だから、せめてうまくごまかそうと思ったのに……。

『嘘がヘタだな……声震えてる』

どうして……そんな風に断言できるの？

どうして、私が泣いてるって気づいちゃうかな。

「っ……嘘じゃないもん、八雲の勘《かん》違いじゃ……」

『勘違いなんかじゃねーって。隠すなよ、泪』

もう、我慢の限界だった。

その瞬間、タガが外れたみたいにブワッと涙が溢れる。

「ごめんっ……本当にっ、約束守りたかったのにっ……私、守れなくてっ」

『そんなこと……気にしなくていいって。また、いつでも会えるだろ？』

約束破ったこと、怒ってないの？

きっと、保健室に行って私のことをずっと待っていてくれてたんだよね。

なのに、気にしなくていいって言ってくれた。

じわりと、胸に温かさが広がる。

「でも……」

本当に、八雲に会えるのかな……。

会いたいのに、体が言うことをきかないんだ。

たとえ明日、同じ約束をしたとしても、守れる保証なんてどこにもないんだよ。

『泪……俺は、何度約束して、何度破られても……同じことを言うからな』

「え……？」

『泪のことなら、いくらでも待っててやるから。だからさ、泣くな。いつもみたいにバカ笑いしてる泪の方が、ずっと可愛いぞ』

本当に、何言ってるの……八雲は。

可愛いとか、チャラいなぁ。

なのに、どうしてかな……。

変わらないきみの言葉に、こんなにも心が救われる。

「どうして、八雲は私が欲しい言葉がわかるの？」

『さぁ、なんでだろーな。泪のことを元気にしてやりたいって思ってるからかな』

「元気……に？」

『そう。だから泪の欲しい言葉はなんだろうって、一生懸命考えた』

元気にしたいと思うから、相手の欲しい言葉を知りたいと思う。

知りたいと思うから、相手のちょっとした変化に気づけるのかもしれない。

八雲は、私の一言一言を大切に受け止めてくれているってことだ。

それがうれしくて、自然と口元をほころばせていた。

「ありがとうっ、ありがとう……八雲っ」

『だから、泣くより笑った声、聞かせろよな？　いつもの強気でゲラゲラ笑ってる泪が好き……だからさ』

「すっ……！」

好き……とか、不意打《ふいう》ちすぎるよ……っ。

悲しかった気持ちとは打って変わって、甘い蜂蜜《はちみつ》のようなトキメキが、胸の内にじわりと広がっていく。

特別な意味なんてない。どうせ、いつもの冗談《じょうだん》なんでしょう？

なのに、まるできみに恋をしたみたいに、心臓がドキドキと脈《みゃく》打つ。

「ゲ、ゲラゲラなんて笑ってないもん……」

だから、ごまかすように可愛げのないことを言ってしまう。

「ハハッ、はいはい、照れない、照れない」

素直になることが、はずかしいんだ。

だけど、きみは私の心を見透《みす》かしているみたいに笑う。

『じゃあ、ワハハハでもなんでもいいから、腹から笑って俺にその声聞かせて』

「うっ、ぐすっ……わ……わはは━……」

泣きながら、無理やり笑ってみる。

『ほれ、もういっちょ』

「わ、わははは……？」

私、何やってるんだろう。

あれ、でも、だんだん本当に笑えそうな気がしてきた。

さっきまでの苦しみが嘘みたいに晴れていく。

『おぉ、その調子！　んじゃ、そのまま俺に好きって言ってみろよ』

「わはは━、八雲す……言えるかっ、八雲のバカ！」

なに、調子乗って好きとか言わせようとしてるの！　この、チャラ男めっ！

あれ、でもなんでだろう。

今、自然と〝好き〟って言葉が唇からすべり出そうになった。

きみと話していると、私は空っぽの心に温もりが満ちていくような幸福感を感じる。

この感情は……いったいなんなんだろう。

『おー、いいツッコミもらいましたー。俺がボケなんだもんな、泪？』

「あ……」

八雲、もしかして私のことを笑わせようとして……？

わざと、からかうようなことを言ってくれたのかな。

「そ、そうですーっ、八雲がボケだからね！」

『おうおう、ツッコミに磨《みが》きかけとけよー？』

いつもなら、俺がツッコミだって譲《ゆず》らないくせに、今日の八雲は私の言葉を全部優しく受け止めてくれている。

そんな風に優しくされると……調子狂《くる》うじゃん、バカ。

でも……ありがとう、うれしいよ八雲。

『泪、仕切り直してさ、明日こそ会おうぜ』

「あ……でも……」

『また、保健室でいいからさ』

八雲、私が教室に行くのを渋《しぶ》っていたこと、覚えていてくれたんだ。

でも……ごめんね、場所の問題じゃないんだ。

「ううん、そうじゃなくて……」

本当に会える？

八雲との約束、ちゃんと守れるかな……。考えれば考えるほど、嫌な予感しかしない。

そんな時、ふとさっきの八雲の言葉が蘇る。

〝俺は、何度約束して、何度破られても……同じことを言うからな〟

何度約束しても、破られても……八雲は私を待っていてくれるって、言ってくれた。

そんな八雲の言葉を……信じたい。

「八雲……もし、私がまた約束を守れなくても……」

『バーカ、俺の言ったこと忘れたのか？　何度破られても、何度でも約束する』

──トクンッ。

静かに、私の胸が幸せな音を立てる。

ありがとう、その言葉が聞きたかった。

約束を守るために私、どんなこともあきらめないね。

「……ありがとう、八雲、私も……」

『おう……』

「私も、八雲に会いたい」

今度はふざけずに、まっすぐにそう伝えた。

ただ、きみに会いたい。

飾《かざ》りっけのない、ストレートな気持ち。

これが、私の心からの想いなんだよ、八雲。

『っ……やべーな……』

「八雲、何がやばいの？」

私、ヘンなこと言った？　もしかして、会いたいって気持ちが重すぎたのかな。

でも、八雲もそう言ってくれたし……。

人と話す機会が少なくて、距離感がよくわからない。いつも相手を不快《ふかい》にさせてないか、不安になる。

『いや、いろいろ気づいちゃったというか……こっちの話。とにかく、それ以上可愛いこと言ったら、襲うからな』

「……なっ、何をおっしゃってるんですか！」

聞き間違いじゃなかったら、襲うって言わなかった？

この人、ほんとぉぉーにっ、チャラ男だっ。

せっかく、見直したところだったのに！

『泪って、いちいち俺の心をくすぐるっつーか……本気になっちゃったかも。これから、覚悟《かくご》しとけよ？』

「な、なんの覚悟……？」

なんかよくわからないけど、身の危険を感じる。

「ヘンなこと言わないでよ！」

『全部、泪の自業自得《じごうじとく》だろ。つーか、会ったら泪に言いたいことがある』

ふいに、また真剣な声になる八雲。

この声、聞きなれないせいなのか……それとも、知らない八雲の一面に驚いているからなのか……ドキドキする。

「言いたいことって……何？」

『それは、泪に会ったら直接言うから。今日は何言われるかソワソワしながら、俺のことだけ考えてな』

「は、はっ？」

なに、そんなはずかしすぎるセリフを堂々《どうどう》と言ってるの！

バカじゃないのって、文句言いたいのに……。カッと、火を吹くみたいに顔が熱くなった。

『泪の今の顔、当ててようか？』

「結構です！」

どうせ、わかってるんでしょう? 私が、照れて顔真っ赤なこと。

電話ごしにクスクス笑ってるのが聞こえる。

本当に、人のことからかって……。

いつもならここでブチ切りする電話も、なぜか今はそうしようとは思わない。

出会ってからたった数日しかたっていないのに。

八雲のことを考えるとドキドキして、ふいに見せる優しさにほんわかする。

そんな八雲に会いたくて、会えない時間は電話でもいいから繋がっていたいって思うんだ。

「ねぇ、八雲」

『うん?』

「……私、八雲のことバカとか、可愛くないことばっかり言うけどね」

『おー、たしかにえげつないぞ』

……ここでふざけるかな、普通。真剣な話をしてるのに。

「も、もう! ちゃんと話聞いてよ!」

『はいはい、ごめんって』

笑いながら楽しそうにしてる八雲に、私もなんだか笑ってしまう。

うん、今なら素直に言える気がする。

「あのね、八雲とする毎日の電話が……すっごく楽しいんだよ」
『……』
「だから、続けてくれたらうれしいな……」
願わくば、八雲が優しくする相手が、私だけであってほしい。
もっと、相手を独占《どくせん》したいとか、誰かのたったひとりになりたいとか。この感情は、
友達というより、もっと……深い。
いわゆる〝恋〟……というやつでは？
でも、出会ってからの期間も短いし、こんな〝恋〟の形ってあるのかな。
友達と言うには軽すぎるし、親友でもまだ物足りない。
それ以上に深くて大きい、この気持ちは……。
不思議だけど、これが恋だと納得《なっとく》してる自分がいる。
どうして八雲にだけは、私を知ってほしいと思うのか。
声が聞きたい、会いたい、そばにいてほしいと思うのか。
すべての答えは、その感情の中にあったんだ。
『こんのバカ、頼むからそれ以上、煽《あお》んなってっ』
「あ、煽る？」
誰が……誰を？

この状況なら、私のことだと思うけど、煽った自覚はありません。

私、また、まずいことを言っちゃったのかな。

『まさかの、天然キャラか？』

「え、違うよ」

『自分で違うって言うヤツほど、天然なんだよ』

私、そういう属性《ぞくせい》ないんだけどな。というかヤダ、天然なんて。

可愛く言えば天然、言葉変えれば天然ボケってことでしょ？

『……本当に、泪はすごいわ』

「えっ、なに急にどうしたの？」

すごいなんて、褒めるにしても唐突《とうとつ》すぎませんか。

『泪の知らない一面に気づくたびにさ』

「う、うん……」

どうせ、またバカにするんだろうって身構《みがま》えていると……。

『俺の中で泪の存在がどんどん大きくなってくんだよ』

「えっ……」

──トクンッ。

まただ……。また、胸が切なく音を立てる。

ここまでくると病気だよ。

ベタだけど……好きな人のことを考えて、心臓がおかしくなる。

これって、〝恋の病〟というやつでは？

『……なぁ泪、泪は俺と同じ気持ち？』

いつもの明るさはどこに行ったのって聞きたくなるくらいに、不安げな声。

八雲はズルいよ……。私はその不安げな声を聞いちゃうと、素直に答えるしかなくなるんだから。

「同じ気持ちだと、思う……。私も八雲のことを知るたびにうれしくなって、八雲のことばかり、考えちゃうから」

はずかしい……のに、伝えられてうれしい。

いろんな感情が入りまじる、この複雑な気持ちさえ心地いいなぁなんて思えてくるから、不思議だった。

『っ……はぁあっ、泪の声聞いてたら、会いたくてたまんなくなってきた』

本当に苦しげに吐きだされた言葉に、胸が甘く、切なく締めつけられる。

会いたくて会いたくてたまらないのは、私も同じだった。

同じ気持ちを共有してることが、うれしい。

「八雲に会ったら私も、伝えたいことがたくさんあるんだ」

……この気持ちを、隠さず八雲に伝えたいな。
だって、いつまた会えるかわからないから。
それに、八雲はモテるから、うかうかしてたら誰かに取られてしまうかもしれない。
この恋が実るだなんて、傲慢《ごうまん》なことは思ってない。
ただ、あの時伝えていれば、素直になればよかったなんて、後悔したくないから。
『明日会えたら、時間忘れるくらい、たくさん話をしような』
「うんっ、八雲の耳がタコになるまで話してあげる！」
『おーおー、タコでもイカでも、なんでもなってやるよ』
子供をなだめるみたいな言い方。
いつも、辛いことがあっても大丈夫だって強がる私。
だからか、こうして子供扱いされるとくすぐったい。
甘やかされているような気がして、はずかしくなる。
「やった！　さっすが、八雲さまさま」
『もっと褒めろー、何も出ないけどな！』
そんなくだらない会話で笑い合う。
その後も、会えなかったさびしさを埋《う》めるように、離れてる距離を縮めるように、
私たちはたくさん話をした。

好きなアーティストは誰だとか。八雲がバイトをしていることとか。

八雲にひとつ年下の美空《みく》さんっていう、しっかり者の妹さんがいることとか。

話せば話すほど、驚きと発見が多くて、私は何度もきみを知りたい欲求《よっきゅう》にかられる。


あの日、スマホを取り違えてから始まった私たちの関係。

この出会いがまるで運命だったみたいに、私はきみに惹かれてる。

こんなのヘンだって何度も思ったのに、今ならはっきりとわかるんだ。

きみのことが、大好きなんだって。


次の日、八雲との約束を胸に、私は通学路を全速力で走っていた。

普段は学校まで透お兄ちゃんに送ってもらうけれど、今日は八雲に早く会いたくて、気が急いていた。

少しでも早く家を出たいけれど、透お兄ちゃんを付き合わせるのは忍びない。

だから今日だけ、透お兄ちゃんの送迎を断ったのだ。

「はぁっ、はぁっ」

会いたい、会いたいっ、会いたいっ！

この気持ちだけが今の私を突き動かしている。

いつもなら通学路に茂《しげ》る木々、その隙間からこぼれる光に目を奪われるところだけど、今はたったひとりのことで頭がいっぱいだった。

「今日はちゃんと起きられたし、きっと何もかもうまくいく！」

きっと、大丈夫だってそう思える。

今日はアラームが鳴る前に起きられて、いつもより頭もはっきりしてる。

寝癖もついてないし、いつもよりだんぜん気分がいい！

はぁっ、なんだか世界中の人たちに「ありがとう！」って言って回りたいくらい。

私、かなり浮かれてるなぁ。

でも、今日くらいいいよね。

だって今日は、ずっとずっと会いたかった人に会える、最高の日だから。

私は、翼《つばさ》でも生えたんじゃないかと思うくらいに、ふわふわとした軽い足取りで、学校へと向かう。


到着すると、すぐに上履《うわば》きに履き替えて保健室へと向かった。

──カラカラカラッ。

「や、八雲！」

保健室にやってくると、そこに八雲の姿はなかった。

それどころか、保住先生の姿もない。
まだ来てないだけかなぁ……。
「なんか、ドキドキするな……」
あんなに電話で話してたのに、面と向かって会うのはこれが初めてになる。
ぶつかった時は一瞬しか顔を見られなかったし、あれはノーカウントに近いから。
誰もいない保健室のベッドにポスンッと腰かけて、そわそわしながら扉を見つめる。
「緊張してきた……もう、八雲相手なのにっ」
いや、八雲相手だからか！
好きな人……だもんね。
「わぁー、私、本当に八雲のこと……好きになっちゃったんだ」
声に出すと実感が湧いてきて、どんどん想いが強く、確かな物になってくる。
でも、それと同時に不安も押しよせてくる。
八雲はモテる。いつも私より可愛い女の子たちに囲まれているんだろう。
そんな八雲を見るなんて、きっと耐えられない。
それに、私には誰かに誇《ほこ》れるようなものがない。
容姿《ようし》も平凡《へいぼん》だし、甘え下手《べた》だし、病気だし。
劣等感《れっとう》に苦しむのも、嫉妬で傷つくのも目に見えてる。

絶対に後悔するってわかってるのに……きみ以外なんて考えられなかった。

私の心の中に、きみが住んでいるみたいに、きみのことばかりを考えてしまう。

もう、この想いは止められないんだ。

会えたら、最初になんて伝えよう。

私、今度は約束守れそうだよ。

「早く、会いたいな……」


ドキドキしながら待っていたけど、八雲が保健室に現れることはなかった。

――キーンコーンカーンコーン。

一限目開始のチャイムの音に、気持ちが沈んでいく。ガッカリしながら、私はうつむいた。

「八雲、どうしたんだろう……」

もしかして、何かあった？

何もないならいい。だけど……。

もし、私のことが面倒くさくなって、来なかったんだとしたら……？

「……八雲……」

会いたい……けど、きみは待ち合わせ場所に現れない。

心配で、嫌われちゃったのか不安で、いろんなモヤモヤが胸の中で渦巻いていた。

「八雲も、同じ気持ちだったのかな……」

ひとり、私を保健室で待っていた時。

八雲も、こんな不安に押しつぶされそうだった？

それとも、どうとも思わなかったかな。

私がいないとわかったら、すぐに教室に戻ったのかもしれない。

「って、そんなわけないよ」

嫌だな、私、今ひどいこと考えた。

あんなに電話してくれて、約束を何度破られても、私のことを待っていてくれるって、言ってくれた人なのに。

嘘やごまかしばかりで、本当のことは何も話さない私のことを信じてくれたんだよ。

もう、あきらめてばかりの私とも、信じられないからと心を閉ざしていた私とも、さよならしたい。

今が、変わるための勇気を出すところなんだと思う。

だから……私、決めたよ。

「私も、八雲のことを信じて待つから」

きみが待っていてくれたように、会えた時のことをたくさん考えながら。

その勇気をくれたのは、熱くて、ときどき切なくて、誰かを強く信じたいと思わせてくれた……きみへの想いだ。

私はさっきよりも強い気持ちで、いつもの課題に手をつける。

保住先生が来てからも、暗い顔をせずにいつも通りでいられたのは、何があっても八雲のことを信じよう、そう心に決めたからかもしれない。

昼休み、保住先生が職員室へと向かうと、私はお弁当も食べずに窓際に椅子を置いて腰かける。

そのまま壁に背中を預けて、必死に眠い目をこすった。

「寝ちゃだめ……八雲に会わなきゃ……」

眠気はこんな大事な日にも襲ってくる。食べたら眠くなるからと、ごはんを抜いたり、窓を開けて外の空気を入れたりした。

でも、眠気は強くなる一方だった。

……神様はひどい。

今日だけは眠りこけるわけにはいかないのに。

「あぁ……本当に眠い……」

お願い、八雲早く来て。

私、きみに会いたくて必死なんだ。

だって、どうしても伝えたい気持ちがあるから。

「……ふあっ……」

あぁ……やばい。

八雲がいつ来てもいいように、起きてようと思ってたのに……。

「やく……も……ごめん……」

ごめん。私、もう……。

開く気配のない保健室の扉を、あきらめ悪く最後まで見つめて、私は重くなるまぶたを閉じる。

そこからは泥沼《どろぬま》に沈んでいくみたいに、眠りの世界へと落ちていった。

本気の恋だから

泪と会う約束をした日の朝、俺はいつも以上に髪をきっちりセットして、何度も鏡とにらめっこしていた。

今日、泪に真剣に告白するつもりだ。少しでも誠実さが伝わるようにしねーと。

ただでさえ俺は女遊びしてた前科者《ぜんかもの》だしな。信頼《しんらい》されるための努力は惜《お》しみたくない。

「んー……とりあえず、見た目から直すか。アイツ、ふた言目には俺をチャラ男呼ばわりするからな」

いつも二つ開けているワイシャツのボタンはひとつだけにして、ネクタイをきっちり締める。

「いや、髪は七三分けに……って、だぁあっ、キモイ！　却下《きゃっか》！」

これじゃあ、就職《しゅうしょく》面接に行くみたいじゃんかよ！

あわてて髪を元の無造作《むぞうさ》ヘアーに戻すと、前髪をワックスで整える。

俺はいつも以上に気合を入れて、学校へと向かった。

学校に到着して、保健室に直行するはずだった俺は、学校に着くやいなや、障害にぶつかった。

「八雲、今日のあたし、可愛い？」

「あっ、八雲〜っ、放課後、一緒にカラオケ行こうよっ」

「八雲、見て見て、髪切ったのぉ。似合う？」

女の子たちに行く手をふさがれ、俺はさっそく頭を抱えたくなった。

毎日見る光景ではあるが、いつもなら避ける理由がなかった。

でも今日だけは、足止めをくらうわけにはいかない。

泪が、待ってるんだよ。

日頃、ムダに愛想を振りまいていた自分を殴《なぐ》りたい気分だった。

とにかく、泪のところに早く行きたい。

今の俺は、目の前の媚びるだけの女の子より、俺をひとりの人間として見つめてくれた泪にだけ、好かれればいいと思ってる。

「おー可愛いよ。カラオケは今日パスな。うん、似合ってる。悪いけど前、通してくれね？」

適当に返事をして、立ちはだかる女の子たちの間を突っ切ろうとすると……。

「やーくもっ、環奈ぁ、さっき学校来る途中に転んじゃったの。お願い、教室までおんぶしてぇ？」

今度は、うちのクラスのぶりっ子、環奈が現れた。

おい……頼むよ、俺マジで急いでんのに！

心の中で発狂《はっきょう》しながらも、俺は笑顔をつくろう。こんな時でさえ、女の子を無下にできないこの性格が憎い。

「転んだって？」

環奈の膝《ひざ》を見ると、たしかに擦《す》り傷がある。

これは……無視できねーな。

「つか、保健室行った方がよくないか？」

「えー、そこまでじゃないから、大丈夫だもん」

大丈夫なら、歩けよ！

心の中でツッコミつつ、良心に逆らえなかった俺は、環奈を送ることにした。

くそっ、ごめんな泪！

環奈を教室まで連れていって、すぐに保健室に行けばいい。

まだ、会えないって決まったわけじゃないもんな。

「仕方ねーな、環奈、乗れよ」

「きゃーっ、さすが八雲っ！」

ぐっ、耳元で騒ぐなって。耳がキーンとするだろ。

俺は環奈を背負うと、教室までダッシュした。

しかし、環奈を教室に送り届けると同時に、予鈴《よれい》が鳴ってしまう。

「う、嘘だろーっ！」

環奈を降ろすと、一生分の絶望を背中にしょったみたいに前屈みになりながら、俺は自分の席へと座る。

「ちょっと、そんな大きな声出してどうしたの？」

笑顔を引きつらせ、迷惑《めいわく》そうに俺を振り返るのは、前の席に座る雪人。

こいつ……一応笑顔なんだけど、その裏に「騒ぐな黙れ」って本音がチラチラ見え隠れしてんだよな。

口元がピクピクしてるから、「読書の邪魔しやがって」とでも思ってるんだろう。

「一限終わったら話す」

本当は今すぐにでも相談したかったが、先生が来てしまったのでそう言った。

授業が始まっても約束を守れなかったことがショックで集中できなかった俺は、机に突っ伏してふて寝した。

一時間目が終わった休み時間、俺は後ろから雪人のワイシャツの袖を引いた。

「雪人、世界の終わりだ……」

「……八雲、気持ち悪いから離してくれない？」

「こんな時くらい優しくしろよ」

相変わらず親友は冷たくて、心が折れそうになる。

「あぁ、頭どっかで打ってきたんだ」

雪人の毒舌もスルーする。本当に、それどころじゃない。

これが叫ばずにいられるかよ？

俺、泪に告白するはずだったんだぞ？

そのために朝、念入りに準備して、学校に来たってのに……。

何より、泪を待たせてるかもしれないのに、俺は……最低だ。

『相変わらず女癖悪いな……ほどほどにしないと、痛い目見るよ』

ふと、雪人に言われた言葉を思い出す。

このことか、痛い目見るって……。

俺が今まで適当な付き合いばかりしてきたから、本当に好きな女の子を傷つけるはめになったんだ。

「……俺、地中海に沈んだ方がいいくらい、バカだ」

「……その発言がすでにおバカさんだよ。それで、急にどうしたの」

「雪人、俺、今すげー自分を殴りたいわ」

「それじゃ、代わりに俺が……」

「冗談だって、わかれよ！」

ニコニコと拳《こぶし》を構《かま》えはじめる雪人に向かって、俺は叫ぶ。

止めなきゃ、絶対殴ってた……！　本当に、俺の親友は恐ろしい。

「で、何があったわけ？」

「実はさ……」

俺は、泪を好きになった経緯《けいい》を話すことにする。

そうだな、しいて言うなら、電流が走るみたいに気づいた恋だった。

スマホを取り違えた日の夜の電話で、俺と話してても、全然男として意識してない泪に興味が湧いた。

そして、待ち合わせ場所に来なかった泪が、心配でたまらなかった昨日。

どうやらアイツは、学校すら休んでて、マジで体調が悪いのかって、悪い考えばかりが頭の中をめぐって、何度も電話をかけた。

でも、泪が電話に出ることはなくて……不安で、一日中、心ここにあらずで授業を受けていた。

泪から連絡が来たのは夕方、俺が下校して家にちょうど着いた時のこと。

理由は言わなかったけど、あきらかに泪は泣いていて、何かあったのは明白だった。

泪の震える声に胸が締めつけられて、俺がこの子を守らないとって思った。

『……ありがとう、八雲、私も……』

『私も、八雲に会いたい』

泪の口から紡《つむ》がれる、〝会いたい〟の言葉に、タガが外れたみたいに熱い想いがこみあげてきて、気づかされたんだ。

俺、泪のこと、いつの間にか好きになってたんだって。

「なんだ、やっと気づいたの」

話を聞き終えると、雪人があきれたように言った。

「どうせ俺は、自分の気持ちにすら気づかない鈍感野郎《どんかんやろう》のバカ男ですよ」

「そこまで言ってないから。なに？ チャラ男から自虐《じぎゃく》キャラに転向したの？」

「違うって。こんな風に誰かを好きになるなんて、思わなかったんだよ。人を好きになって初めて、俺って今まで薄《うす》っぺらい恋愛ごっこばっかしてたんだなって気づいた。だから、純粋《じゅんすい》な泪に俺は釣《つ》り合わないんじゃないかって、不安になったんだ」

〝恋はするものじゃなくて落ちるもの〟

そんな言葉を作った誰かさんはすごい。

そのことを、俺は身をもって知ったんだから。

「アイツの声が聞きたくて、会いたくて、気づいたらいつも姿を探してた……」

こんな風に、たったひとりに好かれたいって思ったのは、初めてだった。

モテたいと思うのは男の性《さが》だし、女の子に追われるのがステータスだと思ってた。

泪は、そんな俺の恋愛スタンスを根本から覆《くつがえ》したんだ。

求めることを知らなかった俺が、泪だけは欲しいと思った。

だから今朝、俺は泪に人生初の告白をするつもりだったのに……。

「やっと今日会えるはずだったのに、いろんな障害に邪魔されて……」

「八雲が招《まね》いた障害だけどね」

「自業自得だってわかってる。だから落ちこんでるわけよ、はぁぁ……っ」

自己嫌悪《じこけんお》に陥《おちい》りそうだ。

「でもまぁ……そう想える誰かを見つけたっていうのはいいことじゃない？」

そう想える誰か……か。

抜け殻みたいに力なく机にしなだれかかる俺は、パタンッと読んでいた本を閉じた雪人を見あげた。

泪を好きになった俺は、不安になってばかり。なんだか弱くなったみたいだ。

なのに、そんな不安を上回るほどに……泪が好きって気持ちがふくれあがる。

恋がこんなに苦しいんだってこと、初めて知った。

でもきっと、苦しければ苦しいほど、泪が好きって証拠だな。

不安も切なさも、全部が泪を想うからこそ生まれる感情だ。

「これで、八雲もようやく、チャラ男卒業なわけだ」

「チャラ男言うな！　俺はもう、泪一筋《ひとすじ》なんだよ！」

今、チャラ男って言葉に敏感なんだからな！

俺は無意識にネクタイをキュッと締める。

俺はこれから、真面目系男子に生まれ変わるんだっつーの。

「昼休みに神崎さんのところへ行けば？」

「当たり前だろ、すぐに行く！　飛んでいく！」

そんで、今度こそ絶対に泪と会うんだ。


落ちこんでたのが嘘みたいに、親友のおかげでやる気がメラメラと湧いてきたのもつかの間だった。そうは言っても、うまくいかないのが人生。

昼休みも俺は、自らのまいた種によって女の子たちに捕《つか》まってしまい、身動きが取れず、保健室に行けなかった。

放課後こそはと意気込んでいたが、またしても女の子たちに囲まれてしまった。

が、今回はさすがに見かねた雪人が、「話なら、俺が付き合うよ」と救いの手を差しのべてくれたのだ。

「ええっ、雪人くんが⁉」

「きゃーっ、超レア！」

すまん、雪人！　いつもなら、女の子に絡《から》まれる前に退散《たいさん》するのに。

あとで絶対に文句を言われるだろうけど、今は素直に雪人に甘えることにした。

王子様スマイルを振りまき、代わりに足止めしてくれる雪人を囮《おとり》にした俺は、全速力で保健室へと走った。

「はぁっ、泪！」

保健室にまだいる保証なんてなかった。

でも、泪は俺との約束を守ろうとしてくれるはず。だから、待っていてくれてると信じて疑わなかった。

——ガラガラガラッ！

「泪、遅くなって悪かった！」

叫びながら保健室の扉を開けはなったが、返事はない。

かわりに、椅子にもたれて眠っている泪の姿を見つけた。

「泪……寝てる、のか？」

そばに寄ると、泪はスヤスヤと規則正しい寝息を立てて眠っている。

うわ……まつ毛、すげー長いのな。

開いた窓から吹きこむ風になびく、ストレートの黒髪がやわらかそうで、つい手を伸ばす。

「やわらかくて、綺麗な髪……」

ふと、童話の眠り姫の話を思い出した。

眠り姫に触れたくなった王子の気持ちが俺にはわかる。

今まで出会ったどんな女の子よりも美しい。だから、こうして触れたいと思うんだ。

電話で話してる時の強気な感じは今の泪にはなく、眠っていると、どこかあどけない。

まじまじと見つめたのはこれが二度目。

一度目は、スマホを返しに保健室に来た時だ。

あの時も、泪はスヤスヤ寝てて、声をかけてもピクリとも動かなかった。

「俺が来なくて、不安にさせたか？」

それとも、別に俺のことなんか待ってなかったり……。

いやいや、泪はそんなヤツじゃない。

きっと、誰よりも約束を大事にしてる。

昨日、守れなかった約束に泣いていたのが証拠だ。

「でも……」

嫌われてたらって不安になるのは、きっと惚《ほ》れた弱みだな。

いつもみたいに、女の子相手にスマートな俺じゃいられなくなる。

でも、そんなカッコ悪い俺でもいい。泪だけが俺を受け入れてくれれば、それで。

それは、この恋が……。

「……本気だからだ」

泪、こんなことを言っても、信じてもらえないだろうけど。

俺にとっては泪が……生まれて初めての、本気の恋だ。

「遅くなってごめん、ごめんな」

泪の、羽のようにふわふわとやわらかい髪を梳きながら、声をかける。

もう……たくさんの女の子に好かれなくてもいい。

カッコイイって言われるのは、たったひとりでいい。

「なぁ……泪、俺の声、聞こえてるか？」

泪だけが、俺を見ていてくれればそれでいい。

だから、目が覚めたら聞いてほしいことがある。

「俺を、こんな気持ちにさせるのは……泪だけだよ」

涙の長いまつ毛が、羽ばたく前の翼のようにフルフルと揺れる。

きっと、もうじき目を開けて、俺のことを見つめてくれるんだろう。

その瞬間を待っている時間さえ愛しいと思う。

こんなクサイことを俺に言わせる涙は……。

「やっぱ、すげー女」

涙が俺の特別だって気づかされるたびに思う。

涙のことが……好きで好きで、たまらないってさ。

「だから早く、目を覚ませよな、涙」

やっと会えたね

目を閉じてから、どのくらいの時間がたったんだろう。
誰かが私の髪を梳く感覚で、ゆっくりと意識がはっきりしていく。
「遅くなってごめん、ごめんな」
そんな声が聞こえた気がした。
私はまだ、夢を見ているの……？
髪を梳く手が頭を優しくなではじめると、私は静かにまぶたを持ちあげる。
開けた視界を占領するのは、やっぱり茜色。
また、やっちゃったんだなぁ……私。
薬も飲んでるのに、どうして寝ちゃうんだろう。なにもかもが、うまくいかない。
今日は、今日だけは絶対に眠りたくなかったのに。
「っ……」
すぐに押しよせてくる後悔の波に、胸が押しつぶされそうになる。
やるせない思いに泣きそうになった時、声が聞こえた。

「泪、目が……覚めたのか？」

え……この声……。

聞き覚えのある声がして、私は顔を上げる。

「やっと……やっと、泪に会えた」

「え……」

目の前にあるのは、見覚えのあるアッシュブラウンの髪。右耳に光る銀のピアスをつけた、憎らしいほどに整った男の子の顔。

目の前のきみが、うれしさをこらえきれない様子でニカッと笑う。

あぁ……きみって、そんな風に笑うんだね。

ずっと知りたかった笑い方も、やっと知ることができた。

たったそれだけのことに胸がジンとして、涙で視界がぼやけはじめる。

「あぁ……やっと、やっと……っ」

こらえきれない涙が、頬を伝って流れた。

「泪……？」

頭をなでてくれていた手が止まった。

私は、うれしさに泣きながら微笑んで、ふくれあがったきみへの想いを言葉にする。

「やっと、八雲に会えたっ！」

「っ……ははっ、なんで泣くんだよ、可愛い顔が台無しじゃん」

八雲は困ったように笑って、私の頬に手を添えると額をコツンッとくっつけてきた。

だって、ずっと会いたかった人なんだもん。

仕方ないじゃん、泣きたくもなるさ。

「言いたいこと、たくさんあったのにっ……あーあっ、全部吹っ飛んじゃったっ」

「ったく……あんまし可愛いこと言ってんなよ？」

「可愛い……とか、チャラすぎ！」

って、本当はこんなことを言いたいんじゃなくて……。

泣きながら、私は話そうと思っていたことを思い出す。

おはよう。やっと会えたね。きみの声が聞きたかった。

そして、きみのことが……。

「可愛いとか、もう、泪にしか言わねーから」

「なっ……なんで？」

どうして、私にだけなんて言ってくれるの？

それは、八雲も私のこと、少しは好きだと思ってくれてるからなのかな……なんて。

そうだったら、いいのにな。

「本気でわかんねーの？　泪」

後頭部《こうとうぶ》に手を回されて、グイッと引きよせられる。

鼻先がぶつかりそうなほど、八雲の輪郭がぼやけるほどに近い距離で見つめ合う。

八雲の吐息が前髪をなでるから、心臓が大きく飛びはねた。

わからない……だから、知りたい。

八雲が伝えたかったこと、その意味もすべて。

「教えて……ほしいな」

「っ……本当、泪は男を煽んの、うまいよ」

余裕《よゆう》のなさそうな声で、八雲が顔を少しだけ傾けた。

その直後、唇に軽く、やわらかい何かが触れる。

えっ……これって……。

そっと重なった部分から徐々《じょじょ》に溶《と》けこむ体温に、ぼんやりとしていた頭がはっきりとしてくる。

待って、これって私……八雲にキスされてる⁉

「なっ、な……」

唇が離れると、私は口をパクパクさせて八雲を見つめる。

「ぷっ、その顔が見たかった」

意地悪な笑みを浮かべて、私の顔をまじまじと見つめる八雲に顔が熱くなった。

もうやだ、絶対顔赤いし。

なのに、八雲は余裕たっぷりで、私ひとりであわてているのが悔しかった。

「ば、バカ、何すんのっ！」

ねぇ、八雲は気持ちもないのにこんなことするの？

こんなにドキドキさせて、私、死にそうなのに。

「何って、泪に俺を意識してほしかったからな。大成功ってわけだ」

「大成功？」

なんで、そんな自信満々なの？

私、まだ何も言ってないのに。その余裕が憎らしい。

「そんな赤い顔、見せられたらな」

私の思考を、八雲の一言がぶった切る。

赤い顔って……バカ、これは八雲のせいだよ！

ほてる顔を両手で押さえると、その手を八雲に握られた。

「初めてだったのに……」

私は恋をしたことがないから、すべてが初めてのことばっかりで、余裕なことなんてひとつもないんだよ。

誰かを好きになったのは、きみが初めてなのに……八雲の意地悪。

「え、初めて……？」

だから、このキスになんの意味もなかったとしたら、結構辛い。

いや、かなりショック……。

というか、初めてって言ったら、八雲がすごく驚いてるんだけど、もしかして……重かった？

ねぇ八雲、何か言ってよ、お願い。

黙《だま》りこむ八雲に、不安になっていると……。

「あぁーっ、もう！」

八雲が私の手を握ったまま叫んで、目の前にしゃがみこんだ。

「きゅ、急に叫んでどうしたの？」

椅子に座ったまま、しゃがみこんだ八雲を見下ろすと、八雲は恨《うら》めしそうに私を軽くにらんだ。

「ったく、泪ってなんでそう、男心くすぐるかなぁ！」

「はい……？」

八雲が、わけわからないことを言ってる。

不思議に思いながら八雲の顔を見つめると、その頬がほんのり赤いことに気づいた。

八雲、もしかして照れてる？

女慣れしてると思ってたのに……なにそれ、反則だよ。

私なんかに、ドキドキしてくれてるってことでしょう？

そう思ったらね、空を焦がす夕日のように、私はきみをどんどん好きになっていく。

「隠しても仕方ないから正直に言うけど、俺、女の子とそれなりに遊んできた」

「うん……まぁ、噂はボチボチ」

そう言いながら、やっぱり八雲の口から聞くと胸がズキズキと痛む。

私の初恋はきみだけど、きみは違うってことがさびしい。

私はどんなことでも、八雲の特別でありたいのに。

「でも、付き合った女の子たちは俺の見た目しか見てなかったし、俺も来るもの拒まずなだけだったから、そこに心なんてない。俺がしてきたのは恋愛ごっこだった」

恋愛ごっこ……。そう言った八雲は、なぜかさびしそうな、悲しそうな顔をしていて、私は繋いだ手をギュッと握る。

「悲しいことが……あったの？　そんな顔してる」

「あ……はは、泪には敵《かな》わないな」

八雲は私を驚いたように見つめて、すぐに困ったように笑った。

その笑顔も辛そうで、胸が締めつけられる。

「泪に出会って、自分がどんだけ空っぽだったのかが、痛いくらいにわかったよ。そばにいても、触れてても、満たされなかったんだよな。本気じゃないから」

じゃあ、私のこの恋は……本物だ。

八雲の声を聞くたび、触れるたび、名前を呼ばれるたびに、私は満たされるから。

「だから、泪と出会って驚いた。四六時中、誰かのことを考えてドキドキしたり、不安になったり、会いたくてたまらなくなったりしてさ」

「八雲も……そんな風に余裕がなくなること、あるんだね」

……驚いた。

だって八雲、電話で話してた時も、今も、余裕たっぷりに見えるんだもん。

「あのなぁ、俺は男だから、好きな女の子にはいつだって、余裕のある大人の男を演じたくなるんだよ」

そういうもんなんだ。なんか、男の子って複雑だ。

「私は、八雲が余裕ない方がホッとするのにな……。私が八雲のことをドキドキさせてるんだって思ったら、うれしくなるから」

「なっ……なんで、そう可愛いこと言うかなぁ！」

「えぇっ!?」

八雲は顔を赤くして、ついに怒りだした。

「はぁ……毎回、泪の言葉に、仕草に、俺は翻弄《ほんろう》されてるよ。だから、俺が言いたいのは、本気で好きになった女の子は、泪だけってこと」

「へ……今、なんて？」

今、八雲が何かものすごいことを口走ったような気がする。

けど、八雲の「可愛い」発言に気を取られて、聞きのがしてしまった。

「って、聞いてるか、泪？」

「え、聞いてなかった」

「おいっ、大事なことなんだから、ちゃんと聞いとけよ！」

大事なことを話してくれてるのは、わかってるよっ。

でも、驚きが大きすぎて、思考が停止しちゃったんだ。

「不意打ちすぎるんだよ、八雲が！」

「これから告白しますって宣言《せんげん》するヤツ、いないだろ！　雰囲気《ふんいき》で察しろよ！」

「そんな無茶苦茶な……」

察せるほど、経験《けいけん》ないんだってば！

もう、私たちってどうしていつも、こんなコント調になっちゃうんだろう。

「俺らって、いつもこーだよな。ぶっくく……うける」

あ、八雲も同じこと考えてたんだ。

たったそれだけのことが、うれしい。

「何言ってんの、ウケてる場合じゃ……ぷぷっ！」

「ウケてんじゃん！」

「あはは！　だって、こんな時でも変わらないんだなって、私たち」

なんだか、おかしくなってきた。

カラカラ笑っていると、八雲がまぶしいものでも見るかのように、私の顔を見て目を細める。それにまた、心臓がトクンッと鳴った。

「な、何……？」

そんなにあらたまって見つめられると、落ちつかないよ。

「今度は、ちゃんと心して聞けよ？」

「う、うん……」

これから何を言われるのか、もうわかってる。

今度はちゃんと、聞きのがさずに受け止めよう。

八雲の言葉を待つ数秒。バクバクと激しくなる鼓動に、胸が苦しくなった。

「……好きだよ、泪」

「っ……ほんと……に？」

「聞こえなかったか？　泪が好きだって言ってんの」

――ドキンッ！

八雲が、私のことを好きだって。たしかに、ちゃんと聞こえた。

私と同じ気持ちでいてくれたんだ……。

どうしようっ、うれしい！

「なぁ、泪は？」

「あっ……」

私は、私の気持ちは、もう決まってる。

ずっと、きみに会えたら伝えようと思っていた、たったひとつの想い。

「あのね、八雲……」

あぁ、ドキドキして緊張する。

でも、知ってほしい……私の心。

「お、おう……」

あれ、八雲も緊張してる……？

声が震えて、顔が強ばっている八雲に私はホッとした。

たぶん、八雲も私と同じで、自分の気持ちが受け入れてもらえるのかが不安なんだ。

私だけじゃないんだってわかったら、緊張でカチコチになっていた体から余分な力が抜けて、ありのままの私が戻ってきた気がした。

「私も八雲と同じ……。まともに会うのは今日が初めてなのに、こんなにも八雲のことを考えてる。いつでも私の心の中に、きみがいるんだ」

どんなに考えないようにしても、きみが頭から離れない。

いつだって話したい、会いたい、触れたいと願ってる。

「八雲のことばかり考えてる時間は、幸せな気持ちになれた。それくらい、私は八雲のことが……好きなんだよ」

「なっ……」

「その……ちゃんと、伝わってる？」

生まれて初めて、告白というものをした。

あぁ、好きな人に好きって伝えるのって、怖くて、うれしくて、期待と不安に押しつぶされそうになるんだ。

この気持ちも、八雲に恋をして初めて知った。

「や、八雲、聞いてる？」

「…………」

八雲はさっきの私と同じで、目を見開き、赤い顔で口をパクパクさせている。

あ、金魚みたい。なんて、冗談を言って笑い飛ばしたくなるくらいにはずかしい。

だけど、本気だって伝えたいから、照れ隠しの冗談は我慢する。

「こんなに人を好きになったのは初めてで……八雲が私の初恋なんだよ」

恋を教えてくれたのは、きみだった。

この恋の先に何が待っているのかは、まだわからない。

でも、それを不安だと思わないのは、きみと歩む道だからなんだろう。

「やベーな、うれしすぎて死ぬわ……俺」

「わ、私は……はずかしすぎて死にそう」

「なぁ泪、もう一回言って?」

「っ……八雲のことが、好きです」

八雲のおねだりに、私は照れながらも応える。

あの日、八雲と出会えたのは運命だ。この恋が偶然《ぐうぜん》とは思えなかった。

「今日初めて会って話したのに、こんなに好きとかすげーよな。でも……本気の恋をしたのは泪が初めてだから、きっとこれが俺の初恋だ」

「八雲にとっても初恋だったなんて……うれしい」

私、こんなに幸せでいいのかな。

繋がれた八雲の手をギュッと両手で握り返す。

好き、大好き。

飛びあがりそうなほど、きみのことが好きなんだよ、八雲っ。

「すぐに会いに来れなくてごめん。俺、ちょっと捕まってて……」

「捕まる？」

「ごめん……女の子たちに」

そうだ、八雲ってばモテるんだった。

想いが通じ合ったばかりだけど、八雲が私以外の女の子に恋してしまわないか、唐突に不安になる。

だけど、不安になってばかりじゃだめだ。

私は八雲と両想いなんだもん。

私、もっと女の子らしくなれるように、オシャレもがんばらないと。八雲の隣《となり》を、胸張って歩けるように、可愛くなりたい。

八雲と出会って、恋をして。私の中に、今まで感じたことのない感情が芽生《めば》えていくのを感じた。

「でも、もう俺には泪だけだから。だから、安心しろ……つーのも難しいと思うけど、泪のことしか、考えられないから」

焦って早口になる八雲にクスッと笑う。

そんな必死な顔しなくても、ちゃんと伝わってるよ。

でも、それだけ八雲が本気なんだってわかって、私はうれしい。

「私、嫉妬したりしちゃうかもしれないけど、八雲のこと信じてるから」

「ちゃんとけじめ、つけるから。だから俺のこと、信じてて」

「うん。でも、あんまり不安にさせないでね」

ずっと私だけを好きでいてほしい。

気持ちは隠さずに伝えてほしいよ。

「……なんなんだ、この可愛い生き物はっ！」

「きゃっ……な、何事っ？」

ガバッと、八雲に急に抱きつかれた。

腰に回る腕が強くて、私は八雲の胸板《むないた》に顔面を押しつけられる。

「マジなんなの？　可愛すぎて……俺を殺す気だろっ」

「や、八雲……ギ、ギブです……っ」

く、苦しいっ……。けどあれ？　なんか甘い香りがする……香水かな？

って、そうじゃなくて、窒息死《ちっそくし》するって！

「うっせ、泪が悪いんだかんな。そのまま窒息しやがれ」

「んう〜っ！」

さらに強く抱きしめてくる八雲に、私はジタバタと暴れた。

八雲ってば、本気で強く抱きしめすぎっ。

「ぷはっ、もーっ！」

「ハハッ、暴れんなよ」

そう言いながらも笑っていると、八雲はワシャワシャと私の頭をなで回す。

「好きだよ、泪」

――ドキンッ。

不意打ちの「好き」に、私の心臓は今にも壊れそう。

だって、本当に愛しそうに見つめて、まっすぐ伝えてくるから。

「……しも、八雲が……き」

はずかしくて、声がかすれた。

「え〜？　なんだって？　聞こえなかったんだけど」

そんな私の顎《あご》を八雲がつかんで、うつむきかけた顔を上げさせた。

「もう一回、聞かせて」

「うっ……」

八雲は悪魔みたいに意地悪なのに、天使のように甘い笑顔で私を誘惑《ゆうわく》する。

そんなきみに、私の方が翻弄されてるんだ。

「なぁ、泪ちゃん？」

急にちゃん付けしたりして、私をこんなにドキドキさせて、八雲はずるい。

甘えるようで、でも有無《うむ》を言わせない八雲の声に、私は深呼吸《しんこきゅう》をする。そして、泣きそうになりながら口を開く。

「……好き、八雲のことが……好きだよっ」

「なら、もう一度させろよ」

放課後、茜色に染まる保健室で、私たちは見つめあう。

もう一度訪れるキスの予感に目を閉じた。

すぐにやってくる八雲の温もりに、幸せを噛《か》みしめながら思う。

あぁ、やっぱり私、きみが好きだ。

きみのためにできること

八雲と付き合うことになって一週間。

五月に入ると、多少の眠気はあるものの、だんだんと普通の睡眠リズムに戻ってきているのを感じていた。

「なぁ泪、なんで教室で一緒に授業受けねーの？」

いつも通り、保健室でお昼ご飯を食べていると、一緒に食べようと来てくれた八雲が尋《たず》ねてきた。

「それは……」

「ずっとここで自習してるって、やっぱ体調悪いんじゃね？」

「……………」

付き合っているのに、私は八雲に隠しごとをしている。

私は八雲に、保健室登校をしている理由も、病気のことも、何もかも話せていない。

話しても、八雲は困るだけなんじゃないかな。

ただでさえ八雲はモテるし、私は特別可愛いわけでもなければ、美人でもない。

そんな私が病気だなんて言ったら、八雲に嫌われる要素《ようそ》しか残らない。

これからも眠りこけてデートに行けなかったり、普通の恋人同士がするようなことができないかもしれないし……。

そう思うと、話すことをためらってしまう。

「なんだよ、俺にも話せないことなのか？」

「えっと……」

せっかく好きになってもらえたのに、嫌われたくない。

だから……話したくない。それが、私の正直な気持ちだった。

「……話すほどのことじゃないよ。ただ、少し体調が悪くて……」

「え、今は大丈夫なのか⁉」

あぁ、ごまかしちゃったなぁ……。これって、八雲に嘘をついてるってことだ。

罪悪感に、胸がチクチクと痛む。

「う、うん……ごめんね」

ごめんね、嘘をついて。

本当は何もかも話してしまいたい。その方が楽だってわかってるけど……きみを失うことが怖くてできなかった。

「なんで、ごめんね？　言いたくないのは、俺に心配かけたくないからだろ？」

「………」

ごめん、そうじゃなくて……。

君に嫌われたくなくて、私は嘘をついたんだ。

「泪は、優しいな」

「……っ」

優しくなんかない。私はいつも、自分のことばかりだ。

自分が傷つきたくないから、何も話さないし、嘘をつく。

「それよりさ、泪。今、体調いいなら教室に来いよ」

「えっ……」

「俺、泪と少しでも一緒にいたい」

「八雲……」

私も、一緒にいたい。

それに、八雲の願いはなんでも叶《かな》えてあげたいって思う。

だけど……私は、他の女の子とは違う。

中学の時みたいに、授業中に眠って、揺すっても起きなくて……。また、「怠け者」って罵られるかもしれない。

普通の睡眠リズムに戻っていても、急に強い眠気に襲われることもある。それが、この病気のやっかいなところだ。

彼女がみんなから嫌われてたら、八雲も嫌だよね。

それに、あんな思いは、もうしたくない……。

「泪、どうかしたか？」

嫌な過去を思い出していると、八雲が私の顔をのぞきこんできた。

その顔を見て、やっぱり八雲を失いたくないと実感する。

「そのお誘いは、すっごくうれしいんだけど……それは遠慮《えんりょ》しておく……かな」

「ええっ、なんでだよ？　つか、やっぱり今も体調よくないんだろ？」

「大丈夫だから！　また体調を崩《くず》したら、みんなに迷惑かけちゃうから……。保健室にいれば、いつ倒れても平気じゃない？」

これは、本当のことだよね。私の場合、いつどこで眠ってしまうかわからないから。

ここにいればベッドもあるし、安心だ。

もし保健室に誰かが入ってきても、体調が悪くて休んでるってことにできるし。

「それはそうだけど……って、前にも倒れたことあんのか？」

「はーい、この話はこれで終わりね。それより八雲、『初恋マカロン』の映画がね、あさって公開になるんだよ」

私は話題を変えるために、前に貸した大好きな漫画の話をする。

ちょっと、無理やりだったかな？

「お、おう？　あぁ、そういえばＣＭやってたな。あれ、有名なアイドル出てね？」

「そうそう！　ヒロインがそのアイドルなの。ヒーローは、最近ドラマに結構出てる人で……」

どうやら成功したみたい。

それきり、八雲が追及してくることはなかった。

「あぁ、じゃあ一緒に見に行こうぜ」

「……うんっ」

私はそのあとも、嘘を隠すように必死に八雲に話を振り続けた。

どうか、この嘘がバレてしまいませんようにと願いながら。

放課後、まだ日の暮れてない青空の下、いつもなら透お兄ちゃんの車で帰っていたこの道を、私は八雲と歩いている。

八雲の横顔をこっそりと見つめながら、私は一週間前、初めて八雲と帰った日のことを思い出していた。

この交通量の多い国道沿《ぞ》いを進んで、コンビニを左に曲がると、神社の境内《けいだい》が見えてくる。そこから歩いて三分ほどの場所に私の家がある。

八雲の家は、私の家とは真逆の方向にあるのに、「彼女を無事に家に送り届けるのは、彼氏の特権なんだよ」と言って聞かなかった。

送り迎えをしてくれていた透お兄ちゃんにあわててメールをして、彼氏と帰るって伝えたんだけど、その時の透お兄ちゃんの返事ときたら……。

ついに、俺はお役ごめんだな。
兄は、可愛い妹が嫁《よめ》に行く気分で、少しさびしいぞ。
でも、泪が信じられる人を見つけられてよかった。
末永《すえなが》くお幸せに！

……なんて、はずかしいけど、うれしい言葉をもらった。

それ以来、八雲と一緒に帰っている。

バイトがある日も、私を家に送ってから行くほどで、自分で言うのもアレだけど、愛されているなと感じた。

透お兄ちゃんが、信じてみろって言ってくれたから、今がある。

理解されるのを待ってるだけじゃだめだったんだね。

自分の気持ちが受け入れられなくて、傷ついたとしても、相手に歩みよらなきゃ、始まることもないんだ。

八雲と付き合う前の自分なんて、もう考えたくない。

自分の気持ちから逃げて、今という未来がなかったらと思うと、すごく怖くなる。

だからあの時、八雲に好きって伝えられて本当によかった。

私はいつも、やる前からあきらめることに、慣れすぎていた。

そんな私が心を開く勇気を持てたのは、透お兄ちゃんが背中を押してくれたから。

そして、八雲へのこの想いが本物だからだと思う。

「泪、考えごとか？」

声をかけられて我に返ると、八雲が心配そうに私の顔をのぞきこんでいた。

いけない、八雲がそばにいるのに考えごとしてた。

「えっとね、私の家、学校から徒歩十五分なのに、八雲って意外と心配性なんだなぁって」

隣を歩く八雲を見あげてそう言うと、八雲はため息をつきながらあきれたように私を見下ろした。

「彼女の心配すんのは当たり前だろ。それに、泪はボーッとしてっから、危なくてひとりで帰らせらんねーよ」

そこまで……ボーッとしてるかな。

あ、でも透お兄ちゃんにも言われたことあるな。お前は寝ながら歩いてるって。

でもそれは、病気のせいなんだけどなぁ……。

「漫画で彼氏ってどんな存在なのか、勉強してたんじゃないのかよ？　いいかげん、大事にされることに慣れろよな」

「だって、初めて誰かと付き合ったんだから、しょうがないでしょ……。漫画と実際じゃ、全然違うもん」

「っ……また、可愛いこと言って。じゃあ、教えてやるよ……俺の彼女になったら、こうして手を繋ぐのは基本姿勢《しせい》だから、覚えておくように」

八雲が自然に手を繋いできた。

私よりひと回り大きい手が、私の手を包みこむ。

私以外の体温、私とは違う、固い骨ばった手の感触《かんしょく》。

「あったかい……」

男の子の手なんだって意識して、顔がほてった。

「泪への想いが詰まってんだよ」

「何言ってんの、バカ！」

いつもコントばかりなのに、ふと、八雲が男の子なんだって思い知らされる。

そのたびに照れ隠しで、可愛くないセリフを吐いてしまう。

「おい、彼氏をバカ呼ばわりするとはいい度胸《どきょう》だな」

「え……ぎゃっ！」

八雲は私を軽くにらむと、うしろからガバッと抱きついてきた。

「ぎゃってなんだ、色気ねーの」

「おまわりさーん、ここに犯罪者がいまー……んぐっ！」

「アホか！　シャレにならんわ！」

八雲が国道沿いにある交番を指さして、あわてて私の口を手でふさぐ。

だって、泪への想いが詰まってるとか言うから……。

「ぷはっ……八雲が気持ち悪いこと言うからだし」

「気持ち悪いだぁ？　彼氏に向かってなんつーことを。俺をキモイとか言うの、泪くらいだぞ」

「ふふん、私は正直者なんだよ」

「へぇー、悪さをする口はこの口かー？」

八雲はニヤリと笑って私の顎をうしろから持ちあげる。

「はーなーせー！」

「やだね、その口ふさいでやる……」

振り返るように顔をあげると、八雲にキスされた。

なるほど、キスでふさぐってこと……って、納得してる場合じゃなーいっ！

「んうーっ！」

離せ～っ！　はずかしいから、息が苦しいからっ！

息継《つ》ぎの仕方とか、まだ、よくわからないんだよっ。

涙が少し滲んだ頃、ようやく八雲の唇が離れる。

そして、私の顔を見つめると、勝ちほこったように笑った。

「可愛いじゃん」

「……うるさいっ、変態！」

どうせ、私の赤い顔を見てニヤニヤしてるんだろう、この男は。

でも、こうして恋人と世間でいうイチャイチャ……というやつをしながら帰るのも悪くない。

嘘、本当はすっごく楽しかったりする。

「泪、せっかくだからツーショット撮《と》ろーぜ」

「え、ここで？」

こんな道のど真ん中で⁉

驚いてる間に八雲はせっせとスマホを取り出して、インカメラを起動する。

「ほら、泪、もっと近くに寄れって」

「え、えーと、こう？」

私はよそよそしく八雲の隣に並ぶと、カチンコチンになって、直立不動になった。

「……証明写真かよ！　恋人同士で撮る写真なんだから、もっと……」

「わっ……」

「こんくらい、くっつくんだよ」

八雲は楽しそうに私を、スッポリと背中から包みこむ。

私を抱きしめながらスマホを両手で持つと、ピンッと腕を伸ばした。

「よーし、泪、ちゃんと笑えよ？」

「えっ、え？」

「はい、チーズ」

「ちょっ、待っ……」

――パシャッ。

抱きしめられたことにあわてていたら、笑顔を作る間もなく、八雲がシャッターを押してしまった。

嘘、私、絶対ヘンな顔をしてるよ！

「ぶは！」

八雲は撮った写真を確認すると、噴きだした。

ちょっと、どういうこと？　やっぱり私、ヘンな顔してたのかな？

それは由々《ゆゆ》しき事態《じたい》だ。

「み、見せて！」

「お、おい……んなあわてんなって」

あわてるでしょ、普通！　彼氏にヘンな顔を見られたかもしれないんだよ⁉

背の高い八雲の腕をつかみ、ぐっとスマホを持つ手を下げさせて写真をのぞきこむ。

そこで私は、驚愕した。

まさかの、半目だったからだ。

「こ、これはひどいっ」

うわぁ、ショック……。うぅっ、今すぐ写真を消し去りたい。

現実逃避《とうひ》でまた半目になりそう……。

「ぶっくく……可愛いじゃん」

「どこが⁉」

八雲、眼科に行った方がいい。

「待受にしとくな？」

「するな！」

ひどい、これを待受にするとか……。

きっと、画面開くたびに噴きだす気なんだ。意地悪。

「いーじゃん別に」

「よくないっ。女の子としては、地球が滅亡《めつぼう》するくらいのショックなんだからね！」

「地球滅亡って……ぶはっ、大げさだな。俺は、泪がどんな顔してても好きだけど？」

……え？

今、さらっと、私のことが好きって言ってくれた？

ドキドキと心臓がうるさくなる。

「……なに、ポカーンとしてんの？」

固まっている私を、八雲が不思議そうに見る。

いや、ポカーンってなるでしょ。

ふざけてるように見えて、こういう大事なことは伝えてくれるんだ。そう思ったら、驚きとうれしさに、どうしていいかわからなくなる。

「八雲のせいだし……。そんな風に好きって言われるの、慣れてないっていうか……。いつも、お笑いみたいになっちゃうし」

「……あのなぁ、泪はもっと、俺の彼女って自覚を持て」

「え？」

「俺が泪のことどんだけ好きか、知らねーだろ。本当は、こうして近づくだけで心臓バクバクすんの」

八雲が、私の左手を取って自分の胸に当てる。

「あっ……」

手のひらから感じる、せわしない鼓動。

あぁ、本当だ……。八雲も、私にドキドキしてくれてる。

「八雲、モテるのに……」

女の子には、免疫があると思ってた。

だから、手を繋いだり、キスするたびにドキドキするのも、きっと私だけなんだろうって。

初恋なんて言ってたけど、触れるのは私が初めてなわけじゃないだろう。

そう考えると……胸が痛くなってきた。

「あのなぁ……俺が俺じゃなくなるような、こんな感覚、泪にだけだ」

「それは今触ってみてわかったけど……不安なんだよ。私は、他の女の子みたいに可愛くないし、美人でもないから」

釣り合ってるのかなって、怖くなる。

それに、たとえ美人に生まれていたとしても、病気のことが最大のネック。

だから、オシャレしたり、他のことで人一倍努力しないと、八雲のそばにはいられないような気がして、焦るんだ。

「たしかに泪は、他の女の子とは違うな」

「っ……」

はっきり言われるのも辛いな。

でも、仕方ないよ。みんなより劣《おと》ってるのは、本当のことだから。

「泪は、俺の見てくれだけに恋をしていた他の女の子とは違う」

「え……」

それって、どういう意味？

「言ったろ。俺自身を好きになってくれたのは、泪が初めてだって」

「そんな、八雲の中身を好きになってくれた人だっていたはずだよ……」

「いーや、みんな、見てくれがいい彼氏が欲しかっただけだ。俺自身が今までそうだったから、わかるんだよ」

苦笑いの八雲に、何かそう思わせる過去でもあったのかな……と、考える。

八雲もきっと、たくさん苦労したんだろうな。

「だから泪は、俺の特別なんだ」

八雲の視線が、私に落とされる。

八雲に見つめられたび、どうしてこんなに〝好き〟が溢れるんだろう。

「俺は、運命の女の子に出会ったんだって、思ってる」

八雲が、私の頬《ほお》を手の甲《こう》でスルリとなでる。

わぁ……っ。

心臓が、大きくトクンッと跳ねた。

どんどん脈も加速していく。

息苦しいほどに……きみが好き。

私の運命の男の子も、この人だと思った。

「俺の方が落とされたのは、これが初めて。だから泪は、どんな女の子よりもすげー女の子ってことだな」

「あははっ、なーにそれ」

「好きだって言ってるんだよ、泪のこと。これでもまだ、不安か？」

まったく……調子いいんだから、私の彼氏様は。

でもとりあえず、私は八雲にとって〝すげー女の子〟らしい。

だから、喜んでおくことにする。

「んーん、不安じゃない。むしろ、幸せな気持ちになった」

「っ……そうか。泪が幸せなら、俺も幸せだわ」

「ふふっ、八雲のおかげかなぁー？」

笑いながら、八雲と繋いだ手をブンブンと振る。

すると、その手をグイッと引かれて、八雲の腕の中に飛びこんでしまう。

そんな私の耳に、八雲の唇が寄せられた。

「そこは言いきれよ、俺のおかげだって。そんでもって、好きだよ八雲、ハートマークで頼む」

「……はぁ、帰ったら『初恋マカロン』読もうっと！」

「コラッ、無視すんな！」

あぁ、こんなふざけ合いが楽しい。

私にとっては、八雲が最初のお友達で、恋人。

きみしか、知らない。

「そうだ、『初恋マカロン』で思い出したんだけど、あさっての日曜日、デートな」

「……えっ！」

デ……デートなって！

デートなって！

なぜか2回、心の中で叫んでみる。

付き合って一週間。こうして一緒に帰ることはあっても、初デートはまだだったから、叫びたいくらい私は驚いていた。

「なんだよ、そんな驚くことか？　俺ら、付き合ってるんだし、普通だろ？」

「いや、それはそうなんだけど……なんか、ドキドキしちゃって」

デートなんて、生まれてこのかた、したことがない。

八雲とふたりでどこかに行くなんて、楽しみだなぁっ。

「へー、ドキドキしちゃってんのか。ぐっ……やっぱり泪って可愛いわ」

「ぎゃっ」

繋いだ手の甲に、キスを落とされる。

八雲は、恋人になってからスキンシップが多い……というか、激しい。

毎回、心臓が止まりそうになる。

「『初恋マカロン』、見にいこーぜ。俺、チケット取っとくから」

「え、うれしい！　ありがとう、八雲っ」

私が見たい映画、見にいこうって言ってくれた。

私の……優しくて大好きな人。

本当は場所なんてどこでもいい。ただきみと、休みの日も一緒にいられることが、うれしいんだよ。

「大好き！」

はずかしさを上回る幸福感が、私を素直にさせたのかもしれない。喜びが溢れてきて、たまらずガバッと八雲に抱きついた。

そんな私を、八雲が難なく抱きとめる。

「わ、わかったから、不意打ちで可愛いことすんなや。俺をキュン死にさせる気か！」

「へへっ……だって、こうしたかったんだもん」

「うぐっ……なんだ俺、胸が苦しい。泪が可愛い、もっと抱きしめたい、このまま連れて帰りたいっ」

なんか、八雲が悶えている。何と戦っているのかはわからないけど、私はそんな八雲をそっちのけにして、別のことを考えていた。

また、新しい約束ができた。

デート……大丈夫かな？ 当日、眠りこけたりしないといいんだけど。

うれしいと思いながら、同時に不安もこみあげてくる。

「泪が起きられるように、迎えにいってやるからな」

「八雲……」

私が深い眠りについてしまったら、きっと……。

八雲がどんなに声をかけてくれたとしても、起きられないだろう。

でも、私、きみを失いたくない……。

そう強く思うから、がんばろう。

「ありがとう、八雲。でも……必ず起きるから！」

「お、おう……って、なんでそんな張りきってんだよ。たかが朝起きるくらいで」

その〝たかが〟……が、難しいんだもん。

でも、症状《しょうじょう》も落ちつく回復期に入った。次に強い眠りの周期が来るまで、二ヶ月ある。

それまでは、普通の女の子みたいに過ごせるはず。

「いーの、決意表明なの！」

こうやって言葉にすれば、神様が願いを叶えてくれる気がしたんだ。

「ハハッ、なんのだよ？」

「それはね、秘密」

笑顔の八雲を見つめて、この人を悲しませてはいけないと思った。

絶対に八雲とデートをする。

まるで願かけのように、何度も何度も繰り返し、心の中で唱えた。

笑顔になれる魔法の言葉

「また、やってしまった……」

私は何度目かもわからない絶望感に苛《さいな》まれていた。

約束の日曜日。

目が覚めると午後六時。日が暮れるどころか、星まで瞬《またた》いている。

あわててスマホを確認すれば、八雲からの着信とメールの嵐。

「私のバカぁ……っ」

泣きたいっ……本気で。っていうか、今すぐに泣く。

涙目で、私は届いているメールを開いた。

一件目。

> 泪、大丈夫か？
> ただ寝てるだけならいいけど……。
> 心配だから連絡くれ！

二件目。


やっぱり、心配だから泪の家に行くわ。

つか、寝てたら起こしてやるって約束したしな。


三件目。


よかった、寝てただけだったな（笑）。

俺は帰るけど、起きたら声聞かせろよ？

それから、泪のことだから、約束守れなかったとか自分のこと責めるんだろうけど、俺たちには時間がたっぷりある。

だから、埋め合わせなんていくらでもできんだよ。

これからずっと、俺と生きていくんだからさ。

だから、勝手に落ちこんで、泣かないように！

大好きだよ、泪。

「私だって大好きだよ。うち来てくれたんだねっ。なのに、本当にごめ……っ」

ポロポロ、涙が出てきて止まらない。

自分を責めるなって言ってくれたけど、無理だよ。

やっぱり私は、普通の彼女にはなれないんだ。

怒ってもいいはずなのに、八雲のメールはどれも、私を心配するものばかり。

優しすぎるよ。でも今は、その優しさが……辛いんだ。

「八雲に謝らなきゃ……」

私はスマホの着信履歴を開いて八雲の名前を見つめる。

なんて言いわけすればいいんだろう。

その名前の上に指をかざしたまま、なかなか押すことができなかった。

「……ごめんね、昨日楽しみすぎて眠れなくて、今日寝坊《ねぼう》しちゃって……」

これも、私が傷つかないための嘘。

「た、体調がやっぱり悪くてっ……」

考える言いわけは、どれも薄っぺらい。

私はいつも、ごまかしてばかり。

全部が自分を守るための嘘で、情けなくて、嫌になる。

「大好きな人にも嘘ばっかりとか、最低じゃん……」

まっすぐにぶつかってきてくれる八雲。
なのに私はどうして、ありのままの自分を見せられないんだろう。
ううん、理由なんて本当はわかってる。
怖いからだ……八雲に嫌われるのが。
「でも、八雲には連絡しなきゃ……」
きっと、今も心配してる。
だからせめて、私が八雲にできることはなんなのかを考えよう。
『なんだよ、そんな驚くことか？　俺ら、付き合ってるんだし、普通だろ？』
八雲がデートに誘ってくれた時の言葉。
八雲の言う普通は、私にとってはどれもが特別だった。
少しでも、普通の恋人らしくいられるように、私にできることは何？
『それよりさ、泪。今、体調いいなら教室に来いよ』
『俺、泪と少しでも一緒にいたい』
ふと、保健室でした八雲との会話を思い出した。
教室か……。あの時は、断ったんだよね。
でも私、いつも八雲のお願いを叶えてあげられない。
ひとつくらいは……叶えてあげたい。

八雲のそばにいるためには、怖がってばっかりじゃだめなんだ。

……教室に行こう。

それを八雲に伝えて、私も八雲が大好きだって伝えたい。

だから、私から離れていかないで、八雲……。

私は祈るような気持ちで発信ボタンを押した。

すると、私の不安を悟ったかのように、八雲はワンコールで電話に出てくれた。

『もしもし、泪か！』

「八雲、ごめ……」

『おはよう、なかなかに可愛い寝顔だったぞ』

……八雲、怒ってない。

それに、こんな時まで私に気を遣わせないよう、冗談っぽくしてくれてる。

それが……申しわけなくて、胸が締めつけられた。

『部屋あげてもらったんだよ、泪のお兄ちゃんにさ。でも、あんなにイケメンとは聞いてない』

「……お兄ちゃん、イケメンだった？」

見慣れてるから気づかなかったな。でも、優しいし、たしかにモテる。

って、そういうことじゃなくって。

『俺、ヤキモチ焼くから、あんましお兄ちゃんにもくっつかないように』

「ははっ、家族なのに……？」

『家族でも男はみんな変態なんだよ、わかったか？』

「うん、がんばる……」

まったく、八雲は……。私のこと、どれだけ好きなの。

どうして、そこまで大切にしてくれるんだろう。

いくら好きだからって、ここまで優しくなれるだろうか。

『やっぱり、元気ねーな』

「え……？」

『泪、俺たちが出会ったばっかりの頃、保健室で会うっていう約束を守れなかった日のことを覚えてるか？』

忘れるわけない。

あの日きみがくれた『何度約束して、何度破られても……同じことを言うからな』って言葉に救われたこと、ずっと覚えてる。

「覚えてるよ……」

「あの時の泪、すげー落ちこんでただろ？　でもな、理由があるって、俺はちゃんとわかってるから』

私が、約束を守れなくて落ちこんでること。

八雲には、どうして……わかってしまうんだろう。

どうして、なにか理由があるって信じてくれるんだろう。

「どうして……」

『泣いちゃうくらい、俺との約束を大切に思ってくれてたってことだろ。それだけでうれしいんだから、そんな落ちこむなって』

八雲は……バカだ。私、まだ隠してることがあるのに。

それなのに、まっすぐに疑いもせず、信じてくれている。

『映画は、また今度チャレンジすっか！　約束は、何度でもできるんだからよ』

「…………」

約束は、何度でも……。

この人は、優しすぎる。

隠してること全部話せよって、責めてもいいはずなのに、八雲は私の隠してることに触れない。

「あのね、八雲……」

……言いかけた言葉は喉でつかえて、声にならない。

話したいのに……話せない、その繰り返しだ。

『泪……』

「っ……私っ……」

やっぱり話すことが怖い。

ごめん、八雲と同じだけのまっすぐな心を返すことができなくて。

嘘ばっかり、だんまりばっかりで、ごめんねっ。

「あのね、八雲……」

『ん？』

だからせめて、私が八雲にできることから始めようと思うんだ。

「私、明日から教室で……授業、受けてみることにした」

『受けてみることにしたって……え、マジか！』

耳元で叫ぶなって、八雲が言ったのに……。

八雲の叫び声に私の耳はキーンと痛む。

「ふふっ」

『やべ、すげーうれしい！　あ、でもさ、無理してないか？　俺はさ、泪が俺へのうしろめたさからそうするって決めたんなら、うれしくない』

「え？」

『泪が心からしたいと思えることをしてほしい』

そんな……優しいきみのためだから、無理するんだよ。

心から、きみのためにしたいと思うことだから、私は教室に戻ろうと思ったんだ。

「私が、したいことだよ」

八雲を不安にさせないように、はっきりと答えた。

『……んじゃあさ、俺と一緒に行こうぜ。朝、迎えにいくからさ！』

八雲のうれしそうな声が聞けて、うれしいな。

「うんっ、うれしい……ありがとう」

『泪と一緒に授業受けて、昼休みも一緒に飯食って、放課後も一緒に帰る……。幸せすぎだろ、俺！』

素直すぎて、ちょっぴり大げさにも聞こえる八雲の言葉。

八雲が話す私との学校生活に、夢と希望がふくらむ。

だからかな、悩んでいたことがなんだかバカらしくなって、私も八雲と同じ夢を思い描くことができた。

「あはは！　八雲ってば、トイレまでついてきそうな勢い！」

『おーおー、ついていきますとも、どこまでも』

「捕まりますよ、おまわりさんに！」

『まーた、叫ぶなよ？』

「ぷっ、ふふっ……もう叫ばないよ！　大切な彼氏様が捕まったらさびしいから」

あんなに不安だったのに、八雲と話してるとおかしくって、笑いが止まらない。

『……やっと笑ったな、泪』

「え……？」

『そーやって、バカ笑いしてる泪が好きだよ』

──トクンッ。

八雲の好きって気持ちが、私の心を幸福感で満たしていくのがわかる。

私がこうやってバカ笑いできてるのは、八雲のおかげだ。

「八雲の言葉は……私を笑わせる魔法みたい」

『魔法か……なら、使えるのは泪を一番好きな俺しかいないな』

「ふふっ、違いない！」

八雲の言葉じゃなかったら、私、こんな時に笑えなかったよ。

きっと、八雲だけが私を、こんなにも幸せな気持ちにしてくれるのだろう。

『よーし、もっと笑え。そんで、明日は泪に楽しい学校生活をプレゼントしますよ』

「ぷっ、なにそれ！」

『保健室にいるより、ずっと楽しいよ。にぎやかで、さびしいだなんて思う暇《ひま》もないくらい、今みたいにバカ笑いしていられる。俺が、泪を笑顔にしてやるからな』

ひとりは……さびしかった。
本当は、ずっと誰かの温もりを探してたんだ。
それを八雲がくれて、私を光ある世界へと連れだそうとしてくれる。
「っ……ありがとう、八雲」
『俺がしたくて、そーすんの』
「うんっ、ありがとう……っ」
ハラハラと、花びらが静かに降るように、涙が流れる。
だけど、胸は痛みではなく、温もりに満たされている。
悲しみではなく、喜びがそこにはあった。
八雲のことなら、信じられる。
きみがいれば、どこにいても温かい場所に変わるんだ。
何より、八雲が生きている場所へ、私も行きたいと思った。

Chapter 3
＊吹き荒《あ》れる嵐＊

きみのいる場所へ

翌日、八雲と一緒に登校した私は、真っ先に職員室へとやってきた。

「高橋《たかはし》先生、今日から私、教室で授業を受けたいんですが……」

「……本当か！」

担任《たんにん》の高橋先生へ報告すると、先生は椅子に座ったまま、うれしそうに笑った。

「ただ、また……その、時期が来たら……」

また傾眠期が来た時は、保健室で過ごすことになると思う。

そう言おうとして、そばに八雲がいることを思い出した私は、言葉をにごした。

「泪？」

「あぁ、その時は今まで通りに……な？」

不思議そうな八雲を置いてきぼりにして、高橋先生と話を進める。

よかった、先生が私の言いたいことに気づいてくれて。

病気のことを、八雲に知られるわけにはいかないから……。

言いたいのに、言えない。

話したいのに、話せない。

私の心の中では、いつも相反《あいはん》する感情がぶつかっている。

すべてをさらけ出せたなら、どんなに楽だろう。

でも私、八雲には嫌われたくない。

なのに、八雲のことはなんでも知りたいと思うなんて、わがままだよね。

ごめんね、八雲……。

「はい、わがまま言ってすみません……」

「いや、神崎にもクラスのみんなと行事に参加したり、大丈夫な時は、授業にも出てほしいと思ってたんだ」

「高橋先生……」

高橋先生がそこまで心配してくれていたことが胸に染《し》みた。

いつも明るく、生徒思いの高橋先生は生徒たちからも人気が高く、私も好きな先生だった。

「難波、お前やるじゃないか。神崎のこと、頼んだぞ」

「もちろんですよ、泪のことなら」

迷わずに、私のためならと言ってくれるのがうれしい。

ありがとう、八雲。

「二年生になってから、クラスには顔を出してないからな……。神崎のことをホームルームで紹介《しょうかい》しようと思うんだが、いいか？」

「は、はい、お願いします」

なんだか、転入してきたみたいに緊張するなぁ……。

みんなに受け入れてもらえるのか不安になって、少しだけ気分が落ちこむ。

はぁ～……っ、お願い、この心臓のバクバク、おさまって。

チラリと八雲を見あげると、視線に気づいた八雲がフッと笑う。

「俺がいるから、泪はいつも通りニコニコしとけ」

「八雲……」

「泪の笑顔見たら、みんな泪のこと大好きになるって。それに、不安なんて感じる暇もないくらい、泪の毎日を楽しくしてやるって約束したろ？」

「あ……」

それは、昨日デートをすっぽかしてしまった私に、八雲が言ってくれた言葉だった。

『保健室にいるより、ずっと楽しいよ。にぎやかで、さびしいだなんて思う暇もないくらい、今みたいにバカ笑いしていられる。俺が、泪を笑顔にしてやるからな』

八雲は、暗闇に引きずりこまれそうになる私の心を、いつでも救いだしてくれる。

「俺、泪と付き合うようになってから気づいたんだけどさ、好きな子はこの腕に閉じこめて、これでもかってくらい溺愛《できあい》したいタチみたいだ」

「……ん？」

な、なんの話をしてるの？

「だから、泪の学校生活が楽しくなるように、俺がプロデュースしてやんよ」

「プロデュースって……ふふっ、うん！」

八雲は、私が不安なことに気づいてくれて、こうして笑わせてくれる。

不思議。あんなに不安だったのに、今は八雲と過ごす学校生活に夢がふくらんでいるんだから。

「おい難波、神崎をあまりからかうなよ？」

高橋先生が腕組みをして、八雲を注意する。

あっ……ここ、職員室だった！

先生の前で、なんてはずかしい話をしてしまったんだろう。

「からかってないですよ、彼女を大事にしてるんです！」

「彼女っ？　おい難波……もう朝だぞ。いつまで夢見てるんだ、しっかりしろ」

ぷっ、八雲、夢だと思われてる。

高橋先生、私たちが付き合ってるって、信じてないな。

「あはは……」

八雲への信用のなさに、私はつい笑ってしまった。

「いやいや、本当ですって！」

「高橋先生、その……本当です」

信じてもらえない八雲がなんだか不憫《ふびん》に思えた私は、苦笑いで助け船を出す。

「なんだ、難波の夢じゃなかったのか？」

「だから言ったじゃん、高橋先生。俺、どんだけ信用ないワケ？」

困惑《こんわく》している高橋先生に、八雲がふてくされる。

「神崎、今からでも遅くないぞ、この女泣かせはやめておけ？」

私の両肩に手をのせて、真剣に説得してくる高橋先生。

八雲は私の体をうしろから引きよせると、不機嫌そうに抱きしめた。

「高橋先生でも、泪に触んの禁止」

「難波、お前も嫉妬したりするんだな？」

「俺、泪のことだけは、誰にも譲れないんで」

八雲……。私のことだけはって、そう思っていてくれたんだ。

あぁ、八雲の想いを知るたびに、真っ暗だった心に日が差していく。

八雲との恋は、明るくて、温かくて、優しい……。

色に例えるなら、陽《ひ》だまり色の恋だと思った。

「高橋先生、八雲は、私を前向きにしてくれる、陽だまりみたいな人なんです」

「泪……」

八雲を振り返れば、驚いた顔をしている。

そんな八雲に、感謝の気持ちを込めて笑いかけた。

「八雲がいてくれるから、私は一歩前に進むことができました。こんなだけど、私の大好きな人です」

「神崎……そうか、てっきり難波の毒牙《どくが》にでもかかったのかと思ったが……」

「ちょっ、高橋先生、ひどくない？」

「難波が真剣に付き合ってることは、神崎がこうして笑顔なのを見ると、わかるよ。だから、大事にするんだぞ？」

高橋先生は椅子から立ちあがって、八雲の頭をワシャワシャとなでた。

「わっ、せっかくセットしてきたんだから、やめろよな！」

そう言いながらも、八雲はなんだかうれしそうだった。

それを微笑ましい気持ちで見つめていると。

「それじゃあ、そろそろ教室行くか！」

高橋先生が歩きだすのと同時に、八雲が私の髪をスルリとさらうようになでた。

「泪、さっきの言葉……その、もろもろうれしかった」

「ふふっ、私も、八雲がくれる言葉は全部うれしいよ」

「っ……ほら、手貸せって」

「う、うん……」

照れくさそうに差しだされた八雲の手に、私もそっと手を重ねる。

前を歩く高橋先生にバレないように、こっそり手を繋いだ。

私の手が冷たすぎるのか、八雲の体温が高いのか……。

すごく温かい……八雲の手にホッとする。

そんな八雲に励《はげ》まされながら、私たちは教室の前へとたどり着いた。

「それじゃあ、行くぞ神崎」

「……はい」

教室の扉がカラカラと開かれると、足が震える。

心臓がバクバクとうるさくて、悲鳴をあげている。

自分が受け入れられるのかが怖い。人の声、目線、すべてが怖い。

教室の前に来た今も、引き返してしまいたくなる。

だけど、きみと生きていくって決めたから。

「ふうっ……」

行こう、八雲が当たり前に過ごしてる世界に。

きみのいる世界で、私も生きていきたいから。

一歩を踏み出そうとした時、トンッと背中を軽く押された。

「がんばれ、泪」

「あっ……」

大好きな人からのエールだとわかって、私は笑顔を浮かべる。

いつだって、八雲は私の凝《こ》り固まった心を解《ほど》いてくれるんだ。

「今日はあらためて、お前たちに紹介したい仲間がいる」

教卓の前に立つ高橋先生と、その横に立つ私。

八雲は私に強くうなずいて、教室の真ん中の列にある席へと座った。

みんなの好奇心旺盛《おうせい》な視線が、私に集まる。

「あっ、女の子だ……お前の隣空いてんじゃん、お前の隣かもよ？」

「え、マジか！　ラッキー！」

「ときどき見かけたことあったけど、うちのクラスの子だったんだね」

ザワザワしだす教室。

みんなが私の話をしてる……。ううっ、緊張で今にも吐きそうっ。

震えそうになる手を、体の前で握りしめた。

「体調を崩していて、教室には来られなかったんだが、今日から一緒に授業を受けられることになった。神崎、自己紹介できるか？」

「あ……は、はい！」

高橋先生に声をかけられて、心臓がまた大きく跳ねる。

ガタガタと震える膝に必死に力を入れて一歩前に出ると、みんなを見渡す。

すると、その中に見知った顔を見つけた。

あ、あの人……八雲のスマホを届けてくれた人だ……。

そう、親切で、口元のホクロが色気を感じさせる王子様。

たしか……紫藤くん。

紫藤くんは私と目が合うと、フワリと微笑んでくれた。

「神崎、大丈夫か？」

黙りこんでいる私を心配してか、高橋先生が心配そうにこちらを見つめてくる。

いけない、ボーッとしてた。

ハッと我《われ》に返ると……。

「がんばれ、泪」

教室の真ん中の列、紫藤くんのうしろの席から、ニッと笑ってヒラヒラと手を振っている、私の大好きな人。

その姿を見た瞬間、日だまりで照らされているような安心感に包まれる。

「あっ……よ、よし」

八雲の笑顔に突き動かされて、軽く意気込んでみる。

八雲がいてくれる、だから大丈夫。

なんか、元気出てきたっ。

あとは、八雲が言ってたようにニコッと笑って、名前を言えばいいだけ！

「……か、神崎泪です！　体調を崩して保健室で自習していましたが、今日からこちらでお世話になります。よろしくお願いします！」

バッと頭を下げると、沈黙が私を包む。

合格発表を待つ受験生みたいに、祈《いの》りながらみんなの反応をうかがっていると、すぐにパチパチパチッと拍手《はくしゅ》が起きた。

「お世話になりますって、なんか嫁に行くみてー！」

「神崎さんって、おもしろいんだな！」

「でも、なんか可愛いよね」

「たしかにっ！　神崎さん、よろしくね」

あ、あれ……歓迎されてる……みたい？

少なくとも、私をよそ者だと邪険《じゃけん》にするような空気はない。

ここが、これから私が過ごす場所なんだ……。

ドキドキとワクワク。そして、うまくやれるのかっていう胸のざわめき。

心にあるのは、そんな期待と少しの不安だ。

でも……。

「泪、これからよろしくな！」

屈託《くったく》のない笑顔で……私をいつでも受けとめてくれるきみ。

そんなきみがいる場所は、保健室よりずっと明るい。

「うんっ、よろしくね！」

だから、私はあの場所を出ようと思えたのかもしれない。

私の席は、窓側の一番うしろの席になった。

八雲は真ん中の列で、少し距離があるからさびしいけど、保健室と教室ほどは離れてないから我慢しよう。


——キーンコーンカーンコーン。

一時間目の授業が終わると、私の席には五、六人ほどのクラスメイトが集まってきた。

「神崎さん、あたしたちと話さない？」

「自己紹介してすぐ、授業始まっちゃったからね」

「え、俺も神崎さんと話したい！」

「うわっ、下心丸出しじゃん！　男子って、なんですぐ鼻の下伸ばすかな」

みんながいっせいにしゃべるもんだから、私の頭は軽くパニックを起こしていた。

「え、えーと？」

「俺、隣の席の中野和輝《なかのかずき》、よろしくな！」

色素が薄い地毛の栗《くり》色の髪がどこかワンコを想像させる、無邪気で元気そうな男の子が自己紹介してきた。

この人が、お隣さんの中野くんね。

「私はクラス委員の三枝夕美《さえぐさゆうみ》よ。困ったことあったら声かけてね？」

次に声をかけてきたのは、メガネをかけた黒髪おさげの女の子。

見た目やハキハキとした話し方から、しっかりしているお姉さんみたいな人だなと思った。

「あ、ありがとう、三枝さん」

優しく微笑みかけてくれた三枝さんに、私はホッとして笑顔を返す。

「あ、あたしは……」

「あっ、あの！　一気に覚えられそうにないので、メモ取ってもいいでしょうか！」

ノートに書いておけば、忘れないしね！

「え、メモ？」

「はは！　神崎さんって、おもしろーい！」

クラスには三十人近くいるし、がんばって覚えないと。

そう思ってこっちは必死なのに、なんでかみんなは笑ってる。

「もう、他人事だと思って！」

ついむくれると、また笑いが起きた。

「なぁ、なーに楽しそうに話してんの？」

「え……わっ！」

フワリと香る、甘い香水の匂い。

私をうしろから抱きしめるのは、振り返らなくてもわかる……八雲だ。

「数時間前まであんなに不安そーな顔してたのに、もう俺がいなくても平気なわけ？」

「何を、おっしゃってるんですか」

声のトーンはあきらかに不機嫌そう。

抱きしめる腕はどんどん強くなっていくから、とまどう。

しかも、めっちゃみんなが見てるから！

「不安そうに、俺の隣にピッタリくっついてるのを想像してたのに、ガッカリした」

「なに、そのイメージ⁉」

「泪が、チワワみたいにブルブル震えてるイメージだな。そんで、抱きしめてやりてーってなる顔で俺を見つめてくんのが理想」

「……八雲さん、それ以上何も言わないで。はずかしくて、今にも燃えて灰《はい》になりそうだから」

本当に、顔の端《はし》からチリチリ灰になってないか不安です。

それくらい、八雲の言葉のひとつひとつに、顔の熱がヒートアップしていく。

「え、ちょっと待って、神崎さんって、八雲と付き合ってるの？」

「え、マジ？　でも八雲、博愛《はくあい》主義だろ？」

「たしかに、彼女とか作らないんじゃなかったか？」

うわー、なんかみんなの八雲のイメージが手に取るようにわかるよ。

やっぱり、誰もが認めるチャラ男くんだったのね、この人は。

「んあ？　おう、泪は俺の彼女」

その瞬間、「ええっ！」とみんなから悲鳴があがる。

八雲ってば、公《おおやけ》にしちゃってよかったの？

みんなに知られても、メリットなんてないのに……。

「なにそれ、環奈聞いてない！」

すると、斜《なな》め前の席の、可愛らしい女の子が声をあげた。

クルクルした髪を揺らしながら私の席にやってくると、目の前に仁王《におう》立ちする。

「環奈、聞いてない！」

「えっと……」

二度も言われてしまった。

うわっ、ジロりとにらまれてる……。

環奈ちゃん……だっけ？　どうしよう、あきらかに八雲のことが好きな子だよね。

「ねぇ八雲、環奈の方が可愛いのに、こんなのがいいのぉ？」

……こんなのって……。

はは、どうせ私はちんちくりんの平凡な女ですよ。

でも、悪口もここまで堂々と言われると、清々《すがすが》しいなぁ。

だらしないだの、サボり魔だの言われていた時は、みんな陰口《かげぐち》だったから、私には
反論する機会も、説明する空気もなかった。

だからかな、環奈ちゃんのはっきりとした性格が、好きだと思ったんだ。

「……そー、悪いな環奈。俺、こんなのがいいの」

「えっ……八雲？」

八雲はくしゃりと私の前髪を軽く握った。

その指先が私に触れるたびに、伝わってくる。泪が好きだよって。

「今回は、八雲も本気らしいしね」

すると、今度は人ごみをかき分けて、紫藤くんがやってきた。

「こんなところで独占欲丸出しにしたら、神崎さんに被害《ひがい》が出るだろう、八雲」

私と八雲を見比べて、少し困ったように笑う。

な、なんて神様みたいな人なんだっ……。

気が配れて、空気が読めて、物腰やわらかで。何もかもが完璧な王子様の登場に、私は救われた。

紫藤くんが現れなかったら、このまま八雲の褒め殺しをくらい続けるところだった。

「ぜってーやだ。泪のこと自慢して歩きたいくらいだし、俺」

「ウザ……でも、女の子はナイーブなんだから、少し気遣わないと」

あれ？　今、笑顔の紫藤くんの口から、怖い言葉が聞こえた気がした。

〝ウザイ〟なんて……こんな綺麗で優しい王子様から、まさかね。

「だって、ぼんやりしてたら泪って誰かにかっさらわれそうなんだもんよ」

「えっと……八雲、まさかなんだけど……」

これは、俗《ぞく》に言うヤキモチ……というやつですか？

生まれてこのかた、妬《や》かれたことはないけども、でも、これはあきらかに……。

「ヤキモチ？」

「わりーか、鈍感な泪ちゃん」

ふてくされたように、赤い顔で私をにらむ。

そんな八雲に胸がドキドキしてしまう。

「八雲はモテるのに、私みたいな凡人にヤキモチなんか、焼くんだ？」

「あのなぁ……いいかげん、俺がどんだけ泪を好きなのか自覚しろって」

そんな、あきれたみたいな顔しなくても……。

八雲が私を好きでいてくれてるのはわかる。

けど、妬いてくれてるだなんて、思わなかった。

私ばっかりが八雲を好きなんだって、どうしても思っちゃってたから。

だって、八雲みたいに顔もスタイルもよくない凡人の私には、好きでいてもらえる理由が思いつかない。

この悩みが、八雲にわかりますか？

「不安は、八雲を好きな限り消えないんだもん……」

「泪……」

「でも、そんな時は安心させてくれるんでしょう？」

大切にされてる自覚はあるよ。

それでも、好きだからこそ不安だし、弱音も吐きたくなるの。

「っ……当たり前だろ。どれだけ俺が泪のことを好きなのか、ご希望とあらば、夜通し愛をささやきましょうか？」

「うわ、八雲がキモイこといってるよ、和輝」

紫藤くんが、みんなに聞こえる音量で中野くんに耳打ちする。

「夜通しって……チャラ男が本気になると、ストーカーみたいになるんだな」

八雲、中野くんにストーカー扱いされてるよ。

八雲を好きになる前の私なら、中野くんと同じ反応をしていただろう。

でも、八雲を好きになった今は、そんな言葉もうれしいって思ってる。

私、八雲に毒されてるなぁ。

「うるせぇ、泪が俺のことを好きなら、ストーカーでもなんでもいいし！」

私を抱きしめる八雲の腕に力が入る。

この人がいない未来なんて、もう考えられない。

「つーことだから、これから俺は遊ばないし、泪一筋になるんで」

「っ……なんでよ！　環奈の方が可愛いじゃん、巨乳《きょにゅう》じゃんっ！」

きょ、巨乳って……。私が、貧乳《ひんにゅう》ってことでしょうか。

でも、環奈ちゃんはたしかにすごく可愛いから、不安になる。

だけど、八雲は私一筋だって言ってくれた。私はその言葉を信じたいと思う。

「田崎さんって、ちょっと空気読めないところあるよね」

「え……？」

「あの子、田崎環奈っていうんだよ。ぶりっ子で、ちょっとウザイんだよね」

突然、集まっていた女の子たちの雰囲気がピリピリしだす。

うーん、たしかにぶりっ子だけど、陰で悪口言わないあたり、清々しいと思うけどな。

でも、女の子ってこういうのに敏感っていうか……愛想笑いで、うわべの関係なのに必死に守ろうとする。

昔は私も、クラスで孤立しないようにって、がんばってたっけ。それも、中学の頃にすべてぶち壊れたけど。

久しぶりすぎて、忘れてたな……こういう感覚。

「いや、巨乳であろーとなかろーと、好きな子がタイプなんだよ。な、雪人？」

「まぁ、そうだね」

そんなことを考えていると、勝手に話が進んでいた。

好きな子がタイプって……八雲ってば、またはずかしいことを。

「それより、次のホームルームは、校外学習の班決めだね」

「校外学習？」

さらりと話を変えてくれた紫藤くん。それに感謝しつつ、聞き返した。

「二泊《はく》三日で校外学習に行くんだってさ」

隣の席の中野くんが教えてくれた。

泊《と》まりで……楽しみだな。

だけど私……ちゃんと起きられるかな。

傾眠期は過ぎたし、あと数ヶ月は睡眠リズムも普通に戻るはずだけど。

でも、もし眠っちゃったら……？

みんなに、秘密を知られてしまうかもしれない。

今は受け入れてくれている人たちが、敵に変わってしまったらと思うと怖くなる。

「泪、どうかしたのか？」

心配そうに私の顔をのぞきこむ八雲。

「…………」

何より、八雲に知られたくないよ……。私の病気のこと。

私が普通じゃないってことを、きみにだけは。

「泪？」

「あ……ううん、なんでもないよ」

笑ってごまかすと、八雲は何か言いたそうに口を開く。

でも、それを遮るように予鈴が鳴ってしまった。

「……あとでな、泪」

「うん、あとでね、八雲」

ポンッと私の頭に八雲の大きな手がのせられる。

八雲の手だ、ホッとする……。

もしかしたら……私が悩んでいることに気づいて、してくれた仕草だったのかもしれない。そうだったらうれしいな。

自然と笑えた私の顔を、八雲は満足そうに見つめてうなずいた。

「ぜってー、同じ班になろーな？」

「八雲……うんっ、私も八雲と一緒がいい」

「っ……あんまし可愛いこと言ってんなよ」

顔を赤くして、八雲が席へと戻っていく。

そんな八雲に、クスッと笑ってしまった。


ホームルームでの班決めは、私と八雲はもちろんのこと、紫藤くんに隣の席の中野くん、環奈ちゃんにクラス委員の三枝さんの六人になった。

はじめての寄り道

放課後、カバンに教科書を詰めていると、そばに八雲がやってきた。

「泪、これから校外学習メンバーでカラオケに行くってよ。泪も行くだろ？」

「カラオケ？」

カラオケ……放課後に、友達と……？

ずっと夢見ていた、青春を謳歌《おうか》しているって思える理想のシチュエーション。

「……だめだ、感動して泣きそう」

「はっ？　なんで、泣きそうになってんだよ！」

八雲があわてたように私の顔を両手で包みこむ。

私は目をウルウルさせながら、八雲の顔を見あげた。

「夢がまたひとつ叶ったなぁって」

「夢？」

「うん、ひとつはね、恋をすること。それは、八雲が叶えてくれた。それで、もうひとつは、こうして友達と青春すること！」

あぁ……私、今すごく幸せ！

こんなに人生うまくいってていいのかな？

これまで、人が怖くてたまらなかったはずなのに、今はひとりでいる方がさびしい。

そう思えることこそが、幸せだと思った。

「八雲は、私にたくさんの幸せをくれるんだね」

「泪……こんの、バカ」
バ、バカ……？
八雲さん、それは理不尽《りふじん》じゃありません？

「なんでそんな健気《けなげ》なわけ？　可愛いにもほどがあんだよっ」

たまらないと言わんばかりに、八雲は人目もはばからずにギュッと私を抱きしめてくる。

うわっ、や、八雲……？

「おっ、おい八雲！　女の子抱きしめるとか、ずるいぞ！」

「中野くん、ずるいって……注意する理由がどうしようもないわね」

叫ぶ中野くんに、あきれる三枝さん。

やばいっ、ここが教室なのを忘れてた。

私、ベラベラとはずかしいことを口走ってしまった。

それを全部聞かれていたと思うと……今さらだけど、はずかしくなってきたーっ！

「親睦《しんぼく》会も兼ねて、みんなでカラオケなんだって」

はずかしさにうつむいていると、紫藤くんがまたまた絶妙のタイミングで話題を変えてくれる。

「紫藤くん、ありがとう」

たくさん、気を遣ってくれて！

赤面をさらさずに済んだのは、紫藤くんのおかげだ。助けられてます、本当に。

「ん？　あぁ……ふふっ、どういたしまして」

何に対してのありがとうなのか、紫藤くんはわかってるみたい。

意味深に微笑んで、シッと人差し指を唇に当てた。

ううっ……それすらも色っぽい。

「おい雪人〜、親友でも泪に色目使ったら許さねーぞ」

「え、親友っ？」

ジト目の八雲の口から、とんでもない言葉が放たれた。

八雲の親友って……こんな好青年が？　絶対ありえない……。

——パチンッ！

「いたっ！」

驚いていると、八雲にデコピンされた。

「泪、今俺に失礼なこと考えてたろ？」

「へっ、ど、どうでしょう？」

視線を右へ左へと、さまよわせる。

どうして八雲、私の考えてることがわかったんだろう。

八雲には、いつも考えてることを見抜かれてしまう。

「泪は、嘘がヘタなんだよ！」

また、パチンッと額にデコピンが飛んできた。

「い、痛いよーっ！」

なんなの、もーっ！

だって、八雲みたいなチャラ男と、好青年の紫藤くんの組み合わせがミスマッチなんだもん。全然、想像がつかない組み合わせといいますか……。

「紫藤くん、よく八雲の親友になったね」

「不本意ながらね」

「……え？」

今、不本意ながらって言わなかった？

「それでも八雲は大切な親友だよ」とか、そういう返答を予想してたのに。

私が聞いたのは幻聴《げんちょう》？

毒舌と紫藤くんの見た目が……かけ離れすぎていて、思考が完全に停止する。

「泪、こいつ無害そうな顔して、一番腹黒いからな」

「そんな、まさか王子様に限って……」

紫藤くんを見つめれば、花のように綺麗な笑顔が返ってくる。

ほらね、こんな素敵な笑顔なのに腹黒いわけないじゃん。八雲ってば嘘ばっかり。

「王子様ねぇ……」

なに、その意味深な言い方。

なんだか、奇妙《きみょう》な世界に足を踏み入れたかのような、気持ちの悪さを感じた。

「泪、浮気すんなよ？」

「なっ、しないよバカ！」

ポカッと八雲の胸をたたけば、その手を優しく取られる。

強引なのに優しく感じるんだから、不思議だよね。

この人は、私を傷つけたりしない。いつでも、真綿《まわた》で包みこむように優しく、時には力強く守ってくれる人。

私は八雲一筋なんだよ、バカ。

はずかしいし、なんだか悔しいから、絶対に言ってあげないけど。

「好きな限り、不安だっていう気持ち……こーいうことか」

「え？」

「うん、身をもって知った」

それって、私が今日休み時間に言った言葉じゃ……。

八雲のことが好きだから、ちょっとした瞬間に不安になる気持ち。

他の子を好きになったらどうしよう。嫌われたら、どうしようって。

「泪が俺以外のモノになるなんて、ぜってー嫌だわ」

「なっ……」

「つーか、想像すんのもムカつく」

「や、八雲さん……っ」

そんな、ストレートに……。

ドキドキして、息苦しくて。とにかく八雲が好きだーって叫びたい衝動に駆られる。

「ま、泪が浮気なんかしねーのは、ちゃんとわかってるよ。だって泪、俺のことしか見てないもんなー？」

「自意識過剰！」

どっからその自信がくるんだ、この男は！

「八雲なんか、燃えちゃえ！」

「俺はいつでも泪に萌《も》えてるけどな」

どんな変換機能⁉ それ、〝もえ〟違いだから。

「もうっ、八雲ってば調子いいよね」

ニヤニヤしてる八雲に、私はぶうたれてみる。

余裕たっぷりの八雲がたまに憎らしい。

私は、恋愛なんて八雲が初めてだから……きみを見つめればドキドキするし、他の女の子と話すきみを見ればムカムカする。

私では釣り合わないんじゃないかって不安に、胸がザワザワする。

私自身も知らない私に出会ってばかりだった。

「はいはい……いい子だから、俺のことしか見えないって、言ってみろよ」

「なっ、あ、わわ、はっ？」

「ぶっ……あはは！」

くっ……笑われたっ。はずかしい、もう死にたいぃ～っ。

私がテンパってるのを見て、八雲は楽しんでるんだ。

「何言ってんのかわかんねーっ」

「うっ、うるさいっ」

「もう、可愛いんだから、俺の泪ちゃんは」

悔しいけど、可愛いって……うれしい。

それだけで、からかわれたことも許してしまいそうなほど、舞《ま》いあがってしまった。

校門を出て十分ほど歩いたところに、学校の最寄《もよ》り駅がある。

駅前にはショッピングセンターが立ちならび、大きな交差点には、行きかう人の波と、信号が変わるのを列を成《な》して待つ自動車が見えた。

「泪、なにボケーッとしてんの？」

「あ……こういうところ、あんまり来る用事とかなかったから、地元のはずなのに、びっくりしちゃって。田舎者《いなか》が初めて東京出てきて、右も左もわからない～って気持ちがわかる気がする」

「泪……」

「なんて、おかしいよね、あはは……」

こうして友達と出かけたことは、今まで一度もなかった。

家族と出かけたことはあっても、友達と来ると、なんだか見たこともない世界に見えるから不思議だな。

「……泪、知らないことは俺が教えてやるからさ」

「え……？」

「俺が、泪にいろんな世界を見せてやるってことだ」

少し前を歩いていた八雲が、私を振り返りながら手を差しだした。

ふと、八雲に言われた言葉を思い出す。

『っ……また、可愛いこと言って。じゃあ、教えてやるよ……俺の彼女になったら、こうして手を繋ぐのは基本姿勢だから、覚えておくように』

手を繋ぐのは、基本姿勢。

だから、今私がすべきことは……ううん、彼女としてしたいことは、ひとつだ。

私は八雲の手を迷わず握った。

「大好きですよ、俺だけの彼女様」

「っ……はい、私だけの彼氏様」

ビルに埋めこまれた大型ディスプレイの音、交差点を走る車のエンジン音、道路の真上にかかる高架《こうか》を走る電車の音。とにかく、駅前は騒がしかった。

だけど、八雲の声だけは、この雑音ばかりが溢れる都会で、まるで曇《くも》りないピアノの澄《す》んだ音色のように、まっすぐ私の耳へと届いた。

「お、とうちゃーく！」

中野くんを先頭に、みんなでやってきた駅前のカラオケ店。

「デートより先に、みんなでカラオケかよ……色気ねーな」

部屋に入り、隣に座った八雲が長い足を組みながら悪態をつく。

「もう、そんなこと言わないの！　私は八雲がいるなら、どこにいても、誰といても、すごく楽しいのに」

これは本心だ。

だって、同じ場所、時間、気持ち……。それらを共有する一瞬一瞬が、八雲と過ごした思い出になるんだから。

「どれも、大切な思い出になるんだよ」

「……泪って、ときどきすげー爆弾《ばくだん》落としてくるよな」

「……え、爆弾？」

何それ、どういう意味？

「俺がいるから、大切な思い出になるとか……あぁ、可愛くて思わずギュッとしてしまいたくなる……」

八雲は自分の顔を片手で覆うと、小声でボソボソと何かを言っている。

そんな八雲に、私は首を傾げた。

「はぁー……がんばれ、俺の理性」

「神崎さん、そのバカは放っておきな。ちょっと、頭の中が花畑になっちゃってるだけだからね」

八雲の隣にいた紫藤くんが、顔をのぞかせて私に声をかけてくる。

その顔は、誰がどう見てもキラキラの笑顔なんだけど……今、バカとか、頭が花畑とか……その笑顔にそぐわない言葉が聞こえたような気がした。

やっぱり、紫藤くんが腹黒い説……嘘じゃないかも。

「神崎さん、こんなのが彼氏でいいの？」

「あ……あはは」

やっぱり、気のせいじゃないかった。

紫藤くんの王子様イメージがぁ……っ。黒王子に変わっていく……。

「ねぇ、田崎さん、スマホばっかいじってないで、話しなよ」

「えー、環奈ぁ、八雲としかしゃべんないっ」

若干《じゃっかん》……いや、かなりショックを受けていると、今度は向かいの席から不穏《ふおん》な会話が聞こえてきた。

視線を向けてみれば、スマホの画面をものすごい速さでスクロールしている環奈ちゃんと、それを叱《しか》るクラス委員の三枝さん。

まだあまり話せていない私にもわかる。

どうして、この火と油のように絶対混ぜるな危険のふたりを、隣に座らせたの⁉

「走れ、走れー、俺たち最高ワンッ、ワンッ、ワオーンッ」

室内にあるミニステージのような場所で、中野くんがひとり、盛《も》りあがっているのが見える。

「そっちは猫《ねこ》だよニャン、ニャン、ニャーンッ」

待って、中野くん、なんの歌を歌ってるの？

聞いたことない、というか……この空気で、よく歌えたなぁ。

環奈ちゃんたちとの温度差が激しい。

もう一度、環奈ちゃんたちを見ると、ふたりの間にはひとり分の空席があることに気づいた。

「あそこ、和輝が座ってた席だよ」

「あ、そうなんだ」

空席を見つめていた私に気づいた紫藤くんが教えてくれる。

一応、中野くんがあそこに座ってたんだ。

早く戻ってきて、中野くん……！

「みんなの親睦会なんだから、もっと……」

「うるさいなぁ、真面目とか環奈、嫌いっ」

「……あら、気が合うわね。あたしもぶりっ子は嫌いよ」

そんな私の願いも虚しく、環奈ちゃんと三枝さんの口論《こうろん》は白熱していた。

ビリビリと、ふたりの間には電気が走ってる……気がする。

「ど、どうしよう八雲……」

人付き合いがない私はこういう状況に免疫がなく、不安になって八雲のワイシャツの袖を握った。

「あわてるな、まぁ俺に任《まか》せとけ」

あわあわしていると、八雲がポンッと私の頭に手をのせた。

そして、安心させるように笑うと、リモコンを手に取る。

「難波八雲、歌います」

「……は？」

謎《なぞ》の行動に、私は可愛いの「か」の字もない反応で八雲をポカーンと見てしまった。

八雲、いったい何考えてるの……？　こんな時に歌いますって、正気《しょうき》の沙汰《さた》とは思えない。

すると、すぐにこの場にそぐわない演歌のイントロが流れはじめる。

「は⁉　八雲、演歌歌うのかよ！」

中野くんの言う通りだよ、なんで八雲はこの選曲をしたの？

い、意味がわからない……。

「絶望が～……山脈を登れば、明日はきっといい日になる～っ」

しかも、八雲めちゃくちゃうまい。

コブシも効《き》いてるし、とにかくうますぎて、しかも演歌で……。

だめだ、笑いがこみあげてきちゃった。

「ぶっ……ふふっ、難波くんっておもしろいわよね」

「あははっ、八雲ってば超ウケる！　環奈ぁ、お腹痛いんだけどぉ！」

あ……ギスギスしてた三枝さんも環奈ちゃんも、お腹押さえて笑ってる。

もしかして八雲、この場を和《なご》ませるために……？

「女の子にはだらしないけど、こういう気の利かせ方は……尊敬してるよ、俺も」

「紫藤くん……」

紫藤くんは最初からわかっていたのか、優雅《ゆうが》にコーヒーを飲んでいる。

「でも、いつもより張りきってるところを見ると……神崎さんのためなのかもね」

「私のため？」

「神崎さんがクラスに来たばっかなのに、今日の思い出がケンカで終わるだなんて、悲しいでしょ？　だから、八雲はきっと……」

そこまで言われて、理解した。

八雲は、私に楽しい思い出を作ろうとしてくれてるんだ。

私が……『どれも、大切な思い出になるんだから』なんて言ったから。
八雲は、いつだって私の言葉を、気持ちを大切に守ってくれる。
「ふっ……八雲ってば、本当に……っ」
思わず、目に熱い物がこみあげてきて、不覚にも泣きそうになった。
バカで、どこまでも優しい人。
……大好き。
「あーあ～、蝉《せみ》しぐれ～っ」
歌ってる八雲を見あげながら、私はうれしくて、つい笑う。
ねぇ八雲、気づいていますか？
私が今笑ってるのはね、八雲の演歌がやけにうまいからとか、ツボに入ったとか、
そういうんじゃないんだよ。
八雲の想いに心が満たされて、幸せだから笑ってるんだよ。
歌っていた八雲が、ふと私を見る。
「あ」「り」「が」「と」「う」、そう口パクで伝えた。
八雲は一瞬目を見開いて、イタズラがバレたみたいな顔で笑い返してくれる。
その顔を見て、また思う。
あぁ、やっぱり私……きみが好きだな。

消えない劣等感

五月中旬《ちゅうじゅん》、クラスの雰囲気にも慣れてきた頃。

ときどき眠ってしまうこともあったけど、居眠《いねむ》り程度で済んでいるので、なんとかごまかしながら、私はクラスで普通の高校生活を送れていた。

そして、ついに二泊三日の校外学習の日がやってきた。

首からかけているタブレットケースをギュッと手で握りしめる。この中には、過眠症を予防するリーマスの薬が入っている。

どうか、二泊三日、無事に過ごせますように。

「ねぇ神崎さん、難波くんの隣、田崎さんに座られちゃってるけどいいの？」

バスの中、隣の席になった三枝さんに言われて、私は斜め前の席へと視線を向けた。

基本は男子は男子、女子は女子同士で座るんだけど……。

「ねぇ八雲ぉ、環奈が隣にいるのうれしい？」

「あのなぁ環奈、俺、前にも言ったろ？　泪以外に興味ないから」

――トクンッ。

なんか、こういう時に、八雲の彼女なんだって実感する。

私は特別なんだってことが、こんなにも胸をときめかせるんだ。

「むっ、環奈の方が顔もスタイルもいいし、平凡女なんてすぐに飽《あ》きるってば」

平凡女……。その上、過眠症っていう余計なオプション付きだしね。

それに比べて、環奈ちゃんは可愛くて、何より健康だ。

ぶりっ子なんて言われてても、環奈ちゃんなら私とは違って普通の彼女になれる。

トータルで見ても、勝てっこない……。そんな現実が、私の心臓をチクチクと刺す。

ねぇ八雲、私を見て。環奈ちゃんとばっかりしゃべらないでよ。

八雲は、私の彼氏なんだよ？

ドロドロとした汚《きたな》い感情が胸の中に渦巻いて、自分が嫌いになりそうだった。

耐えきれなくなった私は、八雲の腕にしがみつく環奈ちゃんから視線をそらした。

「なぁなぁ、神崎さん！」

「え……あ、中野くん？」

突然、通路を挟《はさ》んで隣に座っていた中野くんが声をかけてきた。

中野くんの方を見れば、その隣にいる紫藤くんもさわやかな笑顔で、こちらに手を振っている。

私はぎこちなく手を振り返して、中野くんに視線を戻した。

「今日のウォークラリー、楽しみだな！」

「あ、うん、そうだね！」

この二泊三日の校外学習は、一日目はウォークラリー、二日目はカレー作りや湖でのボート体験、最終日は出発まで自由行動という予定になってる。

高校の学校行事に参加したことのない私は、期待と不安でドキドキしていた。

「森の中を進むとか、探検みてーで楽しそうじゃね⁉」

ウォークラリーは、森を抜けた先にある丘が目的地だ。コース図を頼りにチェックポイントに設定されている課題をクリアしながら、丘を目指すルールになっている。

「探検……ぷっ、たしかに！」

探検なんて、なんか子供みたい。

中野くんと話していると、ウォークラリーが楽しみになってきた。沈んでいた気持ちも嘘みたいに軽くなる。

「和輝、やけに楽しそうだね」

「雪人がテンション低すぎなんだって！」

一緒にいて、私も楽しい。もちろん、友達としてだけど。

こんな風に友達と過ごす時間をくれた八雲には、感謝の気持ちでいっぱいだった。

「俺が楽しいのは、神崎さんと話せたからかも……なんてな！」

照れくさそうに頬をポリポリとかきながら、中野くんがそう言った。

「え、あ、ありがとう……」

何それ、どういう意味？

いや、深い意味なんてないよね、きっと。

第一、私には八雲がいるんだから。

「和輝、まさか……神崎さんのこと……」

「えっと……何言ってんだよ紫藤？」

何か言いかけた紫藤くんを、ごまかすかのように笑って止めた中野くん。

なんだか、紫藤くんと中野くんの様子がおかしい気がする。

「ねぇ、ふたりともどうし……」

「なぁ委員長、俺と席替わってくんない？」

そんな声とともに、私の視界が誰かのワイシャツの白色いっぱいになった。

頭上から聞こえた声に、顔を上げると……。

「泪の隣は、誰にも譲りたくねーの」

「や、八雲……」

私の座る座席の背もたれに手を着いて、不機嫌丸出しの顔でこちらを見下ろす、八雲がいた。

さっきまで環奈ちゃんと話してたのに……なんでこっちに来てくれたんだろう。

「田崎さんの隣なんてストレス溜《た》まるし、すっごく嫌だって言いたいところだけど」

三枝さんはため息をついて、困ったように笑う。

「こんなさびしそうな顔見せられちゃうとね、ほっとけないし。泣かせるんじゃないわよ、難波くん」

三枝さん……。私、顔に出ちゃってたんだ。

そう、きっと辛かったの……。環奈ちゃんと仲よくしてる八雲を見ることが。

それに、三枝さんは気づいてくれてた。

正義感が強くて、しっかり者の委員長の優しさに、胸がジンとした。

「委員長、マジありがとう」

「ありがとう、三枝さん！」

ふたりでお礼を言うと、三枝さんは笑って環奈ちゃんのところへと向かった。

「窓側座れ、泪」

「あ、うん……」

あれ……？

気のせいかもしれないけど、八雲と目線が合わない気がする。

とまどいながらも、通路側に座っていた私は、言われた通り窓側の席へと移った。

すぐに、隣に八雲がドカッと座る。

「……泪、和輝と何話してたんだ？」

「え？ 別に、大した話じゃ……」

あれ、なんか八雲、ピリピリしてる……？

でも本当に、今日のウォークラリーの話をしてただけなんだけど……。

「なんか、俺なしで楽しそうだったじゃん」

八雲は、私の顔を見ずにそう言った。

「楽しそうだなんて……」

八雲がどうして目を合わせてくれないのか、ピリピリしているのかわからない。

心当たりもなくて、どうしようと焦りながら、私は八雲の横顔を見つめる。

何言ってるの、八雲。

私は、八雲と環奈ちゃんが仲よさそうで、それがうらやましくてさびしくって……。

モヤモヤ考えてたのに……八雲なしで楽しそうだったなんて、そんなわけない。

みんなの空気を悪くしたくなかったし、一生懸命、平気なフリをしてたんだよ。

本当は、八雲に一番そばにいてほしかったのに……。

「八雲の方が、楽しそうだったじゃん」

そうだよ、楽しそうだったのは、八雲の方じゃん。

「……は？　俺のどこが、楽しそうに見えたわけ？」

八雲が怒ったように私を見る。

今度は私がその視線から顔を背けて、窓の外を見た。

でも、八雲の表情が気になって、窓に映る八雲の顔を見つめてしまう。

「環奈ちゃんと……何話してたの？」

「何も。ほとんど環奈が勝手に話してた」

環奈……。

八雲は、女の子なら誰でも親しげに下の名前で呼ぶの？　腕を絡ませるの？

それは……私だけの特権にはならないの？

「八雲は……女の子に優しいよね」

だけど、直接的に聞くことは、怖くてできなかった。

だって、八雲に拒絶されたら、私はきっと立ちなおれない。

弱虫だから、遠回しに聞くことしかできなかったんだ。

「なんだよ、その含ませた言い方。言いたいことあんなら、はっきり言えって」

はっきり言えって……。私の不安も知らないで。

だったら、全部言ってやろうじゃないの。

怒りに任せて八雲を振り返ると、私は泣きそうになりながらにらんだ。

「八雲、本当に私のこと好きなの？」

「なんだよそれ……好きじゃなきゃ、付き合うわけねーし」

……わかってる、私を八雲の特別にしてくれてること。

大切に守ってくれてることも、本当はちゃんとわかってるんだ。

これは……嫉妬だ。

好きになったら、底なしの穴に落ちていくみたいに、どんどん八雲が欲《ほ》しいって欲張りになる。

「彼女のくせに、俺のことが信じらんねーのかよ?」

「彼女になったからって、八雲の考えてることが全部わかるわけじゃない！」

私、可愛くない。好きな人にはこんな姿見せたくないのに……。

我慢できずに出てしまった、傷つけるような鋭い言葉。

本当は、こんなことを言いたいわけじゃないのに、どうして傷つけるような言い方をしちゃうんだろう。

後悔しながらも、私は湧きでる怒りや悲しみに抗えなくなっていた。

「察しろよ！　俺が泪を好きなことくらい、わかるだろ!?」

「あんなの見せられてわかるかぁ！」

察しろなんて、無茶言わないでよ。

八雲が何考えてるのかなんて、エスパーじゃなきゃわからないよ。

それなら、八雲だって私が不安なこと、気づいてよ……っ。

「泪だって、中野に手ぇ振ったり、笑いかけたりしてただろ！」

「あれはあいさつだよっ、そんなの見ればわかるじゃん」

八雲が怒ってるのは、私が中野くんと仲よく話してたから？

じゃあ八雲は、私を疑ってたってこと？

私は、八雲のことが好きなのに。八雲以外の人を好きになったりしないのに。

「へぇ、泪ちゃんはあいさつがわりに愛想振りまくわけ？」

「このチャラ男、大嫌いっ！」

バスの中で、周りの目も気にせずにケンカしてしまった。

でも、騒がしいせいか、気づいたのは同じ班のみんなだけ。

みんなは心配そうに私たちを見つめていた。

「っ……そうかよ、なら勝手にしろ」

「あっ……」

自分で言ったのに……。『大嫌い』って言葉に、胸が痛む。

八雲の傷ついたような顔が目に焼きついて、震える声が耳に残って、離れない。

後戻りできない、言葉の重さを知った気がした。

「………」

何を言っていいのかわからず、唇を噛む。

ごめんなさい、傷つけて。

だけど私、すごく焦ってて、悲しくて、仕方なかったんだ。

私よりたくさんの魅力を持っている環奈ちゃんに、八雲のこと取られちゃうんじゃないかって……怖かった。

どうしても他人と比べちゃうんだって、素直に伝えればよかったのかな。

でも、伝えて「重い」って思われるのも嫌。

紡げなかった言葉に、そっと視線を窓へと向けた。

どうすればよかったんだろう、なんて……。

考えても考えても見つからない答えに、ひとりで泣きそうになった。

宿泊所は森に囲まれ、少し歩くと湖がある自然豊《ゆた》かな場所にあった。

たどり着いてすぐに荷物《にもつ》を置くと、さっそく班ごとのウォークラリーが始まった。

目的地は、この森を抜けた先にある丘。そこまで行くのに、むき出しの木の根や前日の雨でぬかるんだ、足場の悪い道を進まなきゃいけない。

「景色、綺麗だろうね、この天気なら」

隣を歩く紫藤くんの言葉に、私は空を見あげる。

「うん、本当だね……」

本当に、今日は青く澄みわたる空だなぁ。丘から見える景色はさぞ綺麗だろう。

なのに、ワクワクするはずの胸は、しぼんでいた。

理由は明白。八雲とのケンカが尾を引いている。

「はぁ……」

「なんか、落ちこんでるね、神崎さん」

「えっと……わかる……かな？」

苦笑いした私に、紫藤くんはうなずいた。

ウォークラリーが始まっても、八雲とは一定の距離がある。

「八雲、環奈ぁ、足くじきそう！」

「そんなヒールみたいので来るからだろ」

前を歩く八雲の隣は、もちろん環奈ちゃんがキープ。

今回の校外学習はみんな私服で、たしかに環奈ちゃんの靴《くつ》はアウトドアにはふさわしくないヒールだった。

どんな場所でもオシャレを欠かさない環奈ちゃんに比べ、機能性を考えてスニーカーで来てしまった私は、努力が足りないなと落ちこむ。

「神崎さん、大丈夫?」

「あ……ごめんなさい、ボーッとしちゃって。その、私……八雲に大嫌いって言っちゃって……それからちょっとギスギスしてるっていうか……」

落ちこんで勝手に自分の世界にトリップしてしまった私は、紫藤くんの声で我に返ると、あわてて事情を話した。

「どうせ、八雲の女癖の悪さが原因でしょ?」

「ううん、八雲は浮気とかそういうのしてないんだ……。ただ、私が勝手に嫉妬してるだけなの」

八雲の口から他の女の子の名前が出るたび、その手が触れるたびに苦しくなる。

「もっと、いい子でいたいのに……」

八雲が好きでいてくれる女の子でいたい。誰よりも可愛いと思ってもらいたい。

私だけを、見てほしい。

「……好きなんだから、ヤキモチは当たり前だって。神崎さんが悩んでるのに、意地張ってる八雲がバカなんだよ」
バ、バカとな……?
やっぱり紫藤くんって腹黒い。

だけど、その言葉は私を心配してくれているからこそ、出た毒だった。

「ありがとう、でもちゃんと謝らなきゃ……」

どんな理由があったにせよ、大嫌いだなんて言いすぎた。

大切にしたい大好きな人を、私は傷つけてしまったから。

すると紫藤くんは、一瞬驚いたように目を見開いて、すぐにクスッと笑った。

「神崎さんって、すごくいい子だね。健気だし、つい助けてあげたくなる」

「え？　そ、そうかな？」

王子様スマイル、きた！　なんというか、とてつもない破壊力だ。

でも、私が見たいのは……キラキラした王子様の笑顔じゃないんだ。

前を歩く八雲の背中を見つめると、なおさら思い知らされる。

私が見たいのは、ちょっと意地悪で、ときどき甘やかすみたいに優しい……きみの笑顔なんだ。

「おーい、神崎さん、雪人、何話してんのー⁉」

中野くんが、うしろを歩いていた私と紫藤くんのところにやってきた。

「何って、和輝には秘密だよ。なに、気になるの？」

「うぐっ……そ、そんなんじゃねーし！」

フッと笑う紫藤くんに、タジタジの中野くん。

「じゃあ教えてあげない」

「いや、やっぱり聞きたいです」

なんだか、ふたりって……。

「飼《か》い主《ぬし》とワンちゃんみたいな関係だね！」

「ぷっ、神崎さん……それはひどいよ、おもに和輝にね」

紫藤くんが噴いた……。レアだ、今のショット！

でも、なんで今の一言が、中野くんにひどいことになるんだろう？

「それはないぜー、泪ちゃん……っ」

「あ……名前」

泣きそうな顔の中野くんが、私を名前で呼んだ。いつもは「神崎さん」なのに。

「あ、悪い！」

「ううん、別に大丈夫だよ！」

たぶん、無意識なんだろうな。

それに、下の名前で呼ばれるくらい、八雲だって環奈ちゃんに……。

――ズキンッ。

環奈ちゃんが八雲を名前で呼ぶのを思い出して、胸が痛んだ。

そうだよ、八雲だって呼ばせてる。

なら私だって、いいよね……？

「もうさ、俺たち、下の名前で呼び合わない？」

「え……と、うん」

そう、八雲と同じことをしてるだけ。だから、責められる筋合いなんてない。

なのにどうして……こんなに、胸が痛いのっ。

「泪ちゃん」

「あ……か、かず……」

どうして、止めてくれないの、八雲……。

私を振り返って、呼ぶなって怒ってくれないの？

目に涙が滲んで、中野くんの名前を呼ぼうとした声が震える。

胸にあるのは、罪悪感と振り向いてもらえないさびしさ。

環奈ちゃんばっかり見つめてないで、私を見て、お願いっ。

……八雲っ！

心の中で叫んだ私は、言葉にできないもどかしさに唇を強く噛んだ。

「へぇ、なら俺も、泪ちゃんって呼ばせてもらおうかなぁ！」

突然、紫藤くんが大きな声でそう言った。まるで、誰かに聞かせるかのように。

……紫藤くん？

「待て、なんの話してんだよ？」

すると、八雲があわてたようにこっちを振り返った。

「俺たち、これから泪ちゃんって呼ばせてもらおうと思って……ね、泪ちゃん？」

紫藤くんが優しく私の右手を握る。そして、私にだけわかるようにパチンッとウインクした。

まさか紫藤くん、八雲に聞かせるためにわざと……？

すると、八雲はズカズカと大股でやってきて、紫藤くんの手から引きはがすようにして、私を抱きよせた。

「なに勝手に触ってんだよ」

「泪ちゃんって魅力的だから……ぼやっとしてると、誰かさんに取られちゃうよ？」

不敵に笑う紫藤くんが、チラッと中野くんを見た気がした。

すると、中野くんはハッとしたような顔でうつむく。

中野くん、どうしたんだろう。

っていうか、私と八雲のことでみんなの空気悪くしたくないし、何か言わなきゃっ。

「あ、あの……」

「おい泪、名前、勝手に呼ばせんなよ」

「え……？」

「お前を泪って呼ぶのは、俺の特権じゃねーの？」

顔を上げれば、八雲の切なげな瞳が私を見つめている。

それに、キュッと胸が締めつけられた。

「でも、八雲だって……」

八雲だって、環奈ちゃんに呼ばせてるくせに。

私はだめで、八雲はいいの？

もうやだ。イライラしたり、ズキズキしたり、ギスギスしたり。

どんどん、自分が可愛くなくなる。

こんなんじゃ、八雲に嫌われちゃうよ……。

「雪人、和輝……泪は俺の彼女だから、手ぇ出すなよ？」

「……八雲、なら泪ちゃんにさびしそうな顔させんなよな」

そう言ったのは中野くんだった。

私の表情に気づいていたのは、紫藤くんだけじゃなかったみたい。

私、そんなにさびしそうな顔してたんだ。

さびしいならさびしいって、素直に言えたら、どんなにいいだろう。

なのに私は、意地を張って、八雲も同じことしてるからって張り合った。

彼女になったからって、八雲の考えてることが全部わかるわけじゃないだなんて怒《ど》鳴《な》ったけど、それは八雲も同じだ。

私がこんな態度取ったたって、八雲には伝わらない。

八雲を責める資格なんてないじゃん……。

「でないと、俺も泪ちゃんのこと……」

「中野くん……？」

どうしたんだろう、さっきから怖い顔してる。いつもならニコニコしてるのに……。

意味深に向けられる中野くんの視線にとまどっていると、ふいに視界が暗くなった。

「アイツのこと、見つめんな。俺のことだけ見とけって」

耳元で聞こえる声に、八雲に目を手でふさがれたのだと気づく。

いつもの私なら、きみの温もりに胸が激しく高鳴って、体中が燃えるみたいに熱くなって、喜びに胸が温かくなっていただろう。

けれど、今あるのは、さびしさの爪《つめ》が何度も胸を引っかく痛みだけ。

きみがそばにいるのに、心にはぽっかりと穴が開いていた。

俺のことだけ見とけって……。

私は初めから八雲のことだけを見てる。

「私を見てないのは、八雲の方だよ」

「え……」

驚いているのが、真っ暗な視界の中でもわかった。

私はそっと、目をふさいでいる八雲の手をはがすと、振り返る。

「泪、もしかして泣いて……」

「八雲、私のことちゃんと見つめてくれてる？　私が何を考えてるのか、わかる？」

泣いてはいない。

けど、泣きそうなんだ、今すぐにでも。

目に溜まった涙がこぼれないように、必死に目に力を入れた。

「そんなん、わかんねーよ……。だって泪は、いつも大事なことは言ってくれない。はぐらかすだろ」

「っ……それは……」

デートをドタキャンしたり、保健室で授業を受けていた理由も、私は話していない。

不安にさせてるのはわかってる。

でもね、言えないのは……きみと離れたくないからなんだよ。

「いつも、泪のことを知りたいと思ってるよ。でも、泪はっ……何も、話してくんねーだろ！」

「っ……話したくても、話せないの！」

本当は……怖いだけ。八雲に、そして病気に向き合うことができない弱虫なだけだ。

私が悪いのに、口から出るのは八雲を責める言葉ばっかり。本当に、嫌になる。

「とにかく、ふたりとも少し落ちつきなさいよ。そろそろ丘に上がる坂道なのに、登る前から疲れちゃうわよ？」

平行線のケンカを止めてくれたのは、三枝さんだった。

私たちは同時に視線をそらして、一歩だけ離れる。

「めんどくさい女。こんなのやめて環奈にすればいいのに」

環奈ちゃんの言葉に、胸が張りさけそうになる。

たしかに私、めんどくさいかも。もう、八雲に嫌われちゃったかな……。

「行こ、八雲っ」

「あ、あぁ……」

環奈ちゃんに腕を引かれる八雲を、黙って見送った。

声を出して呼びとめることも、この手を伸ばして引きとめることもできなかった。

私にその資格があるとは……思えなかったから。

「……神崎さん、大丈夫？」

立ちつくす私の隣に、三枝さんがやってきた。

嘘でも大丈夫だとは言えなくて、私は曖昧《あいまい》に笑みをつくろう。

「うまく……いってないみたいね」

「せっかくバスの席譲ってくれたのにごめんね、三枝さん」

環奈ちゃんと三枝さん、仲悪いのに。それでも八雲に席を譲ってくれたのは、私たちのためだった。

その気遣いを、無下にしちゃったんだ……。

「そんなこといいわよ」

「三枝さん……」

気にしなくていいんだよと言うような三枝さんの笑顔に、私は思わず涙をこぼした。

「ほら、私たちも行きましょ」

こちらを振り返らずに三枝さんはそう言った。あえてそうしているように見えて、また涙腺がゆるんでしまう。

三枝さんに手を引かれて、私もトボトボと歩きだした。

傷ついている時こそ、人の優しさは胸に深く染みわたる。それでも消えない……悲しい、痛い、苦しい気持ち。

恋って、幸せな気持ちだけじゃないんだね。

八雲、きみに恋して、初めて知ったよ……。

そして、坂を登りはじめて十分ほどたった時のこと。

「きゃっ！」

──ズルッ、グキッ。

整備されていないボコボコの道で私は石につまずき、足をくじいてしまった。

「いたた……っ」

地面に尻《しり》もちをついた私は、泣きたくなった。

「もう、嫌……」

「ちょっと、神崎さん大丈夫⁉」

気づいた三枝さんが、私の前にしゃがみこむ。

「ちょっと、見るわよ」

私のズボンの裾《すそ》を軽くまくり、ケガがないか確認しようとした三枝さんの手が足首に触れた瞬間……。

──ズキンッ！

「いったぁ……！」

ひときわ大きな痛みの波が足首を襲った。

あまりの痛さに、涙がジワリと目に滲む。

「これ、あとから腫《は》れてくるかも……少し休んだ方がいいわね」

休むっていっても……こんなところでみんなを待たせるわけにはいかないし、がんばって歩かなきゃ。

「どうしたの、委員長」

「神崎さん、足が痛むのか!?」

少し前を歩いていた紫藤くんと中野くんが、騒ぎを聞きつけてやってくる。

「ごめん、でも、がんばれば歩け……」

「泪！」

歩ける、そう言おうとした時、八雲が駆けよってくるのが見えた。

「くじいたのか？」

そばにやってくると、心配そうに私の足を見つめる。

「う、うん……」

「なら乗れよ、運んでやっから」

八雲は私に背を向けてしゃがむ。

まさか、これはおんぶってこと？

「早くしろって」

気まずいし、はずかしい。

だけど……ここで悩んでても、みんなに迷惑かけちゃう。ここは、八雲に甘えるしかないよね。

「う、うん……」

おずおずと八雲の背中に乗り、首に腕を回すと、八雲は私を軽々とおんぶして立ちあがる。

そのまま、何も言わずに歩きだした。

ねぇ八雲、どうして助けてくれたの？

てっきり怒って、私のこと嫌いになったと思った。

なのに、ケガした私を見た時、八雲、あわててたよね。

「足……痛むか？」

「あっ……地面に着いてないから、大丈夫」

八雲、心配してくれてる……？

「わかった、でも丘に着いたら、保住先生に見てもらうぞ」

「う、うん……」

それっきり、会話がとぎれる。

八雲はどうして……優しいままなの？

ピンチの時は、必ず助けてくれる。気まずいはずなのに、手を差しのべてくれる。

それがうれしくもあり、申しわけなくもあって……。

ありがとう、ごめんねの気持ちを込めて、私はギュッと、八雲にしがみついた。

わかり合えるまでキスをしよう

校外学習、二日目。

昨日くじいた足はまだ少し痛むけれど、幸い腫れることはなかった。

今日は昼に向けて、みんなでカレー作り。

男子組は炊事炉《すいじろ》で炭に火をつけようとがんばってくれているので、私たち女子組は調理に回った。

「神崎さん、手先器用なのね」

「え、そうかな……って、三枝さんの方がすごすぎるよ！」

今切っている私の大きさがバラバラな人参《にんじん》と比べて、三枝さんのは大きさが正確に統一《とういつ》されている。

「3センチ均一《きんいつ》よ」

「お、おぉ〜っ……さすが、委員長！」

「委員長は、関係ないと思うけれど」

「環奈ぁ、こんなの手が汚《よご》れてできない！」

三枝さんと話していると、環奈ちゃんが耐えられないといった様子で発狂した。

「八雲のところに行こっと！」

「田崎さん、どこへ行く気なの？」

調理台から離れようとした環奈ちゃんの前に、三枝さんが仁王立ちで立ちふさがる。

「聞こえてなかったのぉ？　八雲のと・こ・ろ！」

「わかったわ、少し待ってて」

え、三枝さん、何がわかったんだろう……？

ポカンとする私と、待たされてイライラしている環奈ちゃんをよそに、三枝さんはなぜか玉ねぎを取り出し、皮をむくと、ものすごい速さで切りだした。

「なに、早くしてよ」

「よし、玉ねぎ切った手で目を擦《こす》ってあげるわね」

そのために、玉ねぎ切ってたの⁉

三枝さんは手をニギニギしながら、不敵な笑みを浮かべて環奈ちゃんに迫っている。

「ぎゃーっ、ちょっと近寄らないで、触らないで！」

「なら、ここにいて手伝って」

「玉ねぎ嫌いなのにぃっ！」

「で、答えは〝はい〟〝イエス〟〝ウイ〟のどれなの？」

最後のはよくわからないけど、どれも同じ意味なんじゃ……。

「い、イエス！」

ついに降伏《こうふく》した環奈ちゃん。

うわぁ……。地味に嫌だな、あの攻撃《こうげき》……。

「つーか、ぶりっ子マジうるさいんだけど」

ふいに、他の女子の声が聞こえた。

振り向けば、他の班の女の子たちが腕組みをして環奈ちゃんをにらんでいる。

「ぶりっ子で性格も悪いとか、最悪。同じ班にならなくてよかったー」

「本当だよね、耳障《ざわ》りだから話すなって感じ」

わざと聞こえるように、でも、あくまで友達との話題にしてる感じがすごく陰険だ。

「はぁー？」

環奈ちゃんは気にした様子もなく、悪口を言った女子たちの前に歩いていくと、負けじとにらみ返した。

「あぁ、みんな環奈のことがうらやましいのぉ？」

「田崎さん、なに火に油を注いでんのよ」

斜め上の返答をする環奈ちゃんを三枝さんがあわてて止める。

環奈ちゃんは……強い人だ。

私も、過眠症のことでみんなから冷たい目で見られたことがあった。

あの時の私は、何も言えずにうつむいて、机の上ばかりを見ていた。聞こえてくる心ない言葉に、ただ唇を噛んで耐えていた。

胸を釘《くぎ》で打たれるような痛みから感覚を切りはなすように、早く一日が終わることばかりを考えていた。

環奈ちゃんみたいに、強気に立ち向かう勇気なんてなかった。

「じゃあ、ごめんなさぁーい……これでいい？」

「それがウザイって言ってんの！」

「えぇー、環奈よりあんたたちの方がウザイと思うなぁ」

「っ……調子乗んなよ！」

ケンカを買った環奈ちゃんめがけて、声を荒《あら》らげた女の子たちが鍋《なべ》に沸《わ》いたお湯をかけようとした。

「きゃっ……」

小さな悲鳴を上げて、腕で顔をかばう環奈ちゃんを視界に捉《とら》えた瞬間、私の足は地面を蹴《け》っていた。

「環奈ちゃん！」

反射的に環奈ちゃんの前に出た私は、両手を広げて目をギュッと閉じる。

――ジュッ！

「うっ……」

腕に、お湯がかかる。

幸い、かかったお湯の量が少なかったのか、我慢できる程度の痛みだった。

念のため、袖《そで》をまくると、赤く熱をもっている。

これ、冷やさないとだめだよね。

「なっ、なんで環奈のことかばったの……？」

流し台まで行こうと足を踏みだすと、目の前には驚きととまどいが入りまじったような顔で、私と私の腕を交互《こうご》に見つめる環奈ちゃん。

なんでって……。

なんとなく、たぶんだけど……あの時の孤独な私と、環奈ちゃんが似ていたから。

だから、助けてあげたいと……思ったんだ。

……ううん、どうだろう。

環奈ちゃんを救うことで、過去の自分を救いたかったのかもしれない。

どんな理由があったにせよ、私はこの選択《せんたく》をきっと後悔しないと思った。

だって、私たちは縁《えん》があって同じ班になれた。

カラオケにも一緒に行ったし、過ごした時間は短くても、笑い合った時間があればもう友達だよ。

初めてできた、私の大切な友達を守りたいと思うのは当然だ。

「そんなの……友達なんだから、当然だよ」

「友達……環奈が？」

環奈ちゃんはぎょっとしたような顔で、私をまじまじと見つめる。

「そうだよ、環奈ちゃんは私の大切な友達！」

そんな環奈ちゃんにニコッと笑って見せた。

ひとりぼっちだった私にできた、大切な友達。

八雲が、私をみんなと引き合わせてくれた。その出会い、絆《きずな》すべてが、宝物のように思う。

その宝物を、私は守りたかったんだ。

「だって環奈、ひどいことばっかりアンタにしたのに……」

たしかに、環奈ちゃんの言葉には傷ついたこともあった。でも……。

「……もうひとつ白状すると、自分のためでもあるんだ」

過去の自分と環奈ちゃんの姿が重なって見えた。

環奈ちゃんが傷つけられると、私も痛い。

だから私は、自分が傷つきたくなくて、こうしたんだと思う。

「何それ、どういう意味？」

「えっと……私と環奈ちゃんは似てるから……かな、あはは……」

詳《くわ》しいことは話せないから、笑顔でごまかす。

環奈ちゃんは「似てないし、意味不明！」とムッとした顔をしていたけれど、とくに気にとめる様子はなかった。

追及されなかったことに、私はホッと救われたような気分になる。

「あ、あとね、私は、はっきりしてる環奈ちゃんが好きなんだ。私は、すぐ言いたいことを隠しちゃうから……」

ずっと、うらやましかった。何もかもを持っている環奈ちゃんが。

でも、そんな環奈ちゃんと友達だってことが誇らしくもあるんだ。

「本当に、環奈ちゃんが無事でよかったよ！」

「アンタ……本当にバカ！　早く、水で冷やすよ！」

流し台で水を汲《く》んできた環奈ちゃんが、怒ったように私の腕に水をかける。

ズキッと鋭い痛みが襲った。

「っう……いたたっ……」

「泪、大丈夫か⁉」

すると、そこにいるはずのない八雲の声が聞こえた。

痛みにうつむいていた私は、反射的に顔を上げる。

「難波くんのこと、呼んできたわよ」

「三枝さん……ありがとう」

三枝さんが八雲のこと、呼んでくれたんだ。

でも、どうしよう……。

まだケンカしたままだし、顔合わせづらいな。

そばにやってきた八雲は私の前にしゃがみこむと、腕をつかんで眉間《みけん》にシワを寄せる。

「赤くなってんじゃん……誰だよ、これやったの」

静かに怒りを露《あら》わにする八雲の声に、その場の空気が張りつめた。

それもそうだ。八雲はムードメーカーで、いつも明るく、めったに怒ったりしない。

そんな八雲が怒ると、かなり怖い。

「環奈のこと、神崎さんがかばってくれたの……ごめん、八雲」

すると、水をかけてくれた環奈ちゃんが頭を下げた。

環奈ちゃん……。

たしかに、揉《も》めたのは環奈ちゃんのせいだけど、ここまでするのは違うと思う。

「あ、あたしたちは悪くないから！」

「神崎さんが勝手に、飛びだしてきたんでしょ！」

騒ぎが大きくなると、お湯をかけた女の子たちがそう叫んだ。

それを、八雲が怖い顔で見あげる。

「何があったとしても、お湯をぶっかけるヤツがあるかよ。次、泪のこと傷つけてみろ……絶対に許さねーから」

八雲……すごく怒ってる。纏《まと》う空気がピリピリしているのを、肌で感じた。

それほど、八雲に大切にされていたことが、私はうれしい。

怒りも痛みも、きみの存在が癒やしていく。

傷だらけの心を、きみの想いが包んでいく。

それだけで満足してしまう私は、自分でもわかるくらいに穏《おだ》やかな表情で、八雲の手をそっと握った。

「もういいよ、八雲」

「泪がよくても、俺が嫌なんだよ！」

「その気持ちがうれしいから……もう、十分だなって思って」

「泪……」

八雲が驚いたように私の顔を見つめる。

「怒る気持ちよりも、八雲が大好きだって気持ちの方が上回っちゃった」

「泪、お前な……」

八雲は深いため息をついて、うなだれた。

「お前、どんだけ優しいんだよ。あげく、お人よしでトラブルに進んで巻きこまれやがって……」

「なっ、そこまで言わなくても」

「俺、泪のこと心配しすぎて、いつか心労《しんろう》で死ぬわ」

死ぬって、そんな大げさな……。

「本当に手のかかる彼女だよ、泪は」

繋いだ手を握り返される。そして、反対の手で頭をワシャワシャとなでられた。

「八雲ってば大げさすぎ！」

「大げさだ？　こんなん、まだ序《じょ》の口だって。本当は、今すぐにでも暴れたいくらい怒ってたし、泪のことが心配だったんだぞ」

八雲……うれしい。

みんなが知らない、荒々しい八雲になるきっかけが、私であること。

それすらも、彼女の特権だと思った。

「でも、泪の言うとおりだな」

「え？」

「泪の言葉がうれしくて、怒りなんて吹っとんだ。さすがは俺の問題児彼女《もんだいじ》」

「……問題児って、褒めてないからね」

「褒めてんだって。泪ちゃんはおバカなところがまた、可愛いってな」

何言ってるんだ、八雲は……。

でも、このコントみたいな会話、いつもの私たちっぽいな。

こんな風に八雲と話せるなら、ヤケドも悪くないかなぁ……なんて、現金なことを考える。

「んじゃ、保住先生とこ行くぞ」

「え……わぁっ⁉」

ふわりと、体が宙に浮いた。気づけば、八雲にお姫様抱《ひめさまだ》っこされている。

漫画で見て以来、夢にまで見たお姫様抱っこ。

実際にされると、途方《とほう》もないはずかしさに襲われて、今すぐ逃げだしたくなる。

「あっ、歩けるから、おろして！」

「うっせーし、いいから抱かれてろ」

「なっ……！」

抱かれてろって……はずかしいからやめてよ！　別の意味に聞こえるじゃん！

でも、ツッコむことすらはずかしい私は、ひとりで顔を赤くし、悶えた。

「って私……これでもう二回目だよ、保住先生のところに行くの」

昨日、足首をくじいて見てもらったばかりなのに。

……たしかに私って、問題児かもしれない。

「足ケガするわ、腕ヤケドするわ……。本当に、泪のこと四六時中、見張るぞ？」

八雲になら、見張られてもいいよ……なんて。

そう言ったら、八雲は困るのかな？

でもそれくらい、私のことを見つめていてほしいんだよ。

「保住先生、すんません」

「まーたケガしたのね、神崎」

保住先生がいる宿泊所の部屋へやってくると、保住先生は八雲に抱えられる私を見て、苦笑いをした。

「ははは……お手数おかけします」

頭を下げると、保住先生はさっそく、腕を手当してくれた。

「ひどいヤケドじゃなくてよかったわ。この氷嚢《ひょうのう》当てて、神崎はここで休んでなさい。私は担任に伝えてくるから」

「はい、ありがとうございます」

部屋の出口に向かっていく保住先生が、「あ」と言ってクルリとこちらを振り返る。

「難波は……神崎に付きそってやって」

「もちろん、そのつもりです」

「おお、さすが彼氏だな」

保住先生は楽しそうに笑いながらヒラヒラと手を振って、部屋を出ていく。

この場には、私と八雲のふたりだけになった。

「………」

突然、水を打ったように静まり返る。

どうしよう、何か話した方がいいかな。

って、私たち、ケンカしたままじゃなかった?

ううっ、意識すると話しかけづらいな。

でも、いつまでも八雲とギスギスするのは嫌だから……。

ちゃんと話そう、そう決めて口を開いた。

「ねぇ八雲……」

「あのさ、泪……」

すると、声が重なった。

うわっ、やってしまったぁ……。

この、出鼻をくじかれるというか、次の言葉を紡げなくなる感じ。

私の勇気を返してくれーっ！

心の中で叫びながら、平静《へいせい》を装《よそお》って「何？」と返事をする。

「あー……泪はなんの話？」

「えっと、八雲は？」

「お、おう、なら俺から話すわ」

よかった……八雲から話してくれるんだ。

ホッとしながら、八雲の話に耳を傾《かたむ》ける。

「泪のこと、何も話さないからわからないとか言って悪かった」

「え、でもそれは、その通りで……」

「いや、泪には話せない理由があるんだろ。だから俺は、人一倍お前の言葉に耳を傾けて、表情の変化にも気づけるようにならなきゃいけないんだよな」

八雲……そんな風に思ってくれてたんだ。

私を責めていいのに、自分が悪いだなんて言う。

八雲は、いつも優しすぎるよ……。

「私の方こそ、何も話さないでごめん」

病気のことは、まだ話すのが怖い。

でも、嫉妬したことは、話してもいいんじゃないかな。

私の心がドロドロしていると知っても、きっと八雲は受け入れてくれる。
それに、怖がってばかりいたら、いつまでも八雲とすれ違っちゃうから。
「あのね八雲、私、本当は嫉妬してたの」
ついに、言っちゃった……。
そう思いながらも、もう後戻りはできない。吐き出すように話を続ける。
「……嫉妬？」
「八雲が環奈ちゃんを名前で呼んだり、腕に抱きついてきても平然としてたり……。
そういうの見てるのが、辛かったんだ」
重いって言われるかもしれないけど、ここまで話したら不安に思ってること、全部
話しちゃおう。
「環奈ちゃんは可愛いし、八雲にも素直に甘えられる。私にないものを持ってる環奈
ちゃんがうらやましくて……私、焦ってたんだと思う」
どんどん余裕がなくなっていく自分が、醜《みにく》く思えたんだ。
って、いざ伝えてみると、はずかしいやら、苦しいやら……。
八雲の視線に耐えられなくなって、私はうつむいてしまう。
「……おま……っ」
……え？　八雲、どうしたんだろう。

声を詰まらせた八雲を不思議に思って顔を上げた。

すると、八雲は何かに耐えるように、口元を手の甲でふさいでいる。

目が合うと、私からフイッと視線をそらした。

あっ……やっぱり、重かったのかな。

嫌われちゃったかな……。

八雲のことを考えると、好きすぎて不安になる。

いつもなら、傷つくことを恐れて隠していただろうこの気持ち。素直に話したら、八雲に少しでも、私の考えてることが伝わるかなって思ったんだけど……。

八雲の返事を待っている間も、バクバクと心臓が騒いで仕方ない。

「俺を喜ばせてどうすんの、バカ泪」

「えっ……」

八雲は、嵐のように私を強く抱きよせる。

えっ……どうして突然、抱きしめたの？

私、八雲を喜ばせるようなこと言ったっけ。

「そんなん、すぐにやめるよ。環奈……田崎とは高一からの付き合いだから、あの距離感に慣れすぎてた。不安にさせて悪かったな、泪」

「八雲……」

「でもな、俺も雪人と和輝に嫉妬してたんだぞ」

「え、どうして？」

八雲が……嫉妬？

モテるのに、いつも余裕そうにしてるのに、八雲でも嫉妬したりするんだ。

そりゃあ、愛されてないとは言わないよ。

八雲がときどき見せる、貴重《きちょう》な照れ顔。抱きしめてくれる腕の強さ。

私を包みこむ甘い香水の匂い。私の名を呼ぶ声。

八雲のすべてが、私を大事にしてくれてること、ちゃんと伝わってるから。

だけど、いつも八雲の何倍も、私の方がドキドキしてる。

そう思ってたから、八雲と嫉妬という言葉は、かけ離れている気がして驚いた。

「名前で呼ばせたり、気安く触らせたり……。俺の泪なのにって、思ったし」

「あっ……それは、こちらこそ不安にさせてごめんね」

「なら、今度からはお互い気をつけよーな」

「うん、そうだね」

私たちは、寄りそったまま見つめ合う。

「すれ違ったら、わかり合えるまで話をしよう」

「八雲……うん。仲直りができたら、離れていた時間以上に、楽しい時間を一緒に過ごそう」

「ついでに、キスをするのも追加でよろしく」

「八雲って、本当にバカ」

嫌、とは言わなかった。はずかしかったけど、今は私も同じ気持ちだから。

きみに……触れたい。

たった数日でも、すごく離れてたみたいに感じた。

八雲とギスギスするのは、もうたくさんだ。

これから少しずつ、八雲に私のことを話していけたらいいな。

「好きだ、泪」

「私も好きだよ、八雲」

どちらからともなく、唇を寄せ合う。

離れていた時間を、心の距離を埋めるかのように。

温もりが重なって、心の底から思う。

……この人だけは、失いたくないと。

深まる絆

校外学習、最終日。

昨日のボートは、残念ながら参加できなかった。

足の痛みやヤケドをしたこともあり、念のため宿泊所で休んでいたからだ。

その無念を晴らすために私は、昼食後の自由時間に八雲とボートに乗ることにした。

せっかくキレイな湖があるのに、ボートに乗れずに帰るなんて悲しいもんね。

湖は自由時間だというのに静かだ。聞こえるのはパドルが水を掻《か》く音と、カッコウとホトトギスのさえずりだけ。

他のみんなは宿泊所の前にある公園でバドミントンをしたり、部屋でスマホとにらめっこをしたりして自由に過ごしている。

昨日体験したボートにはみんな興味がないのか、湖には私と八雲しかいなかった。

「水面がキラキラ光ってて、綺麗だね」

太陽の乱反射がときどきまぶしいけれど、深緑の木々に囲まれ、目も心も癒やしてくれる湖は、本当に絶景だ。

「おお、マジで綺麗だな……」

ボートを漕《こ》いでいた八雲が手を止めて、私と同じように景色を見渡した。

何より、この景色を八雲と見られてよかったな。

「風が気持ちいいし、ずっとここにいたくなる」

「俺は、泪とふたりだからずっとここにいたくなる」

「は、はい⁉」

口説き文句をはずかしげもなくサラッと言えてしまう八雲に、私はタジタジになる。

照れていると、八雲はプッと噴きだした。

「いつまでも慣れねーのな、俺の可愛いウブ子ちゃんは」

ニヤニヤと、楽しそうに笑いながら私を見る八雲を、疑いの眼差しで見つめる。

ウブ子ちゃん……？

「……一応、ウブ子ちゃんの説明を求める」

どうせ、くだらないことなんだろうけど。

からかって、楽しんでるだけだと思うけど！

「そんなん……」

八雲は組んだ足に頬杖《ほおづえ》をつくと、不敵な笑みを向けた。

「ウブな子、ウブ子ちゃんに決まってんだろ」

俗に言うドヤ顔で、さも当然だろう、みたいに言う。

「ヘンなあだ名で呼ぶなぁ！」

「はいはい、ぶっくく……」

八雲はいつものように、私の頭をポンポンとなでた。しかも、怒る私を楽しそうに見つめてくるから辛い。

この笑顔が私は好きなんだもん。だから、怒るに怒れない。

きみに続く一本道を、全力疾走《しっそう》したかのように加速する鼓動。

真夏の太陽にあてられたかのように、ジリジリと焦がれる恋心。

好きだと自覚したら最後、激しい荒波にのみこまれるように、きみに溺《おぼ》れていく。

八雲のことを、どんどん好きになっていくのがわかるんだ。

「本当、泪といると楽しいよ、俺」

「うぐっ……それは、どうも」

顔がカッと熱を持ち、目を合わせられなくなった私は、さりげなく視線をそらした。

いきなり素直になられると照れる。

八雲のたった一言で、仕草で、余裕なんか吹きとんでしまう。

そのたびに私は、きみに翻弄されるんだ。

「八雲は、私といても焦ったりしないよね。ちょっと悔しいな」

「泪、毎回それ言うけどさ、そんなに俺が余裕そうに見えるわけ？」

「うん、どう見たって平然……」

言いかけると、ふいに視界に影が差す。

何事かと顔を上げると、八雲がグラグラと揺れる狭《せま》いボートの上で、私に覆いかぶさっていた。

「や、八雲……っ」

「俺はさ……」

ボートの揺れと急に近づいた八雲との距離に驚いた私は、うしろに倒れてしまう。

背中に感じる固い木の感触。

広大な湖の解放感から急に世界が狭まったような密閉感《みっぺいかん》に、心臓がドキリと跳ねる。

八雲は私の顔のすぐ横に手を着くと、グンと顔を近づけてきた。

――ドキンッ！

心臓が暴れて、今にも口から飛びでそう。

八雲のことを考えると、私の心も体も、自分の物じゃないみたいになる。

「俺はいつでも、心臓がおかしくなるくらい泪のこと考えてる」

「や、八雲……」

「本気で誰にも渡したくない」

「っ……」

突風《とっぷう》に木々が揺さぶられるかのような心臓の動揺《どうよう》。

声を詰まらせた私は、完全に呼吸の仕方を忘れていた。

「泪は俺の最初で最後の女の子だ。なのに、まだ不安？」

私の心をまっすぐ射抜くような熱い視線。その瞳は獲物《えもの》を狙《ねら》う獣《けもの》のようで、身動きが取れなくなる。

こんな八雲の目、見たことない。

こんな一面も、八雲にはあったんだ……。

「ううん……不安じゃない」

八雲の気持ちが聞けたから……。

「そっか、よかった。けど、余裕ない男なんて女々《めめ》しいだろ？」

「別に、女々しいなんてっ、思わないし……」

余裕がないのは私も同じだ。平静を装って、今もこうして可愛くないことを口走る。

素直に、八雲のことを考えるとおかしくなりそうって、言えたらいいのに。

八雲の前だと、ヘンに意地張っちゃう。

「泪のこと好きすぎて頭の中ぐちゃぐちゃな俺でも、好きだって言ってくれる？」

「そ、そんなのっ……当たり前っ」

こんなにも誰かを好きになるだなんて、思ってもみなかった。

ずっとひとりだった私が、たったひとりの運命の人を見つけられたんだ。

余裕がなくなるくらい、きみのことで頭がいっぱいになるに決まってる。

「泪は？」

「へ？」

「泪は、俺のこと考えておかしくなってくんねーの？」

――ドキンッ！

ものすごい勢いで、強く心臓を撃ち抜かれる。

今の一言は致命的《ちめい》で、破壊力抜群《ばつぐん》の殺し文句だと思った。

本当に、なんなのこの人はっ……。

私をどれだけドキドキさせれば気が済むの？

「っ……好きに決まってんじゃん……」

「泪っ、マジでうれしい」

太陽はまだ高いのに、八雲の顔は夕焼けに染まったように赤かった。

「八雲のこと考えてると、頭どころか心臓もおかしくなって、苦しくなるよっ」

ヤケになったのか、胸に溢れるこの想いを留《とど》めておけないからなのか、ついにぶちまけてしまった。

そんな私を、八雲は驚いたように見つめている。

「もう、やだ……はずかしいっ」

泣きそうになって、腕で目もとを隠した。

顔、見られたくない。赤くて、涙でぐちゃぐちゃになってるだろうから。

「泪、顔見せろって……っ」

切羽詰《せっぱ》まったような、震える声が降りそそぐ。

私は、かたくなに首を横に振った。

「なら、勝手に見るからな」

「えっ……あっ」

八雲が私の腕をつかんで引きはがす。

一瞬差しこんだ太陽の光がすぐに陰って、八雲と目が合ってしまった。

瞳の奥底までのぞかれているようで、ボッと顔が熱くなる。

八雲、きみは今、何を見つめているのかな。

私の心すべて、見透かされているのかもしれない。

……それでもいいや。

どうせ、きみが好きって気持ちしかないから。

「本当に泪が好き。俺のことを考えて赤くなったり、泣きそうになったり、心臓ドキドキさせてくれんのも……全部愛してる」

……愛してる。

その一言が私の耳から全身へ、寄せては返す波のように熱と幸福感を伝えていった。

全身を駆けめぐる血液に乗せて、きみからの想いはしだいに私自身の想いへと変わっていく。

まるで初めから、私の中にあったかのように……。

恋ってなんだろう。愛ってなんだろう。線引きなんて難しい。

でも、相手に好きになってほしい、どんな自分も受け入れてほしいと求めることが恋だとしたら……。

相手を笑顔にしたい、幸せにしたいと願うこの気持ちは、〝愛〟なんじゃないかな。

今この瞬間、確実に私たちの繋がりは深く、固いものに変わった。

「私も八雲が好き、愛してるっ」

私の想いも、きみのモノと同じみたい。

それが、たまらなく幸せだなぁって思う。

「ずっと一緒にいような、泪」

「うん、ずっとそばにいてね……」

八雲が私の唇に、そっと自分の唇を重ねた。

あぁ、ずっとこうして体温を分け合えたらいいのにな。

初めからふたりでひとつだったみたいに。

＊＊＊

宿泊所に戻った私たちは、それぞれの部屋に分かれて帰り支度《じたく》をしていた。

三枝さんと環奈ちゃんと一緒に、部屋で荷物をまとめていると……。

「あ、あのさ……ヤケドはもういいわけ？」

「え？」

突然、環奈ちゃんが話しかけてきた。

環奈ちゃんから話しかけてくるなんてめずらしいな。

環奈ちゃんは八雲と付き合ってる私のことをよくは思ってない。たぶん、環奈ちゃんも八雲のことが好きだから。

不思議に思って環奈ちゃんを見ると、視線は環奈ちゃんが持ってきていたボストンバッグに向けられたままだった。

「うん、もう大丈夫だよ？」

片づける手を止めて環奈ちゃんに笑いかけた。

心配かけちゃったかな。これくらい、どうってことないのに。

「そ、そう……」

環奈ちゃんは口をモゴモゴさせていて、まだ何か話したそうだった。

「ちょっと田崎さん、言いたいことあるなら、はっきり言いなさいよね」

バシッと、軽く環奈ちゃんの背をたたいたのは、会話を見守っていた三枝さん。

環奈ちゃんは恨めしそうな顔で三枝さんをにらむ。

「ちょっと、痛いんだけどぉー」

「モジモジしてるから、つい。ウザくって」

「なによ、この地味委員長」

「…………」

部屋の温度が一度下がった気がした。

どうしてこのふたり、いつまでたっても仲よくならないんだぁーっ。

ハラハラするから、目の前でケンカするのはやめてほしい。

「と、とにかく！」

環奈ちゃんは私を指さして叫んだ。

「助けてくれてありがと。でも、八雲のことはあきらめないから。わかった⁉」

「えっと、は、はい……」

ものすごい剣幕《けんまく》に、ついうなずいちゃった。

はぁっと肩で息をする環奈ちゃんに、私は苦笑いを浮かべる。

環奈ちゃんって、おもしろい子だなぁ。

「あと、環奈はこれからふたりを泪と夕美って呼ぶから。もう決定事項《じこう》だから！」

「え、嫌よ」

「イエス以外は受けつけないからぁっ！」

「冗談よ、仕方ないからあたしも環奈って呼ぶわね。それから、神崎さんは、泪ね」

このふたりって、水と油には違いないけど、なんだかんだ仲よしだよね。

ぶつかり合うこともあるけれど、案外いいコンビなのかもしれない。

「ふふっ、よろしくね、夕美、環奈！」

名前を呼べば、うれしそうなふたりの笑顔。

私、ふたりと友達になれてよかった。

八雲とケンカしたり、ヤケドしたりとこの三日間大変だったけど、乗りきれたのは頼もしいふたりの友達がいてくれたからだ。

ありがとう。これからもよろしくね！

恋人とも友達とも絆が深まった二泊三日の校外学習は、こうして終わりを迎えた。

さよなら、大好きな人

校外学習が終わって三週間がたち、季節は梅雨《つゆ》に突入。

今日も、あいにくの雨だった。

六月のジメジメさときたら最悪で、私の髪も湿気《しっけ》でクルクル跳ねている。

いつもなら三分もかからないセットに、最近では倍の時間がかかってしまっていた。

おかげで、気分までどんよりだ。

「泪、髪が跳ねてやんの」

「仕方ないじゃん、私の髪、湿気に弱いんだもん」

八雲は窓の縁《ふち》に寄りかかって、窓際の席に座っている私の跳ねた髪を、指にくるくると巻きつけて遊んでいる。

「猫っ毛だもんな」

「そうなの、本当に嫌になっちゃう」

私は前髪をつまんで、ため息をついた。

この髪はお母さん譲りで、同じく猫っ毛の透お兄ちゃんとは、毎朝洗面台で鏡の取り合いになる。

「別に、俺は泪の髪、ふわふわでいい匂いするし、好きだけど？」

「なっ……ななっ」

「で、そーやって俺の言葉に赤くなっちゃうところも好きだ」

「アホか！」

何言ってんの、この男はっ。八雲はいつも、言葉がストレートすぎるんだよ！

私の赤い頬をツンツンと人差し指でつつく八雲。その手をたたき落とす私。

「いてぇ……照れ屋だな、泪は」

「公衆《こうしゅう》の面前なんだから、自重《じちょう》してよっ」

こっちの心臓がもたないので！

八雲はいつも、私をからかってニヤニヤする悪趣味な人だ。

本当に、意地悪なんだから……。

校外学習が終わってからの八雲は、さらにスキンシップが増えた。

この三週間は、念願の『初恋マカロン』の映画を見にいったり、ショッピングモールの中にあるゲームセンターで初めて一緒にプリクラを撮ったりと、充実《じゅうじつ》していた。

自分で言うのもなんだけど、ラブラブだと思う。

「ちぇー、こんなチャラ男でいいの、神崎さん？」

「和輝、未練たらしいよ」

「うるせー！」

「はいはい……声がでかいから、静かにね」

頬をふくらませる中野くんと、その肩に手を置く紫藤くん。

最近は昼休みはこうして、校外学習の時のメンバーで過ごしている。今も昼ごはんを食べ終えて、みんなで談笑《だんしょう》しているところだ。

机をくっつけて、なんだか校外学習の延長みたい。

こんなににぎやかな場所に私がいることが、いまだに信じられないよ。

「泪のことは、誰にもやんねーよ？」

「えぇーっ、環奈のことは⁉」

「田崎、俺にくっついたら玉ねぎ切った手で目ぇ擦るからな」

腕に抱きつこうとする環奈ちゃんを、牽制《けんせい》する八雲。

校外学習でケンカしてから、八雲は環奈ちゃんを名字で呼ぶようになった。

私の不安を少しでも減らそうとしてくれていることが、何よりうれしい。

「夕美っ、あの時のこと八雲に話したのぉ⁉」

「玉ねぎが嫌いなのよね、環奈は……ふふふ」

不敵な笑みを浮かべる夕美。意外とSなんだよね、夕美って。

みんなと過ごす、こんな何気ない日常が楽しい。

みんなと出会えてよかったなと心から思う。

いつか、この場所にいることが当たり前だと思えるようになったらいいな。

そんなことを考えている時だった。

「おい八雲、隣のクラスの女子から呼びだしだぞー」

「んー？　呼びだし？」

クラスメイトが教室の入り口で、八雲を手招きしている。

そこには、保健室で八雲とスマホを取り違えた時に一緒にいた女の子がいた。

「八雲、会いにきたよ」

「え、やよ……橋本《はしもと》」

やっぱり、あの子だ。

ガッツリメイクで目力が強いから、忘れたくても忘れられない。初めて会った日ににらまれた時も、凍《こお》りついたもん。

「ちょっと話したいことがあるんだよね」

「いや俺、彼女いるし、ふたりで会うのは無理だから」

はっきり断ってくれた。

その誠実さに不覚にも胸が打たれる。

「でも、八雲とあたし、今までうまくいってたじゃん」

「本気で好きな子ができた。もう、その子のことしか考えられねぇから」

八雲……私を本気で好きでいてくれるんだね、うれしい。

「でも、あたしは八雲のこと……」

「悪いけど……」

「話くらい聞いてよ！　ねぇ、彼女さん、いいでしょ⁉」

突然、橋本さんの視線が私に投げられ、ビクッと体が震えた。

だって、顔は笑ってるのに、目が笑ってないんだもん。

こ、怖い……。

でも、私は八雲の彼女なんだから、もっと堂々としなきゃ。

「八雲は……どうしたいの？」

「俺は……たしかに、今まで適当な付き合いしてたからな。ちゃんとケリつけてきたいんだけど、いいか？」

それが、八雲の答えなら……。

本当は行ってほしくないし、不安だけど、でも……。

私、八雲のことを信じてるから。

「わかった、なら行って八雲」

「泪……いいのか？　俺は、泪が不安なら行かない。お前を泣かせたくないから」

「八雲……でも、私は八雲を信じてる。ちゃんとケリつけて、スッキリしたら私のところに帰ってきてくれればいいよ」

不安がないといえば嘘になるけど、私は八雲の心まで縛《しば》りたいわけじゃないから。

きみを信じて待つよ。

私は教室の入り口にいる八雲に向かって、精いっぱい、笑顔を浮かべた。

すると、なぜか八雲は窓際に立つ私のところへ戻ってくる。

「あぁ、絶対泪のところに帰るから、安心して待ってろ」

そう言って、人目も気にせずに、私の額にキスをした。

心臓が胸の外へ飛びだしそうなほど激しく鼓動する。

八雲を見あげれば、ニッと笑われた。

たぶん不安な顔をしていたんだろう、八雲は安心させるように私の頬を軽くフニッとつまみ、そっと手を離した。

「行ってくるな」

「行ってらっしゃい」

……本当は行ってほしくない。

それでも、私は八雲を信じて、橋本さんと教室を出ていく彼の背中を見送る。

その背中に手を伸ばしかけて、すぐに胸元に引きよせた。

胸の中にある痛みを自覚しながらも、これでよかったんだと自分に言い聞かせる。

大丈夫……信じてるから、大丈夫。

両手をギュッと握りしめて、うずく胸の痛みに耐えた。

「ちょっと、何してんの、追いかけるよ！」

突然、環奈にむんずと腕を握られた。

「え、え……？」

環奈⁉

驚いていると、環奈は私を怒ったように振り返る。

「泪、正気⁉　ふつう、他の女と彼氏をふたりきりにしないから！」

「え、でも……八雲のこと信じてるから。不安だけど、私は八雲の決めたことを応援《おうえん》してあげたいんだ」

「でも、もへったくれもない！　あのね、アンタのそういう優しいところは好きだけど、それ、本心じゃないよね⁉」

「え……？」

そんな、私は本心で八雲の決断を応援してるのに。

環奈は、どうしてそんなことを言うんだろう。

「不安なんでしょ？　本当は追いかけたいんでしょ⁉」

「それは……不安に決まってるよ」

他の女の子と会ってほしくないし、引きとめたかったよ。

でも、信じるって決めたから、今は耐えないとって思ったんだ。

「あたしたちの八雲が、あのビッチ女に奪われてもいいの⁉」

興奮《こうふん》している環奈に、圧倒《あっとう》される。

奪われて……いいわけない。

たしかに、素直に行かないでって言えたらよかったんだろうけど……。

私と一緒にいるために八雲が決断したことなら、どんなことでも信じてあげたいと思ったのも本当だ。

「泪の八雲でしょ、なにちゃっかり環奈も入ってんのよ」

「夕美は黙ってて、今忙しいんだから！」

そう言った環奈にグイグイと腕を引かれる。

「え、修羅場になるんじゃねーの、これ！」

「それでも、モヤモヤして不安になるくらいなら、その目で確かめたらいいよ。神崎さんは、一歩引いてしまうことが癖になってるみたいだから」

「え、それどういう意味？」

「もっと、わがままなくらいでいいってことだよ。その方がずっと人間らしい」

あわあわしてる中野くんに、こんな時でも冷静にお弁当を口に運ぶ紫藤くん。

みんなに見送られて、私と環奈は八雲のあとを追って廊下へ出た。

「八雲はモテるんだから、うかうかしてると女豹《めひょう》に取られるんだからね⁉」

「め、女豹……？」

「え、知らないの、泪。B組の橋本弥生は、男漁《あさ》りの女豹って噂！」

そんな噂、知らなかったよ。

わかってたら、八雲のこと行かせたりしなかった。

普通の話し合いで、終わらないかもしれないってことだよね？

「どうしよう環奈、不安になってきた……」

「もぉー、好きならちゃんと彼氏の周辺調査は徹底《てってい》しないとでしょっ！」

「はい……」

「こんなの、基本中の基本なんだから！」

「その通りです」

……どうしよう、八雲が狙われてるっ。

橋本さんはすごく美人でナイスバディだし、好きだって言われたら八雲だってまんざらでもないはず。

って……ううん、八雲のこと信じるって決めたんだから。
弱気になんて、なっちゃだめだよね。
自分に言い聞かせて、足早に廊下《ろうか》の角を曲がった時だった。
「八雲、絶対にあたしと付き合った方がメリットあるのに……ほら」
初めに聞こえたのは橋本さんの声。
そして、次に見えたのは、重なるふたりのシルエット。
「えっ……」
八雲と、橋本さんがキスしてる……？
あきらかに触れているふたりの唇に、私はその場に立ちつくした。
ねぇ、待って……。
心臓がドクンッと嫌な音を立てて鳴った。
「私の方が、八雲を満足させてあげられると思うな」
上目遣いで、不敵に笑う橋本さん。それを見つめ返す八雲。
嘘……嘘だよ、やめて。
どうしてふたりがキスしてるの？　無理やりされただけだよね？
でも、そうだとしても、なんで八雲は抵抗しなかったの？
たくさんのなんで、どうしてが浮かんでは消える。

私は頭が真っ白で、動くことができなかった。

「ちょっ……八雲のバカ！」

すると、私の手を引いていた環奈が叫んだ。

「え、田崎……と、泪!?」

「あらやだ、彼女さんも一緒だったんだぁ」

焦っている八雲と、楽しそうに笑う橋本さんの視線が、同時に私へと向けられた。

──ドクンッ。

どうして焦ってるの、八雲。

やましいことがないなら、弁解してよ。堂々としててよ……。

そういう態度取られると、信じたくても不安で、おかしくなりそうだからっ。

「や、八雲、どうして……」

声が震える。苦しくて胸が押しつぶされそう。

ねぇ、どうしてなの八雲っ。

きっと何か理由があるから……なんだよね？

「わ、悪い、泪……」

「悪いって……なんで謝るの」

「それは、泪を傷つけたから……」

「そんな言葉を聞きたいわけじゃないよ！」

つい叫んだ私に、八雲が言葉を失っているのがわかる。

ポロポロと、涙が頬を伝っては落ちた。

「八雲、これは合意の上だったよね？」

「なっ……それはっ」

合意の上だった……？

橋本さんの言葉に否定しない八雲を見て、それが本当なんだとわかった。

「なん……で……」

「泪、これは……っ」

惨めで、悲しくて……。それでもまだ、八雲を信じたくて……。

ほんのちょっとでいい。ただ一言、理由を話してくれれば、それでよかったのに。

「なんでっ、謝ったりするのっ……」

「え……」

「無理やりされたとか、なんでも理由あるじゃん！　そう言ってくれれば、私は八雲の言葉を信じたのに！」

それが嘘でもいいからっ。

「ねぇ神崎さん、あの日保健室で、私たちが何してたか聞きたい？」

八雲とスマホを取り違えた日のこと？

あれは、八雲が橋本さんを連れこんで……。

考えるだけで、胸に鋭い痛みが走る。

「っ……聞きたくなんか、ないっ」

橋本さんの言葉が、棘のように胸に刺さる。

私と付き合う前のことだけど、そういう関係だったんだって思うと……。

「いいかげんやめろ、橋本！」

「だって、あたしたちの関係がまだ続いてるってこと、彼女さんに秘密にしてるのかわいそうじゃない」

……八雲が、橋本さんと続いてる？

嘘だよ、そんなの……。

でも、橋本さんの言うことは信じたくないけど、本当かもしれない。

だって、八雲は一言も「違うんだよ」って弁解しない。

予想もしていなかった事実に、ガツンと頭を殴られたようなショックに襲われる。

八雲は、私だけを好きだって言ってくれたのに。

裏切られてたって、こと……？

「橋本、適当なことばっか言ってんなよ」

「えー、本当のことでしょ。ねぇ、彼女さんはどっちを信じる？」

橋本さんが挑発《ちょうはつ》するように、私に話題を振った。

八雲の言葉を信じてる。

そう言いたいのに、なのに……っ。

「もう、何も聞きたくないよ……」

八雲、浮気してたのかな……。それとも、私の方が浮気相手なのかな。

考えれば考えるほど、嫌な想像しか頭に浮かばない。

「ねぇ八雲……私みたいな恋愛初心者からかって、楽しかった？」

フツフツと湧いてくる怒りと悲しみに、気づいたら、そう口にしていた。

「っ……泪、俺はからかったわけじゃ……」

「私は、もう八雲の言葉を信じられないよ！」

八雲の言葉をさえぎるように叫んだ。

八雲はショックを受けたような、真っ青な顔で私を見つめる。

「八雲のこと見損《みそこ》なった！　ほら行こ、泪！」

環奈に手を取られて、私は踵《きびす》を返した。

今ほど、この手を力強いと思ったことはない。ひとりではきっと、ここで立ちつくしたまま、動けなかっただろうから。

「泪、違うから！」

「さよなら、八雲」

やっぱり、隠しごとが多くて平凡な私より、健康で可愛い子の方がいいんだ。なら、もっと早くフッてくれたらよかったのに。

「泪、行くな！」

「だーめ、八雲は私との話がまだ残ってるでしょ」

叫ぶ八雲と橋本さんの甘い声が、背中越しに聞こえた。

──ズキンッ。

胸の中を走りぬける痛みに気づいても振り返らず、環奈に手を引かれるまま気丈《きじょう》に歩き続けた。

あの場所で泣かなかったのは、意地だった。

今までの恋がかりそめだったように思えて、悔しかった。私の一方的な想いだったんだと思ったら、虚しかったんだ。

「ううっ、八雲どうしてっ……」

ふたりの姿が見えなくなったところで、私は泣きくずれた。

廊下のど真ん中に座りこみ、溢れる涙もそのままに泣き続ける。

追ってきてもくれない。

何より、ずっと嘘をつかれていたことがショックだった。

後戻りできないほど好きにさせておいて、こんなのってないよっ。

「泪……環奈も、これは許せない」

環奈は手を繋いだまま、私の目の前にしゃがみこむ。

「ううっ……でも、まだ好きなんだっ」

「うんっ、簡単にあきらめられないから……嫌だよね、恋って」

「シャキッとしなよ！」って、環奈に怒られると思ってたけど……。

環奈も八雲に恋をしているからわかるんだ。

「ねぇ環奈、私が八雲と仲よくしてる時、環奈もこんなに苦しかったの？」

だとしたら、私はなんて最低なんだろう。

大切な友達の心を踏みにじりながら、八雲と幸せになろうとして。

罪悪感にうつむくと、環奈の手が私の顔を上げさせた。

「あのね、そりゃおもしろくはないけど、環奈は八雲も泪も好きだし。だから、好きになった人たちの幸せを応援したいの！」

「環奈……」

環奈は、こんな時でさえ前を向いている。

身も心も引きさかれるような痛みを抱えながら、誰かの幸せを願える優しい人だ。

「でも、今回はさすがの環奈もムカついた。泪の分も、八雲のこと殴ってくるよ」

「え、殴るって……」

驚いて環奈の顔を見ると、環奈はあわててプイッとそっぽを向いてしまう。

え、環奈……？

どうして、そっぽ向いちゃったんだろう。

不思議に思って環奈の顔をのぞきこむと、さらに横を向いて顔をそらす。

「み、見ないでよ」

「え、ごめん！」

「とにかく、もう泣かないでよね！　アンタが泣いてると、調子狂うんだからっ」

そう言った環奈の耳は赤かった。

あ……そっか、環奈は私のことを励まそうとしてくれたんだ。

なんて、不器用なんだろう……。

でも、なんて、優しくて強い女の子なんだろう。

「ふふっ」

「え、なんで急に笑うわけ!?」

「ごめん、うれしくって。ありがとう、環奈」

ひとりだったら悲しくて、こんな風に笑ったりできなかったよ。

環奈がそばにいてくれたおかげだ。

「男なんて星の数ほどいるんだし、次行こう、次！」

「ふふっ……ん、ありがとう」

でも……次なんて、私には無理だ。最初で最後の恋だって信じていた恋だったから。

八雲以外の人と恋するなんて……考えられない。

私は曖昧に笑って、環奈にうなずいた。

さよなら、大好きな人。

それでもまだ、きみのことが好きだよ。

胸を占《し》める後悔

……取り返しのつかないことをしてしまった。
泣きながら去っていった泪の背中を絶望的な気持ちで見送る。
追いかけねーと。でもそのあとは、どうすればいい？
かける言葉も、追いかける勇気もなかった俺は、ただ立ちつくす。
胸が張りさけそうで、どうしたらよかったんだって、何度も考える。
でも、もう遅い。もう、泪は俺を信じてくれない。
心に重い後悔の荷が居座るように、息苦しくて、みっともなく泣いてしまいそうだ。
『さよなら、八雲』
泪から告げられた別れの言葉が耳から離れない。
その言葉を今も理解できずに、認められずにいる。
「あーあ、泣いちゃったね彼女さん」
「……橋本」
平然と言う橋本にイラついた俺は、口調にも怒《ど》気《き》が混じる。

「あぁ、もう彼女じゃなくなっちゃったんだっけ」

「なんで、あんな誤解させるような言い方したんだよ」

たしかに、昔の俺は適当な付き合いをしてきた。でも、今も橋本と続いてるとか、絶対にありえねーよ。

泪と出会ってから、俺はアイツ一筋だ。

これだけは嘘じゃねーのに、泪の泣きそうな顔を見た瞬間、頭が真っ白になった。

言葉を奪われたみたいに、何も言えなくなっていた。

「だって、八雲のこと欲しかったんだもん」

「ふざけんな、俺は泪しか眼中にねーよ」

女の子相手に、ここまで怒りが込みあげたのは、泪がお湯をかけられた時以来だ。

「泪を傷つけるなら、許さねーぞ」

誰であっても……俺でさえ、泪を傷つけることは許さない。

「きゃー、怖いこと」

ニコニコしやがって……。

このあと、どうやって泪に弁解すればいいんだよ。

「だって、拒絶しなかったのは八雲じゃん」

「それは、お前が……」

「神崎さんが必死に隠してる秘密をバラさないかわりに、十秒ジッとしててってお願いのこと？」

お願いじゃなくて、脅迫《きょうはく》だったけどな。その隙にキスされたところを泪に見られた。

我ながら油断してたな。泪のことになると、いつも焦ってしまう。

「泪の何を知ってんだよ、橋本」

泪は、何かを必死に隠してる。

それに気づいてはいたけど、泪が話してくれるのを待つつもりだった。

でも、橋本がそれを知ってるとなると、話は別だ。こいつの口が軽ければ、一瞬にして学校全体に広まる。

泪を守るためには、橋本の言う通りにするしかなかった。

泪は、いつも言えないことを辛そうにしていた。その秘密が漏《も》れたら、きっとまた、保健室に閉じこもる。

やっと開いた世界を、閉ざさせたくない。

だから、俺が絶対に守らねーと。

「私ね、この前、保健室に行った時に聞いちゃったんだ、神崎さんと保住先生の話」

「もったいぶるな、早く話せよ」

俺はイライラしながら、橋本を急かす。

早く戻って泪に謝らなきゃなんねーのに、橋本と話してる時間がもどかしい。

「もう、せっかちなんだからぁ」

橋本が距離を詰めてくる。腕に触れる胸も、キツイ香水の匂いも、ただただ不快だった。

だけど、アイツのためだ。我慢しねーと。

「あの子、過眠症？　らしいよ」

「過眠症？」

「どういう病気か知らないけど、保健室で自習してたのも、それが理由かもね」

過眠症って、なんだ？　寝ちゃう病気ってことか？

そういえば泪、よく寝てたよな……。

「気になるなら、調べてみれば？　まぁ、あたしには関係ないけどねぇ」

「マジかよ……」

でも泪、体調はいいって言ってた。死ぬような病気じゃないよな。

どうしてそれを俺に隠してたんだ？

言ってくれれば、何か助けてやれたかもしれないのに。

もしかして、俺を心配させたくなくて、無理してたのか？

考えこんでいると、橋本が背を向けたのを気配で感じた。

「それじゃあね、八雲」

じゃあねって……。

「橋本、結局何がしたかったんだよ」

あんだけかき乱しといて、あっさり帰るとか……。

「だって八雲、前と変わっちゃってつまんない」

「変わった？」

「なーんか、神崎さんのことになるとナヨナヨしてるし、余裕ないし、正直言ってしょぼい」

「……聞かなきゃよかった」

どうせこいつも、俺の見てくれと余裕のある感じが好きだったってだけだな。

相手がどんなに美人でも可愛くても、俺にはもう泪しか見えない。

「ま、最後に修羅場見たかっただけだから、これで終わりにしてあげるね」

「最悪だ……性格悪すぎだろ」

「ふふっ、じゃあねぇ」

ヒラヒラと手を振って去っていく橋本。

あぁ、なんか橋本と話してたら、どっと疲れたわ。

それより何より……。

「クソッ、泪のことを傷つけた……」

守るつもりが、俺が泪のことを傷つけてどうすんだよっ。

後悔しても、時間は巻き戻せない。

こんなにも、神様に何かを願いたいと思ったのは初めてだ。

「俺が、橋本が言うナヨナヨした男になったのは、きっと……」

本気の恋をしたからだ。

だからこそ、泪のことを守りたくて、でも、守り方を間違えて、傷つけてしまったらと思うと怖くて……。余裕なんて、とっくになくなってた。

「いつだって、泪のことばっか考えてる」

初めて一途になれたこの恋を、ここで終わらせたくない。

泪を守るために、どうすればいい？

病気は大丈夫なのか。この壊れた関係は修復できるのか。

考えれば考えるほど、不安が募《つの》る。

「あぁーっ！」

頭を掻きまわしながら、俺は叫んだ。そして、力つきてその場にしゃがみこむ。

信じてって、言って教室出てきたのに……。

「裏切るみたいになって、泪、絶対傷ついてるよな……。つか、泣いてたし……」

あの泣き顔が忘れられなくて、罪の意識が心に重くのしかかる。

ごめん、本当にごめんな……泪。

「こーら、そこのチャラ男。何してんの、辛気くさい」

「あー？」

うなだれる俺のすぐ隣に、誰かがしゃがみこむ気配がした。

顔を上げれば、そこには親友、雪人がいる。

「チャラ男言うな……」

今、猛烈《もうれつ》に傷ついてんだから。わりと、いや、かなり……。

「聞いたよ、クラスに戻ってきた田崎さんから」

「……俺、マジどうしよう……終わりだ」

俺は頭を抱えて、情けない声を出す。

絶望しかない。泪に、どんな顔して会えばいいんだよ……。

——キーンコーンカーンコーン。

昼休み終了のチャイムが鳴る。

「教室、戻りたくねーな」

「サボればいいじゃん」

「え？」

「親友の一大事なら、しょうがないでしょ。で、何があったの」

「……俺のこと、幻滅《げんめつ》しねーの？」

「なんで？　理由があったんでしょ」

雪人……。俺のこと、信じてくれるのか。

やっぱり、すげーな親友って。

あの場面を見た田崎は、俺を責めるようなことを言っただろう。それを聞いたみんなは、きっと俺を軽蔑《けいべつ》したはず。

それなのに、雪人は迷いもせずに俺に理由を尋ねてくれた。

「八雲の神崎さんへの溺愛ぶりは、イタイくらいに本物だったからね」

……イタイは余計だけど、雪人の毒舌は愛嬌《あいきょう》だ。

俺の気持ちをほぐそうとしてくれたんだろうな。

「泪の秘密をバラされたくなかったら、十秒じっとしてろって脅《おど》されてさ……」

「へぇ、女豹の噂はダテじゃないね。女の子かわすプロのお前が、言いなりになっちゃったわけだ」

そういえば、橋本ってそんな異名《いみょう》あったな。

「あはは……まぁな。そんで、その隙にキスされた」

「うん」

「そのタイミングで泪に見られた」

「あー……ご愁傷《しゅうしょう》さま」

あまり表情を崩さない雪人でさえ、苦笑いを浮かべている。

マジでやばいって、このままじゃ。俺、どうすればいいんだろ……。

「神崎さんを守ろうとしてしたことなら、その気持ちはちゃんと伝わると思うけど」

「でも、サヨナラって言われた……」

それって、もう修復不可能だって思ったから出た言葉だろ。

俺に完全に失望したからだ。

「神崎さんは純粋だから、傷つきやすいんだよ、きっと。その半面、誰よりも人の言葉に耳を傾けられる、優しい子だと思うけど」

「それは……たしかにそうなんだけど、たぶん俺自身が怖いんだわ」

そう、俺が泪に向き合うのが怖いんだ。

また拒絶されたらって、不安になる。傷つきたくないって、思ってしまう。

「なら、すれ違ったままでいいわけ？」

「よくねーよ！」

「なら、やることはひとつ。取りもどしたい物があるなら、悩む前に行動しなよ」

悩む前に行動か……なかなか痛いところをつくな、俺の親友は。

でも、いつも雪人の言うことは正しい。

だから俺は、背中を押されて前に進めるんだ。

「今までみたいに、去る者追わずってわけにはいかない恋なんでしょ」

「……あぁ、泪のことが本気で好きなんだ」

言葉では伝わりきらない気持ち。

どう言いあらわせばいいのか、飾る言葉さえ安っぽく思えるけど、率直に言えば泪のことが〝好き〟〝愛してる〟ってことだ。

「俺には、泪しかいねーんだもん」

「もん……とか、ウザイよ」

「ウザイ言うな！　雪人、俺をなぐさめにきたんじゃねーのかよ！」

ズサズサ刺さるんだよ、雪人の言葉は。綺麗な顔して、この腹黒、隠れドSめ。

なんて言ったら、東京湾《わん》にでも沈められそうだから言えねーけど。

「神崎さんのために決まってるじゃん」

「はぁ？」

まさか、雪人まで泪のことが好きなのかよ。和輝といい、泪はモテるから困る。

あの素直さと、可愛いさが原因だろうな。

「なんか、見てると助けてあげたくなるんだよね」

「いくら雪人でも、譲らねーからな」

「でも、八雲を見てても、同じ気持ちになるんだよね」

「……ん？」

あれ、今のどういう意味だ？

親友として、俺のことを助けたいって思ってるってことか？

「八雲も、なかなかに可愛いからね」

「……え、おい待て、俺にそんな趣味ねーぞ？」

やばい、鳥肌止まんねぇ。何言いだしちゃってんだ、雪人。

「イジリがいあるし、バカ正直で素直なとこもあるしね」

「なんだよ、そーいう意味か。つか、バカ言うな！」

黒い笑みが憎らしい。この皮肉屋め。

ただ、気づけば悩んでたのが嘘みたいに、いつもの調子に戻っている。

沈んでいた気持ちが、風船みたいにふわりと浮くのを感じていた。

俺、今ならちゃんと、泪に向き合えそうな気がする。

「雪人、俺、がんばってみるわ」

「うん、やれるだけやってみれば？」

胸を締めつけるのは、取り返しのつかない後悔。

だけど、泪のことだけはあきらめたくねーから。

だから、ちゃんと説明して和解して。泪の抱えてる秘密も、全部含めてお前を守れるようになりたい。

だから、待っててくれよな……泪。

Chapter 4
＊ふたりの描くエンディング＊

彼女の抱える秘密

「あ、おい泪！」

「私、トイレ行ってくる」

次の授業までの十分休憩《きゅうけい》、私を見て席を立った八雲に合わせて、席を立つ。

もちろん、八雲から逃げるためだ。

「泪、俺、お前に話がっ」

「…………」

八雲を無視して、私はスタスタと女子トイレへと逃げこんだ。

八雲に別れを告げてから数日。私は、八雲をことごとく避けていた。

理由なんてひとつ。

「私……八雲と話すのが怖いんだ」

トイレの鏡の前、両手を着いてひどく疲れた顔をした自分を見つめる。

会えば、言葉を交わせば、未練たらしくきみに好きだって言ってしまいそうで……。

一方的に話も聞かず、逃げた。

罪悪感もあったけど、話を聞いたところで、私のことなんて遊びだったとか、好きじゃなかったなんて言われたら……きっと私、生きていけない。

私の中のきみが大きいからこそ、失った時の痛みも大きくなる。

「傷つくのは、嫌だよ……っ」

中学の時、みんなから『怠け者』『体力がない』と責められた記憶が蘇る。

教室という殻の中で向けられる、鋭利《えいり》な視線の針地獄《じごく》。ただ席に座っているだけで無条件に向けられる敵意に、呼吸することさえ苦しかったあの日々。

あんな風に拒絶される痛みを……もう味わいたくない。

「だから、きっとこれでよかったんだよね……？」

鏡の向こうに映る、もうひとりの私に尋ねる。

だけど、もうひとりの私も不安で、さびしくて……悲しくってたまらないって顔で。

答えなんて、見つかってないように思えた。

そんな自分の気持ちから目をそらすように、私は手を洗ってトイレを出る。

「泪」

「えっ……」

ふと声をかけられて、視線を向ければ、壁に八雲が寄りかかっていた。

嘘……っ、八雲、私のあと追いかけてきたの？

どうしよう、早く逃げなきゃ。今、八雲に向き合う勇気は、私にはないから。

「待てって、泪！」

条件反射で後ずさると、強く手首をつかまれる。

「い、いやっ、離して！」

「嫌だ……離したくない」

その手を振りはらおうとしたのに、八雲の力が強くて離れない。

どうして、きみは……私に関わろうとするの？

本気の恋じゃないなら、言いわけも機嫌取りも、きみからは何もいらない。

いらない、きみなんて……。

「っ……どう、して……」

そう思ってるはずなのに、本心では八雲から逃げたくないとでも思っているかのように、少しずつ抵抗をやめている自分がいる。

つかまれた手首もそのままに、私は八雲を見つめた。

「やめてよ……もう、私の心の中、掻きまわさないで」

八雲のことを考えると、胸も頭も痛くなる。

心がきみを欲して、それを必死に抑《おさ》えることが、どれだけ辛いか……っ。

八雲には、きっとわからない！

「俺は、泪のことがまだ好きなんだよ！」

もうすぐ授業が始まる廊下には誰もいなくて、八雲の声がよく響いた。

私のことが、まだ好きって……。それは本当のことなの？

何を信じて、何を疑えばいいのか……。

今の私は、迷路の中をグルグルとさまよっているみたいに、自分がどこにいるのか、何をしたいのかがわからなくなっていた。

「泪が俺の話を聞いてくれるまであきらめない。泪のことだけは、簡単にあきらめられねーんだよ！」

「や、やめて……」

橋本さんとまだ続いてるんでしょ？　どうしてそんなことを言うの。

ズキズキ痛む胸をそっと手で押さえた。

こうすれば、少しでもきみを想う痛みが和らぐかもしれない、そう思ったから。

「私……もう傷つきたくないっ。あんな風に苦しい思いをするのは、たくさんっ」

大切な物、好きな物を作るから、失ったとき、そっぽを向かれた時に傷つく。

初めからなければ、こんなに悲しい気持ちを知らずに済んだんだ。

「……泪……傷つけてごめん。けど、もう泪を不安にさせない、傷つけない。……だから信じてほしい。そばで、泪を守らせてほしい」

たしかに、八雲と橋本さんがキスしていたのを見た時は傷ついた。

ふたりが続いてるって聞いて、裏切られたんだって悲しかった。

だけど、自分が傷つきたくないからって、八雲の言葉から逃げている私も……。

八雲のことを傷つけてることに変わりない。

そんな自分が、本当に大っ嫌い！

「ごめん、八雲……私は弱いから、大事な人を作るのが怖いんだ。だから……これ以上八雲のそばにいるのは、辛いよ」

「泪……」

「八雲が悪いんじゃない、私の問題だから」

だから、もう自分のことを責めないで。私のせいで八雲が傷つくのは、悲しいから。

八雲は早く、私のことなんか忘れて……。

「なら、勝手に守ることにする」

「え……？」

てっきり、それなら勝手にしろって言われるかと思った。

なのに、八雲は私から離れるどころか、守るなんて言う。

驚いて顔を上げれば、八雲はさびしそうに笑っていた。

「やく……も……」

「泪が抱えてるもん、俺にも分けてほしい。でも……今の俺には、その資格がないから……」

胸が……締めつけられて、今すぐきみを抱きしめたい衝動に駆られる。

そんな顔をしないで。八雲のせいじゃない。

私が弱虫なだけなのに……。

そう伝えたいのに、何も言えなかったのは、八雲との距離をこれ以上縮めることが怖かったからなんだと思う。

「泪に信じてもらえるように、がんばることにする。泪がもう一度、俺を好きになってくれるまで……絶対にあきらめない」

どうして、そこまで私を想ってくれるんだろう。

他の人に比べて、私なんてなんにもない人間なのに。

「気が遠くなるほどの年月がかかっても、地球の裏側でも、世界の果てでも、泪のことを追いかけ続けるから」

「っ……！」

「こんなにも、泪のことを想ってる人間がいるってことだけは忘れんな。ひとりじゃないから、泣きたくなったら、不安になったら思い出せよな」

……やっぱり私、きみが好きだ。

頬にひとしずく流れていく涙に、消せない恋心なのだと気づく。
だけど、どうしても考えてしまう。また、裏切られたらと思うと怖いんだ。
だから、もう大切な人を作りたくない。
向き合う勇気がない私は、どんな言葉をかけられても、何ひとつ言葉が出なかった。
「だから……」
言いかけた八雲の手が、私の頬に触れようとしてその動きを止める。
え、八雲……？
困惑しながらその手を見つめると、八雲は拳をギュッと握って、腕を下げてしまった。
「触れる資格、ないからな……」
「っ……八雲……」
うつむいた八雲に、今度は私が手を伸ばす。
本当は、触れてほしかったなんて……口が裂けても言えない。
遠ざけたのは私なのに。今さら、そんなの都合がよすぎるよ。
私はそっと手を胸に引きもどし、ギュッと両手を握りしめた。
辛そうに眉を寄せて、それでも笑おうとする八雲に泣きたくなる。
こんなにも好きなのに、どうしてきみとの距離を遠く感じるんだろう。

ただ一歩、踏みだせば、その胸に飛びこめるのに。私と八雲の間には、まるで見えない壁でもあるかのよう。

そう、住む世界さえ違うかのように、きみがただひたすらに遠くに感じて、私たちは言葉を失ったまま、見つめ合うことしかできなかった。

＊＊＊

それから一ヶ月がたった。

ジメジメした湿気に加えて、日差しの暑さが感じられるようになった七月。

私の過眠症は最悪なことに、三ヶ月に一度来る傾眠期に入ろうとしていた。

今朝は起きられたものの、頭がボーッとしている。眠気が強くて、今にも寝てしまいそう……。

学校に着くと、もつれる足で教室ではなく、保健室に向かった。

「あぁ……だめだ、今すぐ倒れそ……う」

船の上にいるみたいに、ぐわんぐわんと世界が揺れている。

保健室は……まだなの？

見慣れたはずの廊下が、異世界への入り口みたいに思えた。扉がすべて同じに見えて、自分が今、どこを歩いているのかがわからない。

ついにグニャリと視界が歪んで、体が前に傾く。

どうしよう、倒れる……！

衝撃に耐えようと目を強くつむり、体に力を入れた瞬間……。

「泪！」

誰かに名前を呼ばれた。

強く腕を引かれて、なんとか持ちこたえることができた私は、ゆるゆると顔を持ちあげる。そこには、八雲の心配そうな顔があった。

「やく、も……」

どうしてここに……？

驚きながらも、体に力が入らない私は、八雲の腕の中でぐったりとする。

「泪、保健室に行くところなんだろ、送る」

八雲はそう言って、私の膝の裏に手を回すと、横抱きにして持ちあげた。

突然訪れた浮遊感に驚いて、とっさに八雲の首に腕を回す。

懐《なつ》かしい、八雲の甘い香水の匂いがした。

「あっ……だ、大丈夫、歩け……」

「歩けねーだろ、こんなフラフラじゃ」

嘘、私ってば、お姫様抱っこ……されてる。

八雲はあれから、別れる前と変わらぬ笑顔で何かと助けてくれる。

ふらついて階段から落ちそうになった時、ウトウトしてノートを取れなかった時。

いつもさりげなくサポートしてくれる。

八雲は私の病気を知らない。

きっと、ヘンに思ってるはずなのに、何も聞かずに手を差しのべてくれている。

「どうして、そこまでしてくれるの……」

どうして、何も聞かないの……？

「泪のことが、好きだから」

「っ……私は……その気持ちを返せないのに？」

私だって好きだけど、もう大切な人を作るのは……嫌。

傷つくくらいなら、知らない方がいい。大切になる前に、遠ざける方が楽だから。

「返してもらわなくてもいい、俺が勝手に泪を好きなんだから」

「バカ……だなぁ、八雲……は……」

まだ頭がぼんやりする。

これは、夢なんじゃ……。私の願望が見せた、都合のいい夢。

八雲が私を好きでいてくれてる。

どこまでもまっすぐな言葉に、怖いけど信じたいと……思ってしまう。

その先に、幸せがあるとは限らないのに。

どうして、きみとの未来を夢見てしまうんだろう。

「うっせ、泪のことならバカでもいいんだよ、俺は」

「そう……なんだ、やっぱ……バカ……」

あったかい。

きみのくれる言葉のひとつひとつ、体温、包みこむ香り……すべてが。

いっそ、何もかも忘れて、この腕の中にずっといられたらと願ってしまう。

でも……。

どんなにきみが好きでも、私はこの気持ちを胸の中に閉まっておくって決めたんだ。

もしまた、きみに裏切られたら、もう立ちなおれないから。

「なぁ、泪」

「う、ん……」

八雲の温もりに抱かれて安心したからか、私は今にも眠りに落ちそうだった。

「泪の何を知っても……俺は泪が好きだからな」

「ん……」

八雲の声が、子守歌のように優しい。

眠気が強くなって、私は小さく返事をすることしかできない。
「辛い時は話さなくてもいい。ただ……寄りかかるくらいはしろよ。約束な」
どう、して……そんな約束をしてくれるんだろう。
八雲は、何かを知ってるの……？
聞いてみたいけど、だめだ……。頭も働かないし、目も開けていられない。
「倒れそうになったら、支える。俺が必ず守るから」
真っ暗になった視界の中、八雲の声だけが耳に届く。
まさか、私の病気のこと……。
知ってる……だなんて、まさかね。
「おやすみ、泪。安心して、俺の腕の中で寝てろ」
そこは、私のためだけにある揺りかごのように落ちつく。
……おやすみ、八雲。
心の中で返事をした私は、温かい眠りの世界へと誘われていった。
今度はどれくらい眠ってしまったんだろう。
そんな不安に駆られて、私はゆっくりとまぶたを持ちあげる。
カーテンの隙間から漏れるのは、目の奥まで差しこむような白い光。

まだ日が高いことがわかり、安堵《あんど》した。

「神崎のこと……知ってるんだね、難波は」

聞こえたのは、保住先生の声だった。

見慣れたベッドの硬い感触、そのベッドを囲うピンク色のカーテン。

そこで自分が、保健室にいることに気づいた。

難波って……八雲がそこにいるの？

「保住先生は、知ってたんですか？」

「そりゃあね、神崎はずっとここで自習してたし、私は養護教諭《ようごきょうゆ》だしね」

私、どうやって保健室まで来たんだっけ。

記憶を手繰《たぐ》りよせてみると、廊下で倒れかけたところを八雲に助けられたことを思い出す。そうだ私、八雲に抱えられて保健室に来たんだ。

そっか、夢じゃなかったんだ……。

八雲がかけてくれた言葉も、全部が現実だったことに泣きたくなるほどホッとした。

それにしても……八雲と保住先生はなんの話をしてるんだろう。

ベッドに横になったまま、私はふたりの会話に耳を傾ける。

ふたりは私が起きたことには気づいていないみたいだった。

「俺の友達が、保健室を通りかかった時に聞いてて……。それを、あとから俺も聞いたっつーか……過眠症のこと」

「そう……じゃあ知っちゃったのね、神崎の反復性過眠症のこと」

……えっ？　今、過眠症って言った？

八雲の口から出るはずのない単語に、胸がバクバク鳴りだす。

「俺、ネットで過眠症の人のブログとか見て調べたんですけど、過眠症はなかなか理解されない病気だって書いてあって。だから泪も……俺に話せなかったのかなって」

「……そうだね、神崎の過眠症はとくに、数ヶ月周期で強い眠気が来て、何日も眠ってしまうこともある。そのせいで中学では『怠けてる』だの言われて、イジメられたみたいでね」

前に、保住先生には話したことがある。病気が原因でイジメられてたこと。

あの辛い日々を言葉にするだけでも苦しかったけれど、誰かに理解されたい気持ちも捨てきれなかった。この学校で誰かひとりでもいい、私のことを知っていてくれる人がいたらって思ったんだ。

八雲に病気のこと、知られちゃった。

普通の子じゃないって、バレた……。

きみが、離れていってしまう。

「どうして、知っちゃったの……」

「え、る、泪……？」

カーテンを開けて、ベッドに腰かけると、私はそう声をかけた。

八雲は、驚いたように私を見つめる。

その瞳はしだいに、恐れと不安が入りまじったような感情を映しだした。私になんて声をかければいいのか、迷っているのがわかる。

「ずっと隠してきたのに……なんで八雲、知っちゃったの」

最初は、嫌われてもいいから近づきたいと思った。

なのに、きみの存在が私の中で大きくなるにつれて、「きみを失ったらどうしよう」という、心の奥底にある不安も大きくなった。

私はみんなとは違う。

この病気がいつか、きみに嫌われてしまう理由になるんじゃないかって怖いんだ。

きみが優しいことは知ってる。

だけど、どうしても裏切られる瞬間を想像してしまう。

だから、これだけは……特にきみには、絶対に知られたくなかった。

「悪い、橋本にこの間聞いて……」

「橋本さん……？」

そっか、保健室でたまたま聞いてた生徒って、橋本さんのことだったんだ。

今や、知った経緯なんてどうでもいい。

知られてしまった時点で、幸せだった時間は色褪《あ》せる。

私はやっぱり、傷つくことが怖い。……だから。

きみがこれ以上、私にとって大切な人にならないように、あとは突きはなすだけ。

「実は、俺が橋本にキスされたのは、泪の秘密をバラさないかわりに、十秒間じっとしてろって言われたからなんだ」

「え……どういうこと？」

目を見開く私に、八雲がうなずく。

「まさか、橋本にキスされるなんて思ってなくて。俺に隙があったのが悪いけど、俺は泪以外なんて絶対にありえねーから」

「じゃあ、橋本さんとまだ続いてるってやつは……」

「あんなん、橋本の口から出まかせだ」

あのキスって、そういうことだったんだ……。

八雲は、むしろ私のために抵抗できなかったってこと？

全部、誤解だったんだとわかってホッとする。

八雲、弁解も聞かずに逃げてごめんね……。

けど、すぐに襲ってくるのは、過眠症のことを知られた恐怖。

「でも……八雲は私の隠したかった秘密を知っちゃった」

「なぁ泪、俺は知ったからこそ、なおさら泪を守りたいって思ったんだ」

「…………」

「だから、これからは……」

「やめて！」

私は、耳を両手でふさいで頭を振った。

今は、きみの言葉は何ひとつ聞きたくなかった。

ムダな願望を抱いても辛いだけ。私にこれ以上、夢を見せないで……！

「私は、傾眠期が来ると、みんなと同じように生活できない」

いつも目が覚めるたびに自分に失望する。

またこんなに眠ってしまったのかと、ムダにした時間に何度泣いただろう。

ご飯やトイレ、生きるために必要なこと以外は目覚めない生活。

私は、なんのために生きてるんだろう。

回復期が訪れても、三ヶ月後にはまたこの繰り返し。普通に過ごせる期間とそうでない期間との落差が大きすぎて……。

がんばれば少しでも、普通の人に近づけるかもしれない。

そう望むことに、もう疲れてしまった。

「誰にも理解されなくて、ヘンな目で見られて。みんなと同じになりたいのに、なれなくて……」

そう、傷ついてた。どんなに考えないようにしても、失うことを考えてしまう。

もう、あんな惨《みじ》めな気持ちになるのは嫌だった。

いつか、八雲も私から遠ざかっていくかもしれない。

そんな不安を抱えたままでいることが、苦しい。

「泪……そんな風にひとりで、傷ついてたんだな」

何より、普通じゃないことで、きみと一緒にいられないことが悲しかった。

可愛くなくてもいい、美人じゃなくてもいい、スタイル抜群じゃなくたっていい。

ただみんなと同じように過ごせたら、それでよかったのに。

この二ヶ月間、普通の高校生みたいに生活できていたから忘れてた。

みんなにとっての普通は、私にとっては特別なモノばかりだったこと。

当たり前に来る明日、約束された未来なんて何ひとつなくて。

失う痛みを想像したら、それを星に願う勇気もなくて。

私だけ……生まれてくる世界を間違えたみたいに、歪《いびつ》な存在だった。

「八雲と付き合ってても、デートだって眠ってしまって行けなかった。一日、ヘタしたら何週間も眠ってしまうかもしれない。八雲だって、こんな彼女嫌でしょう⁉」

私は、八雲とは違うから……普通に恋愛なんて、しちゃだめだったんだ。

なのに、好きになることを止められなかった。

保健室という閉ざされた世界から、きみだけが私の存在に気づいて、連れだしてくれたんだ。

好きにならないはずがなかった。

私には、初めからきみしかいなかったから。

好きが愛に変わるほどに……きみが世界で一番大事な存在になってしまっていた。

「何言ってんだよ、俺は泪が病気だって……」

「お願いだから……！」

八雲の言葉を遮《さえぎ》って、私は叫んだ。

ねぇ八雲、お願いだから……。

「これ以上、引き返せなくしないで」

期待なんかさせないで。

「もう、傷つきたくないの……！」

ふさがらない傷の上から、また新しい傷を作るのは、もうたくさん。

「なっ、俺は泪を傷つけたりしねーよ！」

「違う、私が勝手にきみを想って傷つくの」

勝手に好きになって、勝手に失望して、勝手に傷ついて、泣くんだ。

もう十分、きみは私を守ってくれたよ。

「思い出は、綺麗なままがいい」

八雲と過ごした時間まで、辛い記憶にしたくない。

楽しかった、愛しかった、温かかった。

幸せな気持ちだけが、この胸に残ればいい。

「今までありがとう、さよなら……」

下がろうとする眉《まゆ》、引きつる頬を無理やり上げた。

引き結ぶ唇は弧《こ》を描くようにして口角を上げて、精いっぱい笑顔を浮かべる。

どうか……きみの中の私も、綺麗なままでありますように。

そう願って、私は八雲から逃げるように保健室を飛びだした。

何か言いたげにしながらも、黙って話を聞いていた保住先生にも声をかけずに。

ふらつく足で階段を駆けあがり、無意識に自分のクラスがある二階にやってくる。

「待てって、泪！」

「っ……！」

八雲、追いかけてきたんだ……！

逃げないと……。私はもう、八雲のそばにはいられないんだから。

「こ、来ないでっ！」

私は足をもつらせながら、廊下を必死に走る。

本当は、もう引き返せないことなんて、わかってる。それほど、八雲のことが好きでたまらないってことも。

でも……っ、認めたくなかった。

だって認めたら……別れが辛くなるでしょう？

「はぁっ、はっ……」

昼休みなのか、購買《こうばい》の袋を持った生徒たちとたくさんすれ違った。その人の波に逆らうように、私は行く当てもなく足だけを動かす。

止まることだけは、できないから。

「あれって……泪⁉」

「環奈、そんなに大きな声出さないでよ」

「だって、目の前に泪がいるんだもん！」

私の数歩前に、環奈と夕美が現れる。

ふたりも購買からの帰りなのか、袋を腕にかけて私に手を振っていた。

あ……ふたりを見たら、なんでだろう。急に涙が……。

「環奈、夕美っ」

溢れる涙もそのままに、私はふたりに手を伸ばした。

「え、ちょっと泪！」

ふらついて前に倒れこんだ私を、環奈が抱きとめてくれる。

ふたりの存在にホッとしたら、体から力が抜けてしまった。

「ぎゃーっ、泪が倒れたっ、ちょっと何事⁉」

「環奈、保健室連れていきましょ」

待って……。今保健室に戻ったら……八雲に会っちゃう。

今は、八雲と顔を合わせたくない。

そんな願いも虚しく、「泪！」という叫び声とともに八雲に追いつかれてしまう。

「バカ野郎、そんな体で全力疾走するヤツがあるか！」

きみから逃げてしまったのに、駆けよってきた八雲は、私の体を支えてくれる。

その優しさが、今は辛いよ……。

一度知ってしまうと、私は欲張りだから、もっともっとって八雲との幸せな未来を想像してしまう。

そしてそのたびに気づくんだ。そんなの、叶いっこない幻想だって。

「ちょっと八雲ぉ、泪、大丈夫なの？」

「俺は泪を保健室に運ぶから、高橋先生に伝えといて」

「わ、わかった！」

環奈ちゃんにテキパキと指示を出した八雲は、私を抱きあげる。

また、体が浮くような感覚。

「やく……も」

「言ったろ、俺が守るって」

……優しくしないでほしい。

ううん、優しくされたい。

真逆の感情にのまれて、自分の気持ちが見えない。

「泪が俺を必要ないって言っても、ピンチの時は何度だって泪を守るから」

八雲の言葉は、いつも本物だ。

私を守ると決めたら、突っぱねても助けにくる。

そんなきみを置いてきぼりにして走りながら、私は何度も立ち止まりそうになって、きみを待ちたい気持ちで溢れて……。

ひとりになろうとする私を引きとめるのは、いつもきみだった。

八雲の腕の中で、また襲ってくる眠気に抗えず、私は瞳を閉じる。

結局この日は、まともに起きているのは無理そうだったので、透お兄ちゃんに迎えに来てもらい、学校を早退することになった。

親友がくれた勇気

次の日、私は朝起きられずに学校を遅刻してしまったけれど、授業は三限目から参加することができた。

そして放課後、環奈と夕美に誘われて、駅前のカフェに来ている。

カフェラテに口をつけると、ほんのり広がる苦味と甘味の絶妙なハーモニー。

これ、私の心の中と一緒だ。辛い気持ちがコーヒーの苦味で、環奈と夕美の存在がミルクのまろやかさみたいに、私の傷を癒やしてくれている。

なんか、今の私には染みるなぁ。

「それにしても、落ちつくわね。環奈にしてはいいところ見つけたじゃない」

夕美の言う通り、白を基調とした落ちついた内装、カフェ内に流れるクラシックが、ゆったりとした雰囲気を感じさせた。

「それに、コーヒーもおいしい」

夕美はブラックコーヒーで、環奈はミルクティーを飲んでいる。

なんか、ふたりともイメージ通りだな。夕美なら、環奈ならこれを飲みそうって予想、当たってた。

「ふふ、おいしいね」

三人お揃《そろ》いで頼んだイチゴのショートケーキにフォークを差して、口に運ぶ。

甘い……そして、優しい。

こうして穏やかな気持ちで過ごせるのは、久しぶりかもしれない。

「でしょー？　って、夕美。あたしにしてはってどういう意味ぃ？」

ジロリとにらむ環奈を無視して、夕美はカップに口をつける。

見慣れた光景なのに、心の底からホッとするのはなんでだろう。

「あら、口がすべったわ」

「ちょっとぉ！」

コントを続けているふたりに、笑いがこみあげてきた。

「ぷっ……あはは」

なんだか……このふたりって、本当にブレないな。

つい噴きだした私を見て、顔を見合わせるふたり。

どうしたんだろう？

「やっと笑ったわね、泪」

「そーでないと、ほんっとぉーに調子狂う！」

夕美、環奈……。

もしかして、私を元気づけるためにカフェに連れてきてくれたのかな。

心配させちゃってたのかもしれない。

「あたしたちは泪の友達でしょ、なんでも相談しなさいね」

「なんか夕美、お母さんみたい……」

しなさいねって……完全にオカンだ。

大人っぽくて、しっかり者の夕美ママ。そんな夕美に、いつも助けられていた。

「お母さんって……あたし、そんな老《ふ》けてないわよ！」

「夕美は高校生とは思えないくらい、落ちついちゃってるからねぇ。今からこんなんで、あとが心配」

「アンタはいいかげん、ぶりっ子をやめなさいよ」

「無理ーっ、これが標準スタイルなんだもーんっ」

環奈は自分の気持ちをまっすぐに伝えられて、一度懐《ふところ》に入れた人には、とことん優しい。わかりづらいところが玉にきずだけど、私は何度も助けられたからわかる。

そんな環奈を、私はいつも尊敬してるんだ。

「ねぇ泪……こんなこと聞いてもいいのかわからないけど、泪はその……」

「単刀直入に聞くけど、泪は何かの病気なの？」

言いよどんだ夕美にかぶせるようにして、ズバッと聞いてくる環奈。

ふたりの前で倒れるみたいに眠っちゃったし、八雲に誘われるまでは、ずっと授業にも出てなかった。不思議に思うのも無理ないよね。

「話すことが怖いのかなとも思った。でも……あたしたちは泪の何を知っても、嫌いになんてならないわよ」

「夕美……」

まっすぐに、真剣な表情でそう言ってくれる夕美。その言葉が本心だって、ちゃんとわかった。

だって、八雲が向けてくれるまっすぐな瞳と同じだったから。

「泪は、環奈のこと守ってくれた。ずっと恩返ししたいって思ってたから、あたしたちにできることがあるなら、相談しなさいよね！」

「環奈……うんっ」

知られることは怖い。

だけど……こんなにも私と向き合おうとしてくれるふたりに、いつまでも隠しごとをしているのは……嫌だ。

八雲だって、そうだ。

どんなに遠ざけても、変わらず優しくしてくれた。すべてを知っても、私をヘンな目で見るどころか、守ろうとしてくれた。

……信じてみても、いいのかもしれない。

「あたしね……」

八雲、きみのおかげで、私はまた一歩、踏みだせる。

ふたりに、話してみよう。

「私ね……過眠症って病気なの。そのせいで、一日の半分以上を寝て過ごしちゃうことがあってね……」

声が、テーブルに着いた手が、カタカタと震える。

病気のことを自分から話すことは、たまらなく怖かった。

「日中は起きられなくて学校も休みがちで、授業中に寝たらそのまま起きられなかったこともある……。それが原因で、中学では誰にも理解されなくて、イジメられたりもした」

「そうだったの……」

夕美の顔が切なげに歪む。

「だから、私はずっとひとりでいるべきなんだと思ってた。……さびしいと思うこともあったけど、そのたびに仕方ないことだってあきらめてた」

「ひとりがさびしいなんて、当たり前じゃん。ひとりで生きていける人間なんて、いるわけないよ、バカ」

口調とは裏腹に、環奈が私をいたわるような眼差《まなざ》しで見つめてくる。それに、ぎこちなく微笑んだ。

あの頃は、今よりずっと簡単にあきらめられた。仕方ないこと、変わらない未来なんだからって。

でも、私は出会ってしまった。

「でもね、そこに八雲が現れた」

簡単には手放せない宝物のような繋がり、心と体で求めてしまう存在に。好かれたい、愛したいと願う、たったひとつの恋に。

「八雲？」

不思議そうな顔をする環奈にうなずく。

「八雲のそばにいると、不思議と居心地がよかった」

出会ったばかりの頃が、今では懐かしく思える。

八雲と話す時間は、私にとって一番楽しいと思える時間だったんだ。

「八雲と話すたび、この人のことをもっと知りたい、もっとそばにいられたらって思いが強くなって、気づいたら好きになってたんだ」

うれしい、楽しい、好き、愛しい。

悲しい、さびしい、切ない、苦しい。

八雲は私に、感情の嵐を連れてきた。

この学校でできた最初の友達で、私にとって最初で最後の恋人。

「八雲に恋をしたから、私は夕美や環奈、紫藤くんや中野くんと友達になれたの」

「難波くん……チャラ男だと思ってたけど、泪には真剣だったものね」

夕美も納得したように首を縦に振ってくれる。

そう、八雲はいつも私に向き合おうとしてくれていた。

病気のこと、本当は八雲にも直接話すべきだった。

誰かに聞くみたいな、あんな形ではなくて、好きな人だからこそ、ちゃんと私の口から伝えなきゃいけなかった。

「でも、どんなに八雲を好きでも、みんなを友達と思ってても、この病気のことだけは誰にも言えなかった」

中学の時みたいに、この病気がきっかけで八雲に嫌われたりしたらと思うと、怖い。

「中学で……イジメられてたからでしょ。環奈も嫌われるタイプだからわかるよ……。人間不信になるよね」

環奈……。

環奈も今のように、何か言われたら言い返せるようになるまでに、たくさん苦労をしたのかもしれない。

人の強さって、悲しみに耐えることじゃない。その悲しみを乗り越えていくことだと私は思う。

だから私は、どんなに周りに嫌われてても、環奈を嫌いにはならなかった。むしろ、憧れや尊敬の気持ちで見ていた。

「自分で思ってたよりずっと……中学の頃にできた傷が深かったみたい。みんなと同じになりたかったからこそ、話せなかった」

普通の人のフリをして、みんなから嫌われないようにって。

だけど、そんなのは無理だった。嫌でも眠りの周期は来るし、隠しきれるはずなかったんだ。

「ねぇ泪……そんなに普通であることって、大事かなぁ？」

「え……？」

環奈の言葉の意味がわからない。

普通であれば、みんなからヘンな目で見られることもない。

だから私はずっと、普通になりたいと願い続けてきたんだ。

だけど、私が普通の人だったら……みんなと友達にはなってなかったかもしれない。

そう思うと、それが本当に大事なことなのか、わからなくなった。

なんて返事をしようか、言葉を探す。

「環奈のこのぶりっ子も、泪の過眠症も、個性だと思うけどなぁ」

「こ、個性……？」

環奈は……この病気が個性だって言うの？

そんなこと、考えたこともなかった。

「ぶりっ子って、認めたわね環奈。でも……環奈の言う通りよ、泪」

夕美まで、同じ意見だと言う。

だけど、そんな簡単に……私は個性だなんて思いたくない。

こんな、悲しみしか連れてこない個性、欲しくなんかない。

「ぶりっ子じゃない環奈なんて、気持ち悪いじゃない？」

「ちょっとぉ、気持ち悪いとかひどくない？　でもそれなら、地味で脳内コンクリートみたいなクラス委員長じゃない夕美も、想像するとかなりキモイけどね！」

「はいはい、つまりはこういうことよ、泪」

ぶりっ子じゃない環奈、お堅《かた》い委員長じゃない夕美。

たしかに、そうじゃないふたりなんて想像できないや。

「いいじゃん、人より眠っちゃうくらい！」

「え、えぇっ……？」

環奈の言葉に拍子抜けする。

そんな簡単に、いいじゃないって……。

「環奈と同意見よ。むしろ、死ぬような病気じゃなくてよかったって、安心したわ」

「ゆ、夕美まで……」

「私たちにとって……きっと、難波くんにとっても、重要なのは、泪が一緒にいてくれることよ」

私が、一緒にいることが……？　たった、それだけでいいって言うの……？

朝起きられなくても、授業中に眠っても、約束を守れなくても？

「普通じゃなくても？」

「逆に、普通ってなに？」

環奈に、質問を質問で返された。

「それは、みんなみたいに……」

って、あれ……？

みんなみたいに、なんだろう。ちゃんと起きられること、授業に参加できることが普通なのかな。

自分で言っておきながら、普通の定義がわからなくなる。

「みんなはみんな、泪は泪でしょ！」

「そうよ、私たちから見たって、泪は別にヘンじゃないわ」

嘘……私はヘンなはずなんだ。

だって、中学の時のクラスメイトは私をヘンな目で見てた。

「眠ってしまうことも含めて、私たちは泪っていうひとりの存在を見てる。それが、しいて言うなら、私たちの普通ね」

あぁ、でも……。

八雲や目の前にいるふたり、紫藤くんや中野くんたちからも、中学の同級生から向けられた、あの歪な物を見るような視線は、初めから感じなかった。

そっか、普通じゃない、歪だと、自分自身を化け物みたいに思ってたのは、私自身だったんだ。

「なんか……今まで悩んでたのがバカみたい。ずっとひとりだったから、どんどん悪い方に考えてて……」

ふたりに話してたら、私の悩みなんてちっぽけな物に思えてきた。

だって、ここにいるふたりも、紫藤くんも中野くんも。

そして……私の好きになった人、八雲も。

私がどんな人間でも、こんな風に受け入れてくれるんだって、わかったから。

「環奈たちはね、その病気も含めて泪が好きってことよ！」

「ま、そういうことよ」

ふたりがニコッと笑う。

そして、テーブルの上に置いていた私の右手を環奈が、左手を夕美が握った。

温かい……震えはいつの間にか止まっていた。

まるで魔法みたいに、嫌いだった自分を受け入れられている自分がいる。

「ふたりとも……っ」

ジワリと、涙が滲んで流れた。

ぼやけた視界の中、ふたりの笑顔を目に焼きつけるように見つめ返す。

「うれしいっ……私と友達になってくれて、ありがとうっ」

ふたりは、私が過眠症だと知っても変わらずにいてくれた、かけがえのない友達だ。

「いや、もう親友でしょ、環奈たちは」

「親友……うん、そうだねっ」

気を遣うことなく自然体でいられて、道を間違えれば注意してくれる。

すべて言わなくても察してくれて、心を許しあえる。

私たちの関係を言葉にするなら、友達より〝親友〟の方がずっとしっくりくる。

「ほら泪、これで涙拭《ふ》きなさい」

夕美がハンカチを貸してくれる。

「ありがとう、夕美ママ」

泣いてしまったことがはずかしくなった私は、夕美をからかう。

「ママはやめなさい」

「ふふっ」

ふたりのすべてが優しくて、涙は止まりそうにない。

だけど悲しいわけじゃない。うれしすぎて泣きたくなるんだ。

「夕美ママのことはどうでもいいけどさ、早く八雲と仲直りしなよね」

「八雲と仲直り……」

「環奈も、八雲のこと好きだったけど……。八雲の目には、泪しか映ってないから」

「環奈……」

「環奈、溺愛されたいタイプだしぃ、環奈以外の女の子に夢中な八雲にはもう興味ないんだよね」

そうは言ってるけど、環奈はまっすぐな人だから、きっと、今も八雲のことを完全にあきらめられたわけではないんだろう。

それでも、私と八雲のために身を引こうとしてくれてるんだ。

それなのに、私は……ワガママだ。

八雲も環奈も、ふたりとも失いたくないと思っているんだから。

八雲のことは……好きだからこそ、中学の時みたいに拒絶されたらって怖かった。

「でも……いつまでも八雲から逃げてたらだめだよね」

私を応援してくれた環奈のためにも。

ありのままの私でもいいって、教えてくれた親友のふたり。

そして、誰かを好きになる気持ち、愛される喜びを教えてくれた八雲。

今度は私が、八雲と向き合う番だ。

「もし八雲が、泪のことイジメたら、抱きしめてあげなくもない……よ？」

「なんで急にツンデレになるのよ、環奈は」

「う、うるひゃい！」

「ふんっ、噛んでるじゃないの」

なんか、ふたりといると……。

だめだ、やっぱり笑いがこみあげてくる。

「ふふっ、もうっ、ふたりとも大好き！」

テーブルを挟んで、ふたりの首に抱きついた。

その衝撃でカタンッと食器が揺れたけど、気にせずにギュッとしがみついた。

「ちょっ、落ちつきなさい……ぐふっ」

「ぎゃっ、環奈の首、絞まってるからぁっ」

ごめんね。感謝の気持ちが溢れて止まらないんだ。
ふたりのおかげで、勇気が出たよ。
今日飲んだカフェラテの味もケーキの甘さも、ふたりの言葉も全部忘れない。
背中を押してくれたみんなのために、一歩踏みだしてみよう。
八雲に伝えよう。
本当は好きだよって。もう一度、彼女にしてほしいって。
だから待っていてね……。
今度は私が、きみに伝えにいくから。

持つべきものは、黒王子と柴犬

泪が遅刻してきた日の放課後。

泪は三枝と田崎に誘われて、どこかへ行くみたいだった。

家まで送ろうと企《たくら》んでいた俺は、ふたりに先を越されて声をかけ損ね、落ちこむ。

橋本にキスされた時といい、俺はつくづくタイミングの悪い男だ。

ホームルームが終わっても教室でぼんやり座っていると、前の席に座る雪人が俺を振り返る。

「なんか、まだうまくいってないみたいだね」

「雪人……」

「覇気《はき》ないな……ちょっと生きてる？」

「……死んでる」

「なんとか生きてるみたいでよかったよ」

泪に向き合うって決めたのに、その機会すら与えてもらえない。それほど、俺は泪の傷をえぐってしまったんだろう。

一番触れてほしくないものに触れた。踏みこんではいけない場所に、土足で踏みこんだ。

近づき方を間違えれば、泪は離れていく……。

わかってたはずなのに、恐れていたことが現実になった。

「なぁ、八雲って、神崎さんと別れたのか？」

隣の席に和輝が座る。

「別れた……あーっ、信じたくねぇ！」

でも、サヨナラってさ……そういう意味だよな。

俺は泪のこと……まだこんなにも好きなのに。

そういえば、和輝も泪のこと好きなんだよな……。

「まさか、泪のこと狙うつもりか」

「は……？　ち、ちげーよ！　これでも八雲のこと心配してんのに！」

「わ、悪い……俺、泪のことになると、本当に心狭くなんの」

泪への気持ちを止められない。

どんどんワガママになって、余裕ねーな、本当に。

「まー、仕方ないじゃないか？　好きなんだからさ。俺もその気持ちは理解できる」

「和輝……」

「それで、どうしてこうなっちゃったわけ？」

そういえば、和輝は俺たちがどうしてこうなってるのか知らねーよな。雪人も泪の病気のことまでは知らないし。

ただそれを、俺が言うのは違う気がする。

「どっからどう話せばいいんだ……」

それに、俺自身、まだ頭の中が混乱してんだよ。

泪から別れを告げられたショックで、うまく頭が働かない。

今までフラれたことがない俺にとって、初めての経験だ。

誰かを想うこと、それは自分の心にその誰かを住まわせることだ。

例えば出かけたとき、服屋を見つけたら、俺は泪に似合う服を想像する。おいしい物を食べた時、真っ先に泪に食べさせたいって思う。

友達とテーマパークに行けば、今度泪とのデートに来たいなって考える。

俺の生活の中心に、気づくと泪がいるんだ。

一緒に過ごした時間は短くても、まるで昔からずっと一緒にいたみたいに心を許せた。泪といると心は潤って、まるで幸せの花が咲くみたいに色鮮やかだった。

そんな大切な人が突然いなくなった今、心は荒れ果てた荒野《こうや》のよう。

こんな絶望感を、俺は女の子たちに無責任に与えていたのだと気づいた。

不誠実に付き合ってきた女の子たちに土下座して謝りたい気持ちになる。

泪に本気の恋をしなければ、永遠に気づかなかっただろう。

全部、俺に教えてくれたのは、泪なんだよ。

「とにかく、橋本さんに呼びだされたあたりから話せば？」

考えこんでいた俺に、雪人が助け船を出してくれる。

泪の泣きそうな顔を見ると、今していることが正しいのか、わからなくなってくる。

そうだな、ふたりに聞いてもらって、アドバイスが欲しい。

「そういえば、田崎からは八雲が最低なことをしたって聞いたけど、何したんだよ」

あぁ……俺、本当に最低だった。

あのあと、教室に帰ってくると、泪は俺と目も合わせてくれなかった。

当たり前だって話だけど、それが結構こたえたんだよな。いつも、まっすぐに俺を見つめて笑ってくれたのにって。

怒ってもいいから、俺を見てほしいって思ったくらいだ。

あの笑顔がもう、見られないんだと思うと、辛かった。

「あの日は……」

俺は、あの日あったこと、保健室での泪との出来事もかいつまんで話した。

もちろん、泪の病気のことは秘密にして。

話し終えると、ふたりは神妙《しんみょう》な面持《おもも》ちをしていた。

「そんなことがあったのか……。つか、ちゃんと誤解解けたんだろ？　なのに、どうして神崎さんは八雲から逃げたんだ？」

「それは……」

ふたりには病気のことを、泪の秘密としか言ってない。

だから、なんて説明したらいいのかわかんねぇ。

「知られたくない秘密もあるってことでしょ。それが神崎さんにとって触れられたくない物なら、なおさら」

雪人には、俺の言いたいことがわかったみたいだった。

的確に気持ちを汲み取って、言葉にしてくれる。感情的な俺とは違う、理論的な雪人らしいと思った。

正反対な俺たちだけど、だからこそ俺は雪人と親友なんだろうな。

「難しいことは俺にはわかんねーけどさ、八雲はそれでも守るって決めたんだろ？」

「あぁ。でも、うまくいかないもんだよなぁ。俺、全力で逃げられてるし……」

泪のかわりにノート取ったり、ふらついてる時は支えてやったり……やれることはやってきたけど、結局それしか俺にはできねーんだ。

それが泪の役に立ってるのかも怪しい。親切の押し売りじゃないかって不安になる。

嫌われたくない、でも守りたい。

なのに泪は、俺が近づくと泣きそうな顔をする。

「俺は、どうすればいいんだよ……」

背中に一生分の不幸を背負っているかのように体が重く感じる。

「さっきから聞いてれば……」

そんな俺を見た和輝が、つぶやいた。

「和輝、なんか言った……」

「ジメジメしてんなよな！」

ガタンッと立ちあがった和輝は、バンッと俺の机に両手を着いた。

「え、ジメジメ……？」

おい、なんだジメジメって。褒められてないことだけはわかるけど。

ここまで熱くなる和輝は初めてで、圧倒されてしまう。

「お、おい和輝、なんだよジメジメって」

「言葉の通りだわ！　守るって決めたなら、キモイって引かれるくらい、全力でそばにいろよ！」

「きょ、極端なヤツだな……」

でも、和輝と俺はタイプが似てる。

石橋をたたきながら進むタイプの雪人に比べ、俺たちは難しいことは考えてもわからないし、とりあえず突っこんでみるタイプだ。

「あのなぁ、俺だって神崎さんのこと気になってたんだかんな！」

「和輝……」

「それでも、横からかっさらおうとか思わなかったのは、神崎さんには八雲しかいないってわかってたからだ！」

そうだ、これを機に俺たちの仲を邪魔することだってできた。

だけど和輝は、こうして俺の相談に乗ってくれる。

和輝とはこの学年になってからの付き合いだけど、卑怯《ひきょう》なことができない、純粋で熱いヤツだということは、話していくうちにすぐにわかった。

こいつ、どんだけいいヤツなんだよ。

「後悔しないように、もっとぶつかれ！　落ちこむだけのことを、八雲はまだしてねーだろ？」

「ぷっくく……たしかに和輝の言う通りかな。言いたいこと、全部言われちゃった」

叫ぶ和輝に、雪人が噴きだした。ふたりの意見はどうやら同じみたいだ。

たしかに俺、落ちこむだけのことをやってきたか？

まだ俺、まともに泪と向き合ってないだろ。今だって、怖がって泪から逃げようとしてた。

一度失った信頼を取り戻すには、もっとがんばんねーと。

「ったく……熱血和輝の言う通りだよ」

「熱血言うな！」

「ハハッ、サンキューな、和輝」

なんか、目が覚めた気がした。

そうだ、今の俺には落ちこんでる暇も、立ち止まってる時間もない。

泪に向かって、全力で走っていかねーと、距離は開いていくばかりだから。

少しでも近づくために、泪を追いかけよう。

そんで、全力で抱きしめて、何度も好きだって伝える。

泪が俺のそばにいることを、当たり前に思えるように。何度も、何度も……。

「くそー笑いやがって」

「いいだろ、その明るさに救われてるってことなんだから……俺は、お前を親友だと思ってるよ」

大切な親友がまた増えたみたいだ。その存在が、こんなにも俺に力をくれる。

「え……」

すると、和輝にキョトンとされた。

「おい、和輝。え……って、なんで俺がフラれたみたいになってんだよ！」

「うっせ、うれしくて動揺してたんだよ！　その……八雲の親友になれて……さ」

どうやら感動しているらしい。

「ま、がんばんなよ八雲。当たって砕けたら……骨くらいは拾ってあげるから」

「そこまで砕けたくねーよ！」

黒い雪人の笑みに、俺は文句を言う。

骨なんて、縁起《えんぎ》でもない。この、腹黒王子め！

そん時は、灰になっても泪を追いかけるぞ、俺は。

「あ、それを和輝に食べさせればいいか」

「は……!?　なんで俺が八雲の骨を食べる話になってんの！」

「え、だって和輝、犬でしょ。はい、くるっと回ってワンッて言ってみて」

「誰がやるかーっ！」

おいおい、なんの話してんだよ……。

でもまぁ、こいつらとバカしてんのもいいな。おかげで、さっきまでのジメジメした俺もどっかに吹っとんだみたいだ。

「雪人、和輝……俺、やってみっから」

骨にでもなんでも、なってやろーじゃねーの。泪のためなら、なんでもできる気がするよ。

そう思わせる泪は、やっぱり偉大《いだい》な女の子だ。

「骨は拾って……」

「骨の話はもういいわ！」

まだその話をする雪人に、すかさずツッコむ。

「んじゃあ、このあとカラオケ奢《おご》りなー」

和輝に肩を組まれる。カラオケ奢りって……。

「は⁉ 相談料取るのかよ！」

「俺たち、親友なんだろー？」

「なんか、カツアゲにあってる気分だ……」

でもまぁ、今回はそれくらいしてもいいか……なんて。

そのあと、俺たちはカラオケに行った。

奢りっていうのは口実で、それぞれ自分の分を払ってたところを見ると……やっぱり俺を元気づけるために連れてきてくれたんだとわかった。

それに感動して泣きそうになったことは、アイツらには秘密だ。

涙の再会

カフェで環奈たちと別れた日の夜。私はベッドに腰かけて、スマホを手に握りしめていた。

この状態のまま、軽く数時間は経過している。壁掛けの時計に視線を向ければ、秒針が刻一刻と時を刻む。

「ふぅ……」

八雲に電話かけるだけなのに、なんで緊張するんだろう。

でも、環奈や夕美が背中を押してくれたんだもん、がんばらないと。

私は強くうなずき深呼吸をした。

「八雲に、電話しよう」

それで、明日会いたいって言わなきゃ。話したいことがあるんだって。

「本当は、帰ってきてすぐに連絡しようと思ったんだよ?」

だけど、着替えとか、夕飯とか、お風呂とか……先に済ませた方がいいかなって。

その……長電話になったら困るし。

「なんて、全部言いわけだぁ……」

そうやって、先延ばしにしようとしてたんだ。

伝えたいことははっきりしてるのに、なんか緊張しちゃって。

電話なんて、前はほとんど毎日してたのにね。

「今さら、八雲との電話にビクビクするとか、ヘンだよね……」

「泪、なにひとりでしゃべってるんだ？」

私の独《ひと》り言が大きかったのか、透お兄ちゃんがドア越しに声をかけてきた。

時刻は二十一時半。早寝早起きの透お兄ちゃんの睡眠を妨害《ぼうがい》してしまったのかもしれない。

私は申しわけなくなり、「ごめんね、なんでもないから！」とドアに向かって謝る。

「そうか、ならいいけど……泪」

ふいに、透お兄ちゃんの声が真剣味を帯びた気がした。

「がんばれ、泪」

「え……」

どうして、わかったのだろう。その一言は、あきらかに私へのエールだった。

……いつも見守ってくれてた家族だからこそ、わかったのかもしれない。

透お兄ちゃんの優しさが、ジワリと胸に染みる。

凝り固まった表情筋が自然とゆるみ、私は笑顔を浮かべた。

「うんっ、ありがとう、透お兄ちゃん！」

「おう、じゃあおやすみ」

透お兄ちゃんの足音が遠ざかる。

うん、がんばろう。私たちの幸せをを応援してくれた、みんなのために。

「よし、押すぞ！」

発信ボタンに軽く指を乗せた、その時だった。

──プルルルッ。

突然、鳴りだす着信音。

「えっ⁉」

このタイミングで着信って、いったい誰だろう。

あわててディスプレイを見ると、表示されている名前にドキンッと心臓が跳ねた。

「難波、八雲……」

まさか、話したいと思っていた相手から、電話が来るなんて……。

「すごい、以心伝心」

ねぇ八雲、私たち……やっぱり繋がってるんだね。

こういう時、絆のようなものを強く感じるよ。

私は微笑みながら、そっと通話ボタンを押した。

――ピッ。

『お、おう……俺だよ、俺……』

そして、第一声はまさかの、オレオレ詐欺だった。

本当に、バカだよ、八雲は。

まるで……出会った頃に戻ったみたい。あの時も、オレオレ詐欺で電話してきたよね。思い出したら、楽しい記憶のはずなのに、目に涙が滲んだ。

ずっとすれ違ってばかりいたから、安心したのかもしれない。

「っ……オレオレ詐欺は、犯罪ですよ」

泣くのをこらえて、震える声であの時と同じ返事をした。

そうすれば、少しでもあの頃の楽しかった時間に戻れるような気がしたから。

まだ間に合うって、離れた距離は埋められるって信じたい。

『ハハッ、んなもん知ってるよ』

「あはは、そうだよね……」

『おう、そうだよ……』

「………」

だめだ、うまく会話を繋げない。

今までどうやって八雲と話してたんだっけ。

「あーっと、今日ね、駅前のカフェに行ったんだ」

悩みに悩んだすえ、私は今日環奈たちと行ったカフェの話をすることにした。

『カフェ？　あー……そういや、そんなカフェがあるって田崎が言ってたな』

「そう、環奈が連れてってくれたんだ」

『そ、そうか……た、楽しかったか？』

「う、うん……」

あぁ、どうしよう……。こんな話をしたかったんじゃないのに。

本当は、ごめんね、話したいことがあるから明日会おうって伝えたいのに。

本当に伝えたい言葉ほど、口にするのって難しいんだな。

ごまかしや嘘が、息をするように簡単につけるのは、相手によく見られたいがために、あたりさわりなく、本当の気持ちを隠して角のない言葉を吐くからだ。

だから、相手も自分を傷つけない、踏みこんでこない。上っ面だけの繋がりになる。

でも、本心は、角のない嘘偽りとは違って、磨く前のダイヤモンドのように、黒く表面に角がたくさんある。

相手を傷つけるかもしれないからこそ、怖くて簡単には言葉にできないんだ。

『お、俺は……今日カラオケに行った』

「えっと……紫藤くんと？」

『和輝もいたけどな』

「へ、へぇ……」

あー、次の話題、次の話題はどうしようっ。

沈黙にならないようにと、ふたりでマシンガントークをする。

そのせいで、会話が全然頭に入ってこない。

「あ、あのね！」

『あ、あのさ！』

ついに、ふたりの声がかぶってしまった。

うぁぁ、もう終わりだ。こういう時に次の話題を振るのって、すごく勇気がいる。

泣きたくなってきた……。

『……俺たち、何やってんだろうな』

「う、うん……本当にね」

焦ってばっかりで、これじゃあいつまでたっても本当に伝えたいことが伝わらない。

私は深呼吸をした。

落ちつけ、ちゃんと八雲に気持ちを伝えるために。

「……八雲、聞いてほしいことがあるんだ」

『っ……泪の話ならなんでも聞く』

息を詰まらせたような声で、静かに八雲はそう言った。

八雲が、私の話を聞いてくれている。

あとは私が……勇気を出すだけ！

「私ね、八雲はもう知ってると思うけど、過眠症なんだ」

『うん……』

「これはね、ずっと八雲に隠してた私の秘密」

これは、ケジメ。ちゃんと私の言葉で、あらためて八雲に伝えたかった。

誰にも言えなかった……私が絶対に隠したかったこと。

言葉にするのも怖いけど、それでもありのままの私を好きになってほしいから……ちゃんと伝えるね。

「本当は、誰にも言わずにいるつもりだった。知られたら、みんな離れていくと思ったの。だけどね、何度も八雲が声をかけてくれたから……私はひとりじゃないことに気づけた」

八雲は何があっても守ると、好きだと言ってくれた。

私の病気は個性だと言ってくれた友達がいた。

まるで、心の氷が溶けていくように、ありのままの私でいいんだと思えた。

「いつの間にか、八雲に……救われてたんだ」

『……だけど俺、泪に許可も取らずに、勝手に過眠症のこと知るみたいになって……傷つけたよな』

「今は知られてよかったと思ってるよ。ううん、本当は知ってほしかったのかも」

そう思えるようになったのも、八雲や親友たちのおかげ。

「八雲、八雲は私に居場所をくれて、人の温かさを教えてくれたんだよ」

絶対に手に入らないとあきらめてばかりいた私を、きみが変えてくれたんだ。

『泪……俺、少しでも泪の役に立てたなら、すげーうれしい』

少しなんてものじゃない。

きみがいなければ、私はずっと日陰で生きていたと思う。

八雲の隣は、まるで春の陽だまりに包まれているかのように温かい。

きみという光が、私を孤独から救ってくれたんだ。

それが、どれほどすごいことなのか、きみは知らないんだろう。

『でも、今の居場所は、泪自身が作ったものだと俺は思うけどな』

「私自身が……？」

『そう、泪はどんなに辛い目にあっても、人を信じることをやめなかった。普通なら人間不信になってもおかしくないのに』

ううん、一度は、自分が傷つきたくなくて、やめようとした。

だけど、どんなに否定しても、ひとりはさびしいって気づいたからかな。

また冷たい言葉を浴びせられるかもしれないと思うと怖いけど、それでも……一度知った温もりは簡単には手放せない。

だからこそ、私は居場所や友達を、好きな人を失わないように必死に守ろうとした。

『なぁ泪、もしまた泪が辛い目にあって、その心が道に迷って誰も信じられなくなってもさ』

「うん……」

『誰がなんと言おうと、俺は泪の味方だ。だから、その時は俺を思い出してほしい』

「八雲……」

「俺たち……もう一度ここから始めねー？　俺をもう一度、泪の特別にしてほしい」

もう一度、ここから始める。

それはきっと、私と八雲の終わってしまった関係をもう一度やり直す……ううん、新しく始めるってことだ。

過眠症でもいい、ありのままの私を好きだと、きみは言ってくれた。

もう、きみとの未来を恐れたりしない。

この先どうなるかわからないけど、きみとなら大丈夫だって思える。

きっと、私たちの心が本当の意味で深く繋がったからだ。

「うん、私も八雲と始めたい……」

終わりたくなんてない。

最初で最後の恋だから……。

きみだけは、あきらめることができない。

大好きで、愛してる人だから。

『それならさ、明日朝、保健室で待ち合わせな』

「あ……ふふっ、うん、私たちの始まりの場所で」

初めて目が合った、好きだと伝えた場所。

私たちの運命が繋がったのも、あの保健室でスマホを取り違えたから。

『泪に伝えたいことがあるから、待ってる。いつまでも泪のこと待つから』

「私も、八雲に聞いてほしいことがあるの。だから必ず……必ず八雲に会いにいく」

明日は絶対に起きて、八雲に会うんだ。

強い気持ちがあれば、きっと……ううん、絶対に約束を果たせる気がした。

『また明日会おうな』

「うんっ、また明日ね、八雲！」

悪いことは考えない。希望だけを胸に抱こう。

だからお願いっ……明日はどうか、目覚めさせて。

＊＊＊

――ジリリリッ！！

けたたましい目覚まし時計の音に、私はゆっくりとまぶたを持ちあげる。

頭が……まだ眠ってるみたいにボーッとするし、すごく体がだるい。

「起き、なきゃ……」

それでも、私はある衝動だけで体を起こした。

そう、この胸にある「きみに会いたい」という想い、願い、誓《ちか》い。

なんか、八雲と初めて会う約束をした時のことを思い出すなぁ。

会いたい気持ちが溢れて、どんなに体が言うことを聞かなくても、今なら気合いだけで乗り越えられそうだ。

「八雲……八雲に早く、会いたいよ……」

ヨタヨタと立てるようになったばかりの赤ん坊みたいに、頼りない足取りで立ちあがり、制服に着替える。

両親は出勤時間が早まり、透お兄ちゃんも先生との面談があるとかでもう家を出ていた。

私はひとりで朝ごはんを食べてすぐに外へ出た。

「あぁ、視界がぐるぐる回ってる……」

でも、行かなきゃ……八雲が私を待っていてくれてるから。

肩からずり落ちそうになるスクールバッグの持ち手をもう一度肩にかけると、心を奮《ふる》い立たせ、前へと進む。

なんとか学校まで半分の距離にやってきた時だ。

「おいっ、お嬢ちゃん危ないよ！」

ん……？　お嬢ちゃんって、誰のことだろう。

転ばないように足元を見ていた顔を、ゆっくりと上げる。

すると……。

──キキィーーッ。

けたたましい音とともに、まぶしい光が私を照らした。

な、なにっ……⁉

視界を占領する刺すような光に、頭が真っ白になる。

目を凝らすと、こっちにバイクが向かってきているのに気づいた。

「あっ……あ……」

足がすくんで動かない。こんな状況なのに、頭もボーッとしてしまう。

会いたい人がいるのに。

待ってくれてる人が、いるのに。

「逃げ、なきゃ……」

だけど、体は自分の物じゃないみたいに動かない。

助けて……誰か、助けてっ。

ただ、バイクのライトの光だけが視界を浸食《しんしょく》していくのが怖かった。

もう、だめだ……！

目に涙が滲んで、ギュッと目をつぶったその時。

「泪ーーっ！」

声が……聞こえた気がした。

その瞬間、私の体は何かに包まれる。

そのすぐあとに、ものすごい衝撃が体を襲って、地面に転がった。

——ガンッ！

「うっ……」

地面にぶつかった衝撃で、一瞬意識が飛びそうになる。体に、ズキリと鈍《にぶ》い痛みが走った。

「うぅ……っ」

すると、すぐそばで私以外のうめき声が聞こえた。

そして、しだいに感じる、私の体を包む誰かの温もり。

いったい、これは……何がどうなったんだろう。

まだ、頭が混乱してる……何も、考えられない。

「る、泪……」

「……え……？」

この声……この声、まさかっ。

聞こえるはずのない声。いるはずのない人の温もり。

覚えのある……甘い香水の匂い。

だんだんはっきりしてくる意識に、私は震えた。

指先から凍りつくみたいに、血の気が引いていく。

「嘘……だよ……」

まさか、どうしてここにきみが……。

きみは、保健室で私を待っていてくれてるはずだった。

「なんで……なん、で……？」

喉を締めつけられたように、か細い声しか出ない。

おそるおそる顔を上げれば、信じられない光景がそこにはあった。

「泪……ケガ、してねー……か？」

「やく……も……？」

私を抱きかかえて、一緒に地面に転がっていたのは、八雲だった。

私の腰に回る腕には力がなく、額からも血が流れている。

頭の中に、「どうして」「なんで」の嵐が吹きあれる。

理解できない、理解なんてしたくない。

私のせいで、八雲が……こんなケガをしただなんてっ。

「おい、誰か救急車呼んで！」

「あのふたりを歩道に避難《ひなん》させないと！」

遠くで、あわてたような声が聞こえるのに……私と八雲の間では、無音のように静かな時が流れていた。

「おー……無事、みてーだ……なぁ……」

なんで、そんな風に笑うの。

言葉を失ったまま、血を流して優しく微笑む八雲の顔を見つめることしかできない。

「間に合って……よかっ……た」

「何、言って……っ」

全然、間に合ってなんかないよ。

私のかわりに、八雲がすごいケガをした。私の体を、全身でかばったんだ。

「ったく……手のかかる……。俺が、同じ時間、登校……なかったら、どーする……つもりだった……んだよ」

「八雲……お願い、もうしゃべらないでっ。傷がっ……ひどいのにっ」

私は鈍く痛む手を持ちあげて、八雲の頬に触れた。

冷たい……しかもこのヌルッとした感触は……。

「あぁ……っ」

血だ、血が……こんなに流れて……。

手が、カタカタと震える。

この人を、失うかもしれない……。そんな恐怖に、目の前で起きたことすべてが夢ならいいのにと願わずにはいられなかった。

「八雲……死なないでっ」

「伝えたかったこと……あるっつったろ……死なねー……よ」

とぎれとぎれの声、少しずつ閉じていくまぶたが、スローモーションに見えた。

「八雲……？」

「………」

静寂《せいじゃく》が訪れた。

突然消えたきみの声に、心臓が激しく鼓動する。

「ね、ねぇ……八雲っ」

「………」

何度呼びかけても、返事は返ってこない。

まるで、永遠の眠りについてしまったみたいに固く閉じられた八雲の目を見て、とてつもない絶望感が襲ってくる。

「や、やだ……目を開けてよ、八雲っ！」

涙さえ出ない。

頭はずっと考えることをやめてしまっている。

だけど、体で感じるんだ。

八雲の体が……どんどん冷たくなっていくのを。

鼻につく鉄の匂いに、〝死〟の文字が頭に浮かんで、目の前が真っ暗になる。

「誰か、誰かっ、八雲を助けて……！」

気づけば、壊れたロボットのようにそれだけを繰り返し叫んでいた。

ずっと待ってるから

いつの間に眠ってしまったんだろう。

『ごめんな、泪』

真っ暗な闇の中で、声が聞こえる。私は今、夢を見ているようだった。

この声、すぐにわかるよ……。

だって、この声は私の大好きな人の声だ。

八雲……。

どうして、ごめんなんて言うの。

まるで、別れの言葉みたいに聞こえるからやめてよ。

あぁ……もしかして、私がきみにサヨナラって言った時も、こんな風に……奈落の底に沈んでいくような、心を奪われてしまったかのような絶望感に襲われたのかな。

『約束、守るって言ったのにな……』

やめて……。

八雲、ずっと待っててくれるって言ったじゃん。

きみが待っていてくれるから、何があっても会いにいくって決めたのに。

『もう俺、行かなきゃ……』

行かなきゃって、どこに行くの⁉

まさか、私を置いていったりしないよね？

ねぇ、嘘だよって意地悪に笑ってみせてよ。

いつもみたいに、私をからかったんだって言って。

『ごめんな、ひとりにして……。本当は、ずっとそばに……』

八雲の声が遠くなっていく。

やめて、この人を連れていかないで。

「やめて──っ‼」

自分の叫び声でハッと目が覚めた。

お昼くらいなのか、窓から見える太陽が高い。

飛び起きれば、体がズキズキと痛む。その痛みに、あの事故が現実なんだと思い知らされた。

「うぅっ……こんなのって……」

震える体を両手でギュッと抱きしめる。

頬を、川のように流れていく涙。あの夢のせいで、私は泣いたんだ。

でも、夢でよかった……あれが現実だったら、きっと私は死んでしまう。

　きみがいない世界で、私は生きていけない。

　周りを見渡せば、白で統一された天井《てんじょう》に床。ツンと鼻に刺さるような消毒液の匂いに、自分が病院に運ばれたのだとわかった。

「あ……神崎さん、目が覚めたのね！」

　訪室してきた看護師《かんごし》さんが、私に駆けよるなりナースコールを押す。

「あっ、あの！　八雲は……難波八雲はどこにいますか⁉」

　私は看護師さんの腕をつかんで、すがるように尋ねた。

「えっ……あ、一緒にいた男の子ね」

「八雲は、無事なんですか⁉」

「今、隣の部屋で休んで……って、神崎さん！」

　看護師さんの話を最後まで待てなかった私は、ベッドから飛びだした。

　八雲が、隣の部屋にいるって。

　早くっ、八雲の顔が見たいっ。

　声が聞きたいっ、私を安心させてほしいっ。

　痛む体にムチを打って、足をもつらせながら隣の個室の扉に手をかけた。

　――ガラガラガラッ！

「や、八雲っ！」

勢いよく開け放った扉の先に、ベッドに横たわる誰かを見つける。

ゆっくりと歩みよると、アッシュがかったブラウンの髪が目に入った。

白い日の光が、きみの顔を青白く見せる。

たしかに今、目の前で眠っているのは八雲のはずなのに、どうしてこんなにも別人に見えるんだろう。

「八雲……？」

あぁ、そっか。いつもみたいに笑ってないからだ。

八雲がいつも向けてくれる意地悪な笑顔も、からかうように私の名前を呼ぶ声も、頭をなでる大きな手も、包むような甘い香水の匂いも……消えているからだ。

きみを象《かたど》る物が、何ひとつないからだ。

静かに瞳を閉じている八雲に、胸がざわつく。

まるで、壊れた人形みたい……。

額には包帯が巻かれ、頬には大きなガーゼが痛々しく当てられている。

私を……命懸けで守ってくれた証《あかし》。きみを、傷つけてしまった証。

「お願い、目を覚まして……」

命まで懸けて守るとか、バカだよ……。

勝手に守るって、私を置いてきぼりにしても守るってことなの？

「そんなの、私、うれしくない……」

もしきみが助からなかったら、私の心は死んでしまう。

体だけ無事でも意味がないんだよ。

八雲がいなきゃ、私はもう二度と笑えない、幸せになれないんだよ。

こんな守り方……っ。

「全然、うれしくないよぉ……っ」

ポロポロと、涙が雨粒のように八雲の頬に落ちていく。

私は祈るような気持ちで、眠る八雲の左手を両手で握りしめた。

冷たい……血の気の失せた顔も合わせて見ると、まるで……。

死んでしまったように見えて、絶望にのまれそうになる。

そんな不穏なことを考えて、私は頭をブンブンと振った。

「八雲、私、きみに伝えたいことがあるんだよ。待っててくれるんでしょう？　いつまでも、私のこと……っ」

本当なら、ここではなくて保健室で出会うはずだった。

私たちの始まりの場所で、もう一度きみに伝えるはずだったんだ。

きみが、今でも世界で一番好きだよって……。

「私には、八雲しかいないんだよ……っ」

嗚咽《おえつ》が邪魔をして、語尾《ごび》が吐息に消えた。

ふくれあがった悲しみが、喉につかえるみたいで苦しい。

お願いだから、目を開けて、私を見て。

「だからっ……起きて、泪おはようって言って……」

八雲に出会って、知らない自分にたくさん出会った。

八雲の前では、自分が自分じゃないみたいにあたふたしたり。

かと思えば……誰よりもありのままの自分を見せられたり。

八雲の笑顔を見ただけで、世界一幸せだなって感じたり。

触れられるたびに顔が赤くなって、抗えない〝好き〟の気持ちに苦しくなったり。

「八雲が教えてくれたんだっ、誰かを好きになるって気持ち、愛する気持ち……っ」

だから、責任取ってよ。私はもう……。

きみとしか恋できない。

きみ以外、好きになれない。

きみだけを、愛してるんだから。

「死ぬわけねーだろ、バカって言ってよ……」

また、あのからかうような笑顔を見せて。

お願い、涙の海がきみを沈めてしまう前に、私を見つめて。

この涙に、八雲を目覚めさせる魔法が宿っていたらいいのに。

ほら、童話でもあるでしょう？

お姫様の涙が奇跡を起こすみたいな、そんな魔法が。

「お願いだからっ、八雲っ、八雲っ……」

「神崎さん、部屋に戻って。あなたは今日事故にあったばかりなのよ？」

今日ってことは、何日も眠ってたわけじゃないんだ。

その事実に少しだけホッとする。

「目が覚めたばかりなんだから、無理してはだめよ」

さっきの看護師さんが、私の肩を抱いて八雲から引きはなそうとする。

八雲が、このまま目覚めなかったらどうしよう。

いやだ、そばにいたい。私が辛い時、八雲がそうしてくれたように。

「離れたくないっ、お願い……八雲のそばにいさせて！」

「神崎さん……検査を受けて、食事もしっかり食べたら、ここへ来てもいいから。今は一度戻りましょう？」

「でもっ……八雲をひとりにしたくないっ」

「大丈夫、何かあれば、ここには看護師も医師もたくさんいるから、ちゃんと神崎さんに教えるわ」

そう言って、看護師さんは私の背中を優しくなでてくれた。

その温もりに、ゆっくりと気持ちが落ちついてくる。

看護師さんの言う通りだ……。八雲が目を覚ました時、私がボロボロだったら、きっと心配するもんね。

きみは、あの夢のように私を置いていったりしない。

目の前に三途《さんず》の川があったって、泳いで戻ってきてくれる。

きみは、そういう人だから。

そうでしょう、八雲。

「また会いにくるから、待っててね、八雲……」

だから私は、看護師さんの言う通り部屋に戻る。

八雲のことを信じると決めたから。


検査を受けた結果、脳や骨にとくに異常はなかった。

全身打撲《だぼく》だけで済んだのは、八雲がかばってくれたからだろう。

「八雲くんに、感謝しなきゃならないな」

「うん……」

病室には、大学を早退して駆けつけてくれた透お兄ちゃんがいる。

共働きの両親は、まだこちらに向かっている途中らしい。

時刻は昼の十二時で、私は事故にあってからわりと早く目覚めたらしい。

透お兄ちゃんに言われて心底思う。

私が今、こうして無事にいられるのは、八雲のおかげだって。

きみにありがとうって伝えたい。

けれど、感謝したい人は、いまだ目覚めない。

「何か、飲み物買ってくるよ」

「うん、行ってらっしゃい」

病室を出ていく透お兄ちゃんを見送ると、私はスマホを確認した。

「え……着信三十件、未読メール四十件⁉」

学校で私たちのことを聞いたのか、環奈や夕美、紫藤くんや中野くんから着信とメールが鬼《おに》のように届いていた。

普通だったら、「げっ」と引くレベルの件数だけど、メールの内容はすべて、私と八雲を心配しているものだった。

「みんな、心配かけてごめんね……」

私はみんなに、起こった出来事と八雲がまだ目覚めていないことをメールで送った。

スマートフォンを床頭台《しょうとうだい》に置くと、ぼんやりと窓の外へ視線を向ける。

そうしているうちに透お兄ちゃんが戻ってきて、三十分後にはお父さんとお母さんも病院に到着し、私の無事を喜んでくれた。

ただ、私自身は喜べず、八雲への罪悪感に胸が押しつぶされそうだった。


「そろそろ日が暮れる……」

今日から三日間、検査入院をすることになった私は、家族が帰るのを見送ったあと、病室でひとり、夕日を眺めていた。

病室に来てくれたのは、私の家族だけじゃなかった。

つい先ほど、八雲のお父さんとお母さん、そして妹さんが私を心配して病室を訪ねてきてくれたのだ。

『あなたが、八雲の助けたお嬢さんね』

声をかけてきたのは、八雲のお母さんだった。

『あの……本当に私のせいで八雲……くんを、ひどい目にあわせてしまって……っ』

なんて、お詫《わ》びすればいいのかわからない。

私ではなく、八雲がケガをしてしまった。

代われるものなら代わりたい。

でも、そんなことができるわけもない。現実は、神様を恨みたくなるほど辛かった。

『あなたが噂の泪ちゃんね、八雲から聞いていたわ』

『え、八雲くんが話して……？』

『えぇ、自慢の彼女だって』

八雲のお母さんは、私を責めるでもなくニッと笑う。

この笑い方……八雲にそっくりだな。

この笑顔を、もうずっと見てない気がする。

最近の私たちは、すれ違ってばっかりだったから。

それが切なくて、また泣きそうになっていると、八雲のお母さんが私の頬を両手で包みこんだ。

『え……？』

『あの子ね、それなりにモテてたみたいだけど、彼女を自慢してきたのはあなたが初めてよ』

八雲のお母さんが触れた手が、温かい。

罪悪感に押しつぶされそうになる胸が、少しだけ軽くなった。

『そう、ですか……っ』

八雲に、どれほど大切にされていたかがわかって、こらえきれず涙がこぼれる。

頬を伝う雫《しずく》を、両手で何度拭《ぬぐ》っても、止まらない。

この涙は、八雲が目覚めない限り、永遠に止まらないんだろう。

いつも軽口ばかりで、チャラチャラしてるように見えるのに、私とは真面目に付き合ってくれてた。

八雲の誠実さに気づくたび、もっと八雲が好きになった。

『八雲のこと、好きになってくれてありがとう』

お母さんの言葉に首を横に振る。

『ありがとうだなんて……八雲くんに救われていたのは、私の方なんです』

『泪ちゃん……』

『彼の存在が、私に幸せをくれたんですっ』

救われてたのは、私の方だった。

なのに私は、きみをひどい目にあわせてしまったんだ。

『……自分をそんなに責めないで。大事な女の子を守った八雲のことを、むしろ褒めてやってほしい』

八雲のお父さんが、私の肩に手を置くと笑顔でそう言った。

『泪さん、大丈夫ですか？』

次に声をかけてくれたのは、妹さんだった。

『あなたは……たしか……美空さん』

十六歳で、高校一年生だって八雲が言ってたな。

『お兄ちゃんが私のこと話したんですね。あ、未来のお姉ちゃんになるかもしれないんだし、タメ語で、呼び方も美空でいいですよ』

美空さ……美空ちゃんは、八雲の妹とは思えないくらいに、しっかりとした女の子だった。

『お兄ちゃんが、泪さんは初恋の人だから、自分の手で幸せにして、大切に守るんだって言ってました』

八雲が……そんなことを……。

『っ……』

胸の奥から突きあげるような喜びに、また泣きそうになった。

八雲……。私はもう十分、八雲に幸せをもらったよ。

きみがそばにいてくれた時間は、青空や世界を包む空気そのものが、澄んで見えた。

きみが私の心に、光を灯《とも》してくれたんだよ。

八雲の家族は、温かい。誰ひとりとして私を責めることはなかった。

それが、八雲の明るくて優しい人柄を作ったのだとわかる。

『みなさん、ありがとうございます』

八雲の家族に頭を下げながら、私は決めた。

八雲、八雲はいつ目覚めるかもわからない私を、いつも待っていてくれてたね。

その時間が、どれほど胸を締めつけ、不安にさせるのか、痛いほどわかった。

だから今度は……私の番。

八雲が何度、約束を守れなくても、私は眠っているきみに何度でも約束する。

「何時間でも、何日でもきみを待つよ」

八雲の家族も帰り、静まり返った病室に私の声が響いた。

きみを待ち続けるから。

きみとまた出会える、その日を信じて。


この日の夜、私はもう一度だけ八雲の顔を見にいった。

月明かりに照らされて眠る八雲の顔はやっぱり青白く、どうか消えないでと願う。

「ずっと、待ってるからね……っ」

そして、自分の部屋に戻ると、不安な気持ちを抱えたまま、眠りについたのだった。

眠り姫に魔法のキスを

『お願い、目を覚まして……』
声が、遠くから聞こえる。
重くて、目が開かない。意識ははっきりしてるのに、体だけが眠ってるみたいだ。
ここはどこだ？　真っ暗で何も見えない。
まるで、まだ夢を見ているみたいに……。
『八雲しか……いないんだよぉ……っ』
泪の泣きそうな声。
いや、もう泣いてるのか……？
そばにいてやりたい、抱きしめてやりたい。
なのに、指一本動かすことさえ億劫《おっくう》だ。
不安そうな泪。早く、会いにいかねぇと……。
『ずっと、待ってるからね……っ』
待ってろ、今すぐ泪に会いにいくから。だから、泣くなよ。

大丈夫だから、ちゃんと約束守るから。

そうだ、約束……泪が待ってる。

そう思ったら、体中を駆けめぐる温かい何かに突き動かされて、指がピクリと動く。

『会いたい……会いたい、今すぐ泪にっ』

体が軽くなり、ほのかな光に包まれていくのがわかる。

目覚めが近いのだと、思った。

あぁそうか、この温もりは……泪に会いたいって気持ちだ。

それに気づくと、俺は約束を果たすためにゆっくりとまぶたを持ちあげた。


「んっ……ここは……」

目を開けると、まぶしい光が目を焼くように差しこんできた。

それに一瞬まぶたを閉じかけて、目を細める。

目が光に慣れてくると、天井も床も、世界が白に統一されていることに気づいた。

「八雲、目が覚めたのね！」

「八雲、俺たちがわかるか？」

視界が親父とお袋の顔でいっぱいになる。

な、なんだ……なんつー顔してんの。

ふたりは、あきらかにげっそりしてるように見える。

俺が寝てる間に、何があったんだ……？

「わかるから、とにかく近いし、離れろって」

飛びかかる勢いで身を乗りだすふたりを押しのけようと、両手を上げた時だった。

ズキンッ！

「いってぇーーっ」

なんか、腕から体中に痛みが走った気が……。

え、なにこれ……どうなってんの。

「急に動いちゃだめだって！　お兄ちゃんは、大ケガをしてるのに！　打撲とむち打ちだって先生が！」

困惑していると、妹の美空に怒られた。

「え……？」

そう言えば、めちゃくちゃ体が痛いし、手首にも包帯が巻かれている。

頬を触れれば、ガーゼが当てられてるし……何があったんだ？

「お兄ちゃん覚えてないの？　バイクに跳ねられたんだよ」

「バイクに……跳ねられた？」

おいおいマジかよ、なんでバイクになんて……。

そこまで考えて、ふいに誰かに『八雲』と名前を呼ばれた気がした。

その瞬間、ふらふらと歩く女の子の姿と、迫るバイクの映像が頭に浮かぶ。

あの時俺は、彼女に必死に駆けよって、かばうように抱きよせたことを思い出した。

「事故の衝撃で、一時的に記憶がはっきりしなくなるって先生も言ってたし……混乱してるのかもしれないわね」

「いや、覚えてる……俺、ちゃんと覚えてんだよ」

「え……？」

お袋の言葉に、ただ『覚えてる』と返すので精いっぱいだった。

目が覚めたらいきなり病院にいて、たしかに少し混乱してる。

でも何か、体の奥底から語りかける声が聞こえるんだ。

『会いにいけ』『約束を果たせ』って。

そうだ、俺、会いにいかないと……きみに、泪に！

「お袋……俺、どれくらい寝てたんだ？」

「えっと……二日間よ」

二日も眠ってたのかよ！

泪も過眠症でたくさん眠ってしまった時は、こんな気持ちだったんかな。

約束を守れなかったって、泣いていた泪の気持ちがわかる。

こんなにも会いたいのに、体が言うことを聞かないんだもんな。

俺は、泪に会いにいかなきゃなんねーのに。

こんなところで寝てる場合じゃないんだよ。

「とにかく、先生を呼ぼう。ナースコールを……」

「なぁ、俺と一緒にいた女の子は⁉」

「ん？　お前の彼女さんのことか、それなら隣の病室に……」

親父の言葉に、俺は裸足《はだし》のままベッドを飛びだす。

その瞬間、クラッと目まいがしたけど、それでも走った。

意識を失う前に、泪が無事なのは確認した。

だから、大丈夫だと思うけど……その姿を見るまでは不安だった。

「はぁっ……泪っ、泪！」

隣の病室の前にやってくると、俺はノックも忘れて扉を開けはなった。

「泪！」

「え、きみは……」

部屋に飛びこめば、そこにはベッドに横たわる泪と、泪の兄貴がいる。

たしか、透お兄ちゃん……って呼んでたな。

それよりも、泪は無事なのか？

最後に泪を見た時、アイツはちゃんと無事だったはずなのに、どうして横になったまんま、目を閉じてるんだよ。

眠ったままの泪の姿に不安が募って、吐きそうになる。

「あの……泪は……泪は無事なんですか……?」

入り口から動くことができず、泪の兄貴におそるおそる尋ねた。

大丈夫だって、言ってくれ。ちゃんと、俺……守れたんだよな?

なぁ神様、アンタが本当に存在してるなら。

頼むから……頼むから、泪だけは奪わないでくれよ。

俺にあげられる物なら全部やるから、泪だけは連れてくな。

「八雲くん……」

すると、泪の兄貴が小さく笑う。

泪を家に送った時、何度か顔を合わせてたけど、こうしてあらためて名前を呼ばれるのは初めてだった。

「泪は無事だよ、八雲くんより先に目が覚めてたんだ」

「えっ、俺より先に……?」

「事故の当日に目覚めて検査もしたけど、異常はなかったよ。きみのおかげだ。泪を守ってくれて本当にありがとう」

「い、いえ……俺がしたくてしたことなんで」

そっか、泪の方が先だったのか……。

なんだ、それなら俺の方が泪を待たせちゃったんだな。

遅くなってごめん、泪。

俺が目覚めるまで、きっと不安な思いをしてたんだろう。

俺はもう大丈夫だから、早く泪の声が聞きたい、笑いかけてほしい。

「今は、過眠症の方でまだ目が覚めてない。ちょうど傾眠期に入ってるからね。事故のストレスもたたって、しばらくは目覚めないと思う」

「傾眠期……」

たしか、ネットに眠りに入る時期だって書いてあったな。反復性過眠症の特徴……だったか。

でも、眠ってるだけとわかってホッとした。

「無事で、本当によかった……」

心の底から安堵する。

こみあげる涙を目に滲ませながら、俺は泪のそばへと歩いていった。

「泪も、八雲くんが隣の病室にいるって知って、病室を飛びだしたらしくてね」

「そうなんですね……」

「まだ目覚めてない八雲くんに、すごく取り乱したみたいだ。看護師さんがなだめてくれたようだけど、よっぽどきみのことが大切だったんだね」

涙……。

俺、お前をどれだけ不安にさせたんだろうな。

きっと、たくさん泣いて、自分のせいだって責めてたんだろ。

「バカだな、涙のせいなんかじゃないのに……」

優しくて、健気な涙が好きだ。

ただ、目を離すとひとりで泣くから、ほっとけない。

「……俺は、これから大学に行かなくちゃいけないんだ」

「え、あ……そうなんですか！」

涙の兄貴は腕時計を見て唐突にそう言った。

壁掛けの時計を見ると、時刻は午前十一時ジャスト。

そっか、涙の兄貴、大学生だったもんな。

「講義を終えたら戻ってくるつもりだけど、それまで八雲くんに任せてもいいか？」

「あ、それはもちろん……つか、そばにいさせてください！」

体は痛むけど、ちゃんと動かせる。

今は自分のことよりも、涙のためにできることをしたい。

何かしてないと、不安で落ちつかなかった。

そんな俺に気づいて、泪の兄貴も、俺に泪のことを頼んだのかもしれない。

泪の兄貴がついててやれない分、俺が泪のことを守ろう。

そう思った俺は、意気ごんでそう答えた。

「くっくっく……」

「……え？」

すると、なぜか泪の兄貴に笑われた。

え、俺なんかヘンなこと言ったか⁉

「きみは泪に似てまっすぐだな、俺の弟になる日が楽しみだ」

そう言って、手を振りながら病室を出ていく泪の兄貴。

その背中を見つめながら、言われた言葉の意味を考える。

「弟って……」

まさか、結婚して泪の兄貴の弟になるって意味か？

え、マジか……マジかよ！

カッと顔が熱くなり、拳で口もとを覆った。

「やばいな」

泪と結婚とか……照れくさすぎる。つか、まだ高校生だぞ、俺ら。

いや、泪となら今すぐにでも結婚したい。

泪の兄貴にも歓迎されてるみたいでホッとした。

俺は赤くなる顔を手で仰ぐと、ベッドで静かに寝息を立てる泪の手に、自分の手を重ねた。

「……泪、俺、ちゃんと目覚めたぞ」

温かい……泪が、生きてるって証だ。

その体温に、俺の中の不安が溶けていく。

泪の体温や規則正しい寝息が、俺を安心させようとしてくれてる。

そこに泪の優しさを感じた。

「待たせて、悪かったな……」

たくさん泣かせて、ごめん。

空いた手で、存在を確かめるように輪郭をなぞった。

今は乾いているが、流れたであろう涙の跡をたどるように、指先で頬に触れる。

「泪がバイクに轢《ひ》かれそうになった時、心臓が止まるかと思った」

飛び出したのは、ほとんど無意識。とにかく、泪を助けなきゃと思った。

何を失ってもいいから、泪だけはって、その一心で体が動いてたんだ。

でも、今回のことでわかったことがある。

「俺は自分の命より、泪が大事みたいだ。そんくらい、泪のことが好きなんだ」

何度も気づかされる。

泪の屈託ない笑顔に、その涙に触れるたび、こうして失いかけた時に、これでもかってほど思い知らされる。

ここまで深く、誰かを好きになったことはなかった。

「泪といると、いつも見てたはずの世界が特別輝いて見えんの。すごくねー？」

眠る泪に笑いかけながら、声をかける。

目から収まりきらない涙が、泪の頬に落ちた。

「泪のことを想うと、泣けてくる」

今までに誰かのために、泣いたことなんてあったか？

いや、今が初めてだ、きっと。

「この温もりを……失わなくてよかったって、思うよ」

泪がいなくなったら、俺の世界はまた彩りを失うだろう。

それどころかモノクロで、無機質な世界に変わってしまう。

俺の世界の中心には、いつだって泪がいる。

泪がいなきゃ、もう俺は生きていけないんだよ。

「早く、泪の笑った顔が見たい……声が、聞きてーよ」

その顔の横に手を着くと、俺はそっと泪の閉じきったまぶたに唇を寄せた。

なぁ、泪が悪い魔法をかけられた眠り姫なら。

糸車の針に指をさして、眠ってしまったのだとしたら。

「王子様のキスは、お姫様を目覚めさせてくれるんだよな？」

真実の愛のキスが、呪いを解く鍵なら。

俺が、その呪い解いてやるよ……。

そっと、まぶたから頬を伝って泪の唇へと自分の唇を寄せる。

どうか、このキスで泪が目覚めてくれますように。

「好きだよ、泪がたまらなく好きだ……」

眠り姫に、そっとキスをする。

泪が目覚めるなら、俺がかわりに呪いを受けたっていい。そう思うほど、俺は泪が大事なんだ。

だから、早く目覚めろよ。

それで、聞いてほしいんだ、今度こそ。

俺が泪に伝えようとしていた、たったひとつの想いを。

おはよう、きみが好きです

次に目覚めたら、きみに伝えたいことがあります。

朝、学校で会えたら「おはよう」。

昼、きみが保健室に来たら「やっと会えたね」。

夕、きみと電話できたら「声が聞きたかった」。

他の人からしたら当たり前のこと。でも、私にはどれもが特別なことだった。

約束ひとつ守ることさえ難しい。

だけど、こんな私を待っていてくれる人がいる。

『泪……俺は、何度約束して、何度破られても……同じことを言うからな』

果たせなかったなら、もう一度約束すればいい。

『泪に信じてもらえるように、がんばることにする。泪がもう一度、俺を好きになってくれるまで……』

離れた心は、また繋ぎ合わせればいい。

そうやって、きみは私に何度も歩みよってくれた。

そんな八雲が、私にとっては唯一の光。陽だまりのように包んでくれる八雲に、初めて人の温かさを知ったんだ。

たくさんの幸せをくれたきみに、溢れるたくさんの想い。

それは……体中をめぐる、好きという気持ち。

だから、目が覚めたら、きみに伝えよう。

ねぇ、八雲。

私は、きみのことがこんなにも……。

「好きだよ、泪がたまらなく好きだ……」

声が聞こえた瞬間に、触れる唇の温もり。

ぼんやりとしていた意識が、少しずつはっきりとしていくのがわかる。

まるで、長い眠りから覚めるかのように、導かれる。

「んんっ……」

初めに、かすれた声が漏れた。

次に、甘い香水の香りが鼻腔《びこう》をくすぐる。

前に嗅《か》いだ時はもっと濃《こ》かったのに、今はほんのりと香る程度だけど……。

あぁ、この匂い……安心する。

「泪」

名前を呼ばれて、私は重いまぶたを持ちあげた。
茜色の光が……まぶしい。
今は、何時だろう。何日、時がたってしまったんだろう。
そんなことを、ぼんやりと考える。
「泪……泪、目が覚めたんだなっ」
「あ……」
だんだんクリアになる視界に、会いたい人の姿を見つけた。
あぁ、そう……ずっときみに会いたかった。
ポタポタと、頬に落ちてくる雫。
これは……私のものじゃないみたい。
目の前で顔をのぞきこんでいる、きみのものだった。
「やっと、俺を見た……ずっと泪のこと待ってたんだぞ……っ」
泣きながら、無理やり笑おうとするきみ。
その切なげな笑みに、胸が締めつけられて仕方ない。
だから、いつもみたいに意地悪な笑顔を見せてよ。からかっても、怒らないから。
泣かないでほしかった。
私はきみに、どれだけ心配をかけちゃったんだろう……。

「泪も俺のこと、待っててくれたんだな」

あぁ、透お兄ちゃんか看護師さんにでも聞いたのかな。先に私が目覚めたこと。

八雲がまだ眠ってて、すごく不安で取り乱してしまった。

「待ってた……八雲のこと。ずっと声が……聞きたかった、やっと会えたね……っ」

「あぁ、俺たち……お互いに会いにいったり、待ったり……忙しいな」

困ったように笑う八雲。

それにつられて私も笑うと、ふいに沈黙が訪れた。

そうだ、今こそ伝えよう。

次に目覚めたら、きみに伝えたいと思っていたこと。

「ねぇ八雲」

名前を呼べば、八雲が私を見つめてくる。

このまっすぐな瞳が……好き。

その髪も唇も、指先も心もすべて……大好きだよ。

今、精いっぱいの笑顔できみに届ける。

「おはよう、きみが好きです」

不安にさせた分、悲しませた分だけ……ううん、それ以上に。

きみを、幸せにできるように。

これからの時間は、きみと一緒に生きていきたい。

「っ……ハハッ、直球だな、泪は」

「ずっと……伝えたかった言葉だもん」

やっと言えて、よかった……。

「そうかよ……あーあ、うれしすぎて俺、泣くわ」

わざと明るい声を出して、上を向く八雲。

泣くって……もう泣いてるくせに。

止まらない八雲の涙を見つめて、私は横になったまま手を伸ばし、その頬に触れた。

「泣いててもいい、怒ってたっていいよ……」

「泪……？」

八雲の目が、驚きに見開かれる。

その拍子に、ひとしずくの涙が私の手の甲へ落ちてきた。

その涙さえ、愛しいと思うよ。

「八雲が、私の隣にいてくれれば、ただそれだけで幸せだよ」

「っ……そっか、俺も泪と同じ気持ちだよ」

ふたりで泣いて笑いながら、額を合わせる。

きみへの好きが、止まらない。

底なしの噴水みたいに溢れてくる……。

「つか、起きんの遅すぎだっつーの！」

「え、わぁっ⁉」

ワシャワシャと、髪を掻きまわされる。

寝起きの女の子に、なんてことをするんだっ。

「や、やめろーっ」

「やだね、やめねーし！　つか、女の子がやめろとか言うな」

だって、八雲がひどいことするから……って、私は可愛い言葉とか使えないの！

はずかしいんだよ、女の子してる自分って。

でも、八雲が喜んでくれるなら、今度、環奈に女の子のモテ仕草でも教えてもらおうかなぁ……なんて。

そ、そりゃあ好きな人には、可愛いって言われたいから。

「そこは可愛く、やめて八雲〜っ、かっこハート、で頼む」

「キモイ！」

「は⁉　彼氏に向かってキモイってなんだよ、許さん！」

「ぎゃーっ！　お、重いっ」

八雲がベッドに寝ている私の上に倒れてきて、そのままふたり、じゃれ合った。

抵抗しようとして腕を上げると、腕と肩がズキリと鈍く痛む。

「いったぁーい！」

そういえば私、全身打撲してたんだった……。

「お、俺もズキズキ……せ、背中が……っ」

ふたりしてボロボロだったのを思い出して、ぐったりする。

バイクに跳ねられたっていうのに、騒ぎすぎた。

ううっ、本当に体が痛いっ。

「ちょっ、大丈夫か、泪？」

「ううっ、痛い……けど、打撲しただけだから大丈夫。八雲こそ、大丈夫なの？」

私のことかばったんだから、私よりケガはひどいはず。

少し体を起こして、心配そうに声をかけてきた八雲を、涙目で見あげる。

擦り傷だらけだけど、見た感じは元気そう。

骨折とか、大きなケガはしていませんようにと、不安な気持ちで八雲の答えを待つ。

「俺のは打撲とむち打ちの痛みだから、大丈夫だって。つか、俺らバイクに跳ねられたのに、それだけで済むとか、無敵じゃね？」

頬を両手で包みこまれ、至近《しきん》距離で八雲と視線が重なる。

「事故にあったのにイチャつく俺らって、バカだな」

「うん、超がつくほどのバカ！」

くすくす笑って、ふたり手を重ねた。一本ずつ指を絡めては、強く握る。

もうこの手が二度と離れませんように。

八雲と、永遠に一緒にいられますように。

「ぷっ、本当に……こんなかっこ悪い俺を見せられるの、泪だけだわ！」

破顔する八雲に、ドキンッと心臓が跳ねた。

こんな風に翻弄されるのも、私のすべてを見せられるのも八雲だけなんだ。

「泪、俺も泪の目が覚めたら、伝えようと決めてたことがある」

「……うん、聞かせて」

きみの言葉なら……全部聞きたい。

きみのすべてを知りたいから。

私は欲張りなんだ、きみのこととなると余計に。

「おはよう、泪が好きです」

あぁ、これは……ものすごい破壊力かもしれない。

その一言で、私は一瞬にして八雲に心を奪われる。

もう奪われてるのに、もっともっと強く縛られるんだ。

「っ……ふふっ……すごく、うれしいっ」

「なに、うれしすぎて泣く？」

「バカ、もう泣いてるっ」

わかってるくせに……。

ハラハラと頬を伝ってる雫が、きみにも見えてるはず。

私の大好きな人は、意地悪だ。

でも、そんな八雲も好きだよ。

なんて、悔しいから教えてあげないけど。

「待っててやるよ、いつまでも」

「え……？」

「この先、何年、何百年眠ろーが、泪のこと。そんで、目が覚めたら一番に、おはよう、好きだって告白する」

あぁ、うれしい。

きみが待っててくれるならきっと……。

私はきみのために目覚めることができるね。

今までは目覚めるたびに、過ぎ去った時間に絶望しか感じなかった。

でも、今はきみからの好きが聞きたいから、眠り姫になってもいいかなって思える。

「っ……それ、すごく幸せかも」

「俺が幸せにしてやるって、決めたからな」

優しく、傷をいたわるように抱きしめられる。

八雲の胸に頬をすり寄せると、髪を梳かれる。

『おはよう、泪が好きです』

八雲は……この先どれだけ待たされても、そう言ってくれるんだろう。

だから、そのたびに私も言うんだ。

もちろん、満面の笑顔も、追加オプションで。

「おはよう、八雲。きみが世界で一番好きだよ」

END

あとがき

こんにちは。涙鳴《るいな》です。このたびは『おはよう、きみが好きです。』をお手に取ってくださり、本当にありがとうございました。こうして野いちご文庫という新しい舞台で今作を書籍化することができたのも、応援してくださった皆様のおかげです！

この『おはよう、きみが好きです。』は、悲しいお話ばかりを書いてきた私の、今までの作風の殻を破ってくれた作品でもあります。今作では「胸キュン」を意識して、女の子がされてうれしいこと、かけてもらいたい言葉を想像しながら、一冊の本に詰めこみました。そこが大変でしたが、新しいことへの挑戦にワクワクしながら、編集作業は本当に楽しくさせてもらいました。

日常の中で何気なくしている「おはよう」というあいさつ。この作品はそこから物語をふくらませました。

どんな言葉も、伝える相手がいるということは幸せです。当たり前に来る明日なんて、きっと病気の泪に関わらず、誰にもないのです。だからこそ、後悔のないように想いを伝えることを大切にしてほしい。そんなメッセージを、物語から感じてもらえたらうれしいです。

また、私の作品を輝かせてくれたのは、素敵な表紙や口絵を描いてくださったイラストレーターの埜生《やお》さまです。本当に作品にぴったりで、サイトで公開されるのが待ちどおしいほどでした！　イラストとともに、この作品を楽しんでいただけたらと思っております。

最後に、この作品を書籍化するにあたり、ご尽力《じんりょく》いただいたスターツ出版の皆様、今作を見つけてくださった担当編集の飯野さま、編集の渡辺さま、素敵なイラストを描いてくださった埜生さま、デザイナーさま、本当にありがとうございました。

そしてなにより、読者の皆様に心から感謝いたします！

二〇十七年九月二十五日　涙鳴

この物語はフィクションです。実在の人物、団体等とは一切関係がありません。

涙鳴先生への
ファンレター宛先
〒104-0031　東京都中央区京橋1-3-1　八重洲口大栄ビル7F
スターツ出版（株）　書籍編集部気付　涙鳴先生

おはよう、きみが好きです。

2017年9月25日　初版第1刷発行

著　者　涙鳴　©Ruina 2017

発行人　松島滋
イラスト　埜生
デザイン　齋藤知恵子
DTP　朝日メディアインターナショナル株式会社
編集　飯野理美
渡辺絵里奈
発行所　スターツ出版株式会社
〒104-0031
東京都中央区京橋1-3-1 八重洲口大栄ビル7F
TEL 販売部03-6202-0386（ご注文等に関するお問い合わせ）
https://starts-pub.jp/

印刷所　共同印刷株式会社
Printed in Japan

ISBN　978-4-8137-0324-2　C0193